Inhaltsverzeichnis.

Die Reise.
Der Versuch.
Flucht.
Drachen.
Lord Hundra.
Die Schlacht.
Die Aufgabe.
Gevatter Tods Schergen.
Der letzte Kampf.
Das Erbe.

Rückblende.

Merler und seine Freunde haben im letzten Teil die geheimnisvolle Insel gefunden, auf der sich Armee mächtige Armee befand. Sie konnten vor Asro auf die Insel und die gefährlichen Rätsel lösen.
Bei der Mission verstarb Merler sein bester Freund Rada.
Danach mussten sie eine Schlacht im Tal der Toten schlagen und Mithilfe von der unerwarteten Unterstützung von Burno seinem Vater (dessen Vater König ist).
Merler besiegt Asro seinen General Argel aber ließ ihn am Leben.
Gara erzählte nach der Schlacht ihnen, um das Dunkle Zauberschwert für immer zu zerstören, müssen sie entweder alle Magiekristalle der Welt haben oder das magische Amulett. Alle Magiekristalle zu besitzen ist praktisch unmöglich und deshalb müssen Merler und seine Freunde auf die Suche nach dem magischen Amulett gehen. Niemand weiß, wo es sich genau befindet, aber es soll auf dem Kontinent Aros sein.
Sie machen sich auf den Weg und Burno begleitet sie mit seinen zwei Leibwachen.
Burnos Vater möchte seinen letzten

Thronerben nicht ohne Begleitschutz auf eine so gefährliche Mission schicken.

Die Reise.

Nun war es schon eine Woche her, seit sie mit ihrer gefährlichen Schiffsreise begonnen hatten.

Burno war genau wie früher, er ärgerte und piesackte am liebsten Wagio, da dieser sich bisweilen – je nach Stimmung – so leicht reizen ließ.

Die Kapitäne des Schiffs, die sich abwechselten, hießen Seras und Qerat. Seras war tagsüber für die Navigation zuständig, Qerat nachts.

An diesem Morgen, als die Geschichte beginnt, wehte kein Wind, die See lag still und glatt. Deshalb mussten alle Matrosen rudern.

„Hoffentlich begegnen wir keinen Piraten!", sagte Seras. „Die meisten von ihnen haben sich Asro angeschlossen, da er sie gut dafür bezahlt."

„Vier Wochen auf See sind auch ohne Piraten eine verdammt lange Zeit", meldete sich Wagio etwas düster zu Wort. „Vor allem mit Burno. Der macht mich richtig wütend!"

Gegen Mittag kam eine leichte Brise auf, die sich aber zunehmend verstärkte. Das Schiff bewegte sich daraufhin schneller voran. Gegen Nachmittag trafen sie ein Handelsschiff, das deutlich mitgenommen aussah. Ein Mast war abgebrochen. Die Segel waren offensichtlich von Pfeilen durchlöchert worden, der Koloss bewegte sich nur langsam vorwärts.

„Ob das wohl Freunde oder Feinde sind?", wandte sich Merler mit besorgtem Unterton aus Seras. Seras winkte beruhigend ab. „Es ist ein Schiff aus Eranien, das Land kämpft ebenfalls gegen Asro."

„Ihr solltet aufpassen!", rief der Kapitän des Handelsschiffes zu ihnen herüber, sobald es sich weit genug genähert hatte. „In der Richtung, aus der wir kommen, wimmelt es nur so vor Piraten. Sie greifen alles an, was gegen Asro ist. Wir hatten das Pech, gleich zwei Piratenschiffen zu begegnen. Wir konnten nur ganz knapp entkommen."

„Warum soll es in der Richtung vor Piraten förmlich wimmeln, wenn Ihr nur von zweien angegriffen wurdet?", warf Burno herausfordernd ein. „So besonders viele sind zwei nicht."

Der andere Kapitän entgegnete achselzuckend.

„Glaub, was du willst. Ich wollte Euch nur warnen. Derzeit segeln viele Feinde auf

der See umher, auch wenn ein Grün-
schnabel wie du das nicht wahrhaben
mag."

„Vielen Dank für die Information", ent-
gegnete Seras höflich, bevor Burno sich
weiter am Gespräch beteiligen und die
Situation hochschaukeln konnte. Die
Kapitäne verabschiedeten sich und beide
Schiffe setzten ihre Reise fort. Langsam
bildeten sich am Horizont die ersten
Wolken. Seras ging ans Steuer.

„Hoffentlich begegnen wir diesen Piraten
nicht", murmelte Merler, doch nachdenklich geworden, ihm zu. „Ein Kampf ist
etwas, das wir wirklich nicht brauchen."
Seras schwieg.

„Haben die Piraten in der Tat eine so
große Flotte, dass wir uns fürchten
müssen?", warf Seirum ein.

Seras atmete tief ein, bevor er antwortete:
„In der Tat, ja. Ihre Flotte ist sogar noch
größer, als diejenige Asros jemals sein
wird. Zentausend Schiffe oder mehr besitzen die Piraten, diese verfluchten. Sie
verbündeten sich nur so gern mit Asro,
weil er sie dafür mit Gold überschüttet.
Moral und Anstand kennen sie nicht."

„Woher hat Asro nur so viel Gold?",
wollte Seirum wissen.

„Er hat sich durch zahlreiche Schlachten neue Goldminen erobert. Ich denke nicht, dass er selbst noch einen Überblick hat, wie viel er durch Mord, Verfolgung und Terror schon angehäuft hat."

„Somit beherrschen die Piraten nun dank Arso die Meere, sehe ich das richtig?", fragte Wagio.

„Das könnte man so sagen, ja. Hin und wieder kommt es zu Schlachten auf der See, wenn sich jemand gegen ihre Herrschaft wehrt. Die Piraten sind allerdings in einer solchen Übermacht, dass ein kleiner Schlag hier und dort wieder ihnen kaum Schaden zufügt." Seras fuhr sich über die Stirn. Dann meinte er aufmunternd speziell in Seirums Richtung: „Aber morgen früh erreichen wir den Hafen Proal. Das Land heißt Werali Reich. Im Hafen von Proal sollen wir zwei Begleitschiffe erhalten. Diese werden unseren weiteren Weg beschützen."

Merler schaute Seras nachdenklich an, dann fragte er: „Warum hat uns denn Seo nicht schon bei unserem Aufbruch Begleitschiffe zur Verfügung gestellt?"

„Seo hat eine kleine Flotte von Kampfschiffen, die zudem sehr langsam sind. Wir würden mindestens doppelt zu solange brauchen bis zu unserem Ziel. Die Kampfschiffe aus dem Land Werali sind legendär. Stark bewaffnet und können viel schneller als wir übers Meer segeln. Deshalb fanden Seo und ich, dass er kein Begleitschutz uns mitschicken soll."

Merler nickte.

Jetzt verstand er, warum sie keine erhalten hatten.

Zeit war kostbar und umso schneller sie am Ziel waren desto besser.

„Hoffentlich finden wir das Magier Amulett so schnell wie möglich", sagte Wagio hoffnungsvoll. „Burno, dieser Spinner, treibt mich noch in den Wahnsinn, lange halte ich das nicht mehr aus. Ich frage mich nur, wie Rada es so lange mit ihm gemeistert hat."

Merler musste kurz und an Rada denken. Es schmerzte sehr, zu wissen, dass sein innigster Freund nie wieder an seine Seite kommen würde. Er war tot. Rasch verdrängte Merler die trüben, qualvollen Gedanken.

Am frühen Morgen erreichten sie den Hafen von Poral. Poral erwies sich als prachtvolle Stadt, an der Küste und darüber reiht sich eine schöne Mischung aus weißen oder gelben Steinhäusern.

„Das ist Poral?", vergewisserte sich Seirum und blickte hingerissen hinüber.

„Ja, das ist Poral, eine der schönsten Hafenstädte unserer Welt", antwortete Seras. „Bisher blieb sie weitgehend verschont vom Krieg. Über See wagen sich selbst die Piraten keinen Angriff, die Seeverteidigung der Stadt ist äußerst effektiv und würde enorme Verluste den Piraten bescheren."

Langsam näherte sich das schwere Schiff dem Hafen. Bewundernd richteten sich die Blicke der Passagiere auf die beachtliche Schiffsflotte, die vor Poral auf der Wasserfläche trieb. Wagio schätzte die Zahl der Kriegsschiffe auf mindestens fünfhundert. Vor dem Hafen waren mehrere Wehrtürme mitten im Wasser positioniert.

Die dunklen Steine der Türme machten einen bedrohlichen Eindruck.

„Wie kommen die Wachen der Türme an Land wieder?", fragte Burno.

„Natürlich mit Schiffen", lachte Wagio.

Sera schüttelte den Kopf.

„Mit Schiffen nicht, sondern über ein langes Tunnelsystem. Während einer Seeschlacht, können die Tunnel die Wehrtürme ständig mit Nachschub und neuen

Kämpfern ausstatten."
Wagio verstummt und Burno grinst.
Akarbolzen standen auf den Wehrtürmen.
Die Akarbolzen hatten sich als gutes Geschütz bewährt, mit ihren drei Meter
langen Pfeilgeschossen, die eine enorme
Reichweite und Zerstörungskraft hatten.
Sie könnten als Verteidigungsanlagen als
auch für den Angriff gut genutzt werden.
Viele Länder bauten sie eifrig nach, vor
allem seit nach der Schlacht im Tal der
Toten ihre Effizienz sich bewährt hatte.
Als sie anlegten, näherte sich ihnen sofort
der Hafenwächter in Begleitung von
zwanzig Soldaten. Zwischen den Häusern
versteckten sich, gerade noch zu erahnen
für geübte Augen, rund fünfzig Bogenschützen, die synchron ihre Pfeile ein-
spannten. Dann richteten sich die Spitzen
auf die Ankömmlinge.
Die Bewohner der Stadt hatten sich
schnell in ihren Häusern verbarrikadiert.
„Was wollt ihr?", fragte der Hafenwächter
scharf. Er war ein gedrungener Mann mit
schwammigen Gesichtszügen.
„Euer Herr versprach uns zwei Begleitschiffe", antwortete Merler furchtlos. „Ihr
müsstet darüber Kenntnis haben."
„Und wer seid Ihr?", fragte der Hafen-

wächter misstrauisch. Man merkte ihm an, dass er den Jungen nicht ernst nahm.

Merler zog wortlos sein Schwert aus der Scheide und präsentierte es dem Wächter, der zurückzuckte.

„Nun? Beantwortet das Eure Frage?"

Der Mann starrte die schimmernde Waffe ungläubig an.

„Da hat es euch die Sprache verschlagen", ließ Burno sich vernehmen und lachte laut auf.

Wagio warf ihm rasch einen warnenden Blick zu.

„Burno! Lass wenigstens in solchen Momenten deine geistreichen Kommentare bleiben", zischte er.

Hinter Burno tauchten dessen beide Leib-wächter. Es waren Yera und Rexe. Bunro sein Vater war König Rodago und wollte unbedingt, dass zwei Soldaten als Begleit-schutz dabei waren. Sie hatten sich den größten Teil der Reise still und unauffällig verhalten. Gesprächig hatten sie sich nie gezeigt. Einen freundlichen Charakter zeigten sie gelegentlich. Der Hafen-wächter musterte die beiden kräftigen Riesen, und obwohl er selbst beinahe zwei Dutzend Gefolgsleute bei sich hatte, lenkte er ein. Offenbar hatte Merlers

Schwert seine Wirkung getan.

„Nun denn", meinte er, „ich werde wohl den Stadtherrn benachrichtigen. Er zumindest müsste Kenntnis darüber haben, dass zwei Begleitschiffe versprochen wurden. Ich bitte um einen Moment Geduld."

Er wandte sich um und verschwand zwischen den Mauern der Stadt, die Pfeilspitzen oberhalb der Häuser blieben nach wie vor auf Merler und seine Freunde gerichtet.

„Warum sind die denn so misstrauisch?", wollte Seirum unruhig wissen.

Seras legte ihr eine Hand auf die Schulter.

„Das müssen sie sein. Es herrscht Krieg. Der Hafenwächter kenne ich von früher noch, als er wesentlich jünger war. Er ist etwas paranoid, aber der Stadtherr schätzt ihn als klugen Taktiker."

Burno schnalzt mit der Zunge.

„Etwas paranoid ist untertrieben, immerhin hat Merler sein Schwert gezeigt. Als ob jemand so ein Schwert fälschen kann."

„Es sind gefährliche Zeiten", mischte Seirum sich ein. „Ich kann ihn verstehen. Sicherheit geht vor."

Nach einer Weile kehrte der Hafenwächter zurück, in der Begleitung des Stadtherrn.

Nun wagten sich auch die Bewohner der Küstenhäuser wieder vor ihre Türen. Die Bogenschützen ließen ihre Waffen sinken, Merler konnte es aus den Augenwinkeln beobachten und unterdrückte einen erleichterten Seufzer.

Der Stadtherr näherte sich majestätisch und richtete das Wort an sie alle: „Ich bin Trews. Ich werde euch die beiden Begleitschiffe geben, die mein König euch versprochen hat. Ich möchte um Vergebung bitten für den unerfreulichen Empfang, den man euch bereitet hat. Versteht bitte, dass wir uns im Krieg befinden. Unser gemeinsamer Feind versucht alles, um mit Täuschung uns in kürzester Zeit zu eliminieren."

„Ich verstehe sehr gut", meldete sich Merler zu Wort. „Wir hätten dasselbe getan wie Sie."

Trews lächelte. „Vielen Dank, Herr Merler, für Eure Güte."

Merler schmunzelte geschmeichelt.

Jeder kannte mittlerweile seinen Namen. Sein Vater hätte niemals gedacht, dass sein jüngerer Sohn zu solch einem so bekannten und mächtigen Helden aufsteigen könnte.

Für seinen Vater war Merler meistens eine

Last gewesen, wegen seinen Visionen, die er vor dem Fund des Goldenen Zauberschwertes regelmäßig hatte.

Vor dem was sich Menschen nicht erklären können, haben sie Angst. Aus Angst entsteht Hass und Verachtung.

„Wollt Ihr und Eure Begleiter nicht bei uns Gast sein?", fragte Trews.

Merler dachte kurz nach. „Vielen Dank. Es tut mir leid, aber wir müssen so schnell wie möglich den Kontinent Aros erreichen. Die Zeit wird knapp, bald wird der große Krieg beginnen", erklärte er.

„Verzeihen Sie, dass wir die herzliche Gastfreundschaft nicht in Anspruch nehmen können."

Trews lächelte und nickte sacht. „Es gibt nichts zu verzeihen, Herr Merler. Ich verstehe sehr gut."

„Was ist mit den Begleitschiffen?", mischte sich Seras etwas ungeduldig ein.

Trews lachte und meinte: „Ihr habt es eilig, ich sehe es schon. Das ist gut so, Ihr nehmt den Auftrag ernst. Die Schiffe kommen schon, verehrter Kapitän, keine Sorge."

Seras wurde rot. Noch nie hatte ihn ein Adliger so angesprochen.

„Na Seras", meldete sich Burno, „braver

kleiner Mann. Jetzt bist du aber froh, dass
zur Abwechslung einmal jemand Respekt
vor dir hat."
Seras knurrte Unverständliches und Burno
zog sich vorsichtshalber ein Stück weit
zurück.
Nachdem sie sich von Trews ver-
abschiedet hatten, legten sie wieder ab,
und hinter dem Hafen gesellten sich die
versprochenen Begleitschiffe hinzu. Beide
waren in der Tat gigantisch. Ihre Farbe
war rein weiß und sie waren doppelt so
groß wie das Schiff Seras. Die Besatzung
bestand pro Schiff aus rund zweihundert
Mann. Alle waren schwer bewaffnet und
sie hatten genug Verpflegung an Bord.
Außerdem verfügte jedes Begleitschiff
über zwei Akarbolzen.

„Burno", warnte Seras, der Brunos Frech-
heit sich nicht gefallen lassen wollte, „pass
künftig auf deine Zunge auf! Das nächste
unverschämte Wort, das sie formt, wird
hart bestraft."
Burno zeigte sich wenig verunsichert und
sagte:
„Oh, darauf freue ich mich."
Merler verdrehte die Augen.
Sein Freund konnte es einfach nicht

lassen, Menschen zu provozieren.

Während sie weitersegelten, wurde Merler von einer seiner Visionen überfallen. Unvermittelt ging er zu Boden, vor seinen Augen wurde alles schwarz.

Asro saß auf seinem Thron. Die Flügeltür des Raumes, öffneten sich knarrend. Eine Gestalt kam herein. Merler beobachtete die Szene von der Decke des Raumes aus, trotzdem erkannte er sofort die Gestalt: Es war Argel.

„Mein Lord, Ihr habt mich rufen lassen", sagte Argel und verbeugte sich tief vor Asro, dann steht er wieder auf.

„Argel, du bist hier, weil du wissen musst, dass ich einen Plan ausgeheckt habe. Ich weiß, wie man diesen Merler schwächen kann."

Argels listige Augen blitzen auf.

„Und ich soll den Plan ausführen?", fragte Argel euphorisch. „Ihr gebt mir noch eine Chance? Ich kann nicht genug danken, mein Herr ..."

„Schweig!", donnerte Asro.

Erstaunen macht sich in Argels Zügen breit.

„Ich habe den Auftrag jemand anderem erteilt", fuhr Asro fort. „Der Piratenkönig Zentra wird von mir reich belohnt, wenn

er alles mit Erfolg auszuführen vermag."
Argel unterdrückt nur mühsam seinen
Zorn.
„Warum habe ich den Auftrag nicht er-
halten? Ich tauge viel mehr als dieser
verweichlichte Piratenkönig", sagte er
laut.
„Mein Lieber", erwiderte Asro mit ge-
fährlich ruhiger Stimme, „ich wurde
Zeuge, wie du dein Duell gegen diesen
Merler verloren hast. Glaubst du, ich be-
gehe denselben Fehler zweimal?"
Er macht eine kleine Pause. „Außerdem
benötige ich dich als General."
Argel verschlug es den Atem.
„Mein Lord, ich bekomme eine zweite
Chance als General?"
„Ja, die Schlacht im Tal der Toten, war im
Nachhinein gesehen, nicht einmal ein
Fehler von dir, sondern Pech. Ohne die
unerwartete Unterstützung hättest du ge-
siegt."
Eifrig nickte Argel und hatte mühe seinen
Stolz zu verstecken.
„Genau so ist es. Ich habe alles richtig
gemacht."
„Bis auf den Einzelkampf mit Merler, der
war sehr bitter. Ich muss zugeben, dass er
mittlerweile eine enorme Kampferfahrung

hat", sagte Asro kühl. *"Ich verzeihe dir*
deine Niederlage."
"Wann kann ich losziehen mit der
Armee?"
"Wenn Vollmond ist, wird der große Krieg
beginnen."
"Wo soll ich zuerst kämpfen?"
Asro lachte kalt.
"Das erfährst du früh genug."
Und der Junge, der stummer Zeuge ge-
worden war, kehrt in die Realität zurück.
Merler öffnete mühsam die Augen und
blickte sich um. Er realisierte, dass er in
seiner Koje lag. Seirum, Burno und Wagio
standen um ihn herum und betrachteten
ihn besorgt.
"Was war denn?", fragte Seirum unruhig.
"Ich hatte eine Vision", hauchte Merler.
Er fühlte sich schlapp und kraftlos, wie
nach einem langen Sprint. "Wieder von
Asro."
"Und?", rief Burno aufgeregt. "Rede
schon! Was plant er, der alte Haudegen?"
"Burno!" zischte Wagio. "Wir sollten
Merler zuerst einmal richtig zu sich
kommen lassen! Er muss seine Gedanken
sammeln. Mit dir in der Nähe geht das
nicht!"
Wagio, Burno und Seirum verließen

daraufhin den Raum, und Merler lehnte sich dankbar wieder in die Kissen und schloss die Augen. Sein Herz hämmerte.

Gegen Abend hatte Merler sich ein wenig erholt. Er stand auf, suchte seine Freunde und erzählte ihnen so genau wie möglich, was er in seiner Vision gesehen und gehört hatte.

„Was genau hat sich Asro ausgedacht, um dich zu schwächen?", fragte Seirum zitternd.

„Ich weiß es nicht", antwortete Merler leise. „Aber bestimmt nichts Gutes."

„Asro, der arrogante Idiot, hat doch nie was Gutes geplant", warf Burno zornig ein. „Der Kerl ist das Böse in Person! Du musst auf seinen Schlag vorbereitet sein." Ausnahmsweise blieb Burno ernst bei seinen Worten.

„Wie soll ich mich auf etwas Unbekanntes vorbereiten?"

„Wir Eleten haben ein Sprichtwort", mischte sich Wagio ein, „dem un- bekannten tritst du mit einem reinen Herz entgegen. Das Reine gibt dir Kraft und wird dir zum Sieg verhelfen."

„Ich halte nicht viel von der Dichterkunst der Eleten, aber da habt ihr mal ins

Schwarze getroffen", sagte Burno.
Wagio seufzte.
„Kannst du nicht einmal was un-
kommentiert lassen?"
In dem Moment schwieg Burno einmal,
obwohl er es eher tat, um Wagio zu
ärgern.

Am nächsten Tag beschloss Merler, auch
Seras seine Visionen anzuvertrauen. Seras
hörte ruhig zu und schüttelte dann besorgt
den Kopf. „Hoffentlich werden wir den
Piraten nicht über den Weg laufen", war
seine erste Reaktion. Dann flackerte sein
Blick. „Aber Junge, König Seo muss un-
bedingt darüber informiert werden, dass
der große Krieg an Vollmond beginnen
soll."
„Und wie gehe ich dazu vor?", fragte
Merler ein wenig gereizt. „Mache ich
Rauchzeichen?"
Seras lächelte. „Wozu haben wir denn den
Brieffalken dabei", meinte er.
Noch am gleichen Tag schrieb Merler
einen Brief an den König. Das Stück
Pergament wurde gefaltet und an der
Klaue des Falken befestigt. Dabei
schnappte der Vogel nach Merlers Hand.
Wagio konnte ein Lachen nicht unter-

drücken.

„Was?", fragte Merler gereizt und versuchte, sein gefiedertes Gegenüber mit einer Hand abzulenken, während die andere mit dem Pergament sich dem Bein näherte. Der Vogel zischte und hieb abermals nach Merlers Fingern. Fluchend riss der Junge seine Hand zurück und betrachtete finster die blutige Schramme.

„Verzeih mir, Merler", meinte Wagio schmunzelnd, „komm, ich zeige dir, wie man hier vorgehen muss." Er nahm das Papier und steckte ihn in den Schnabel des Falken. Friedlich richtete dieser seine gelben Augen auf Wagio und begann, aufgeregt vor- und zurückzutrippeln. Offenbar hatte er nun nichts mehr gegen seinen Auftrag einzuwenden.

„Nun sag ihm, wohin mit dem Pergament", forderte Wagio Merler auf, der wortlos zugesehen hatte. Er nahm den Vogel, entfernte sich ein wenig von den anderen und instruierte ihn dann leise, aber deutlich: „Flieg nach Tharland in die Stadt Sordor. Dort sollst du den Brief bei König Seo abgeben, er wohnt in einem Schloss. Du findest es schon. Hoffentlich", ergänzte er etwas unsicherer und fragte sich, ob ein Federvieh tatsäch-

lich in der Lage sein konnte, solche Er-
läuterungen zu begreifen. Der Falke
schüttelte sich jedoch, breitete die Flügel
aus und stieß sich ab. Wenig später war er
nur noch als kleiner, schwarzer Punkt am
Horizont auszumachen.

„Wagio", fragte Merler befangen, „wird er
den Brief nicht unterwegs fallen lassen?"

„Sei ohne Sorge, er kennt das schon; es ist
seine Aufgabe. Er wird das Papier nicht
loslassen."

Merler kniff die Augen zusammen und
verfolgte, wie das schwarze Pünktchen in
der Ferne verschwand.

„Ich war der Meinung, man müsse das
Pergament am Bein befestigen." Wagio
lachte.

„Die meisten haben ihre Botschaften
lieber im Schnabel. Sie haben ihren Stolz,
ihre Tiere! Zurren wir etwas an ihren
Beinen fest, sind sie von uns abhängig, um
es wieder loszuwerden. Lassen wir sie
Meister bleiben über sich selbst."

Es war die zweite Woche, nachdem sie den Hafen von Poral verlassen hatten. Nun stellte sich heraus, dass zwar mehr als genug Nahrung an Bord war, dass jedoch das Trinkwasser allmählich zur Neige ging. Damit hatte niemand gerechnet. Die Sonne, die stunden- und tagelang auf sie niederbrannte, und die salzige Luft, hatten ihren Durst verstärkt und den Wasserkonsum vervielfacht.

Eigentlich hätten sie den Kontinent Aros längst erreichen müssen. Allerdings war es zwischendurch zu einer viertägigen Flaute gekommen, während derer sie kaum vom Fleck gekommen waren. Glücklicherweise war ihnen immerhin eine Begegnung mit den gefürchteten Piraten erspart geblieben.

„Wie lange dauert es denn noch, bis wir Aros erreicht haben?", fragte Burno genervt zum mindestens fünften Mal an diesem Tag.

„Burno, hör auf zu fragen!", herrschte Wagio in an. „Auf jeden Fall kommen wir nicht früher an, je häufiger du nachhakst!"

Wagio bemühte sich häufig um einen möglichst höflichen Ton Burno gegenüber, um nicht die Blicke von dessen Leibwächtern auf sich zu lenken. Mindestens ebenso häufig gelang es ihm aber nicht, Freundlichkeit vorzuschützen, und die beiden Riesen musterten ihn dann unheilverkündend und finster.

Plötzlich ertönte von oben ein Schrei: „Land in Sicht! Land in Sicht!"

Alle stürmten wie auf Kommando zum Bug.

„Halleluja, endlich Festland!", schrie Burno.

„Es kann auch einfach eine große Insel sein", dämpfte Wagio die Begeisterung.

Der Landstrich wurde größer, bald schon erahnte man riesige Wälder. Langsam, aber stetig näherten sie sich der Küste.

Sie ankerten und gingen von Bord.

„Dies ist zweifellos der Kontinent Aros", meinte Seras, der sich mit kundigem Auge umgesehen und noch einmal seine Karten und den Kompass zu Rate gezogen hatte.

„Wir haben es geschafft." Jubel brach aus.

Den Piraten waren sie nicht begegnet. Alle waren froh, dass es zu keiner Seeschlacht gekommen war.

Etwas Glück musste man auch mal haben.

„Nun müsst ihr allein weiter, Herr Merler", meinte Seras. „Meine Leute und ich, wir werden euch verlassen. Unser Auftrag ist hiermit beendet, wir haben unserer eigenen Wege zu gehen."

Die Verabschiedung war herzlich, aber kurz. Niemand wollte sich zu lange mit Gefühlen und Worten aufhalten, es war auch so schmerzlich genug nach der langen Zeit der Gemeinsamkeit.

Merler, Wagio, Seirum, Burno, Yera und Rexe besorgten sich je einen Sack mit Nahrung und machten sich zu Fuß auf den Weg. Niemand sah sich mehr nach dem Schiff um.

Die Wasserschläuche waren leer.

„Ich habe Durst", jammerte Burno nach kurzer Zeit.

„Wir werden bestimmt einen Fluss finden", versicherte Seirum. „In jedem Wald gibt es Wasser. Hab noch etwas Geduld."

Sie hatte Recht. Zwei Meilen etwa waren sie zügig marschiert, da hörten sie, worauf sie voll Sehnsucht gewartet hatten: lustiges Plätschern, Gurgeln und schließlich rauschen. Sie waren an einen Fluss gestoßen, der sich seit Urzeiten seinen Weg zwischen den mächtigen alten Bäumen hindurch suchte.

Alle tranken gierig direkt aus dem Fluss. Nachdem sie ihren Durst gelöscht hatten, füllten sie ihre Wasserschläuche mit dem klaren, kalten, köstlichen Wasser.

Bis zum Abend hatten sie etwa vierzehn Meilen zurückgelegt. Merler hielt es für angebracht, zu rasten. Sie aßen ein wenig Brot und etwas Fleisch.

Merler nahm seine Karte aus der Hosentasche und faltete sie vorsichtig auseinander.

„Wo werden wir mit unserer Suche beginnen?", fragte Burno, der noch immer kaute.

„Am RtosWesa", antwortete Merler und tippte auf eine Stelle der Karte.

Burno protestierte sogleich. „Was! RtosWesa ist ein Fels, Merler! Warum sollte das Magier Amulett sich denn dort befinden?"

Merler lächelte.

„Wir sollten nichts ausschließen. Gara meinte vor der Abfahrt: Das Amulett kann da sein, wo wir es am wenigsten vermuten."

Burno grummelte vor sich hin.

„Klasse Informationen von Gara. Dann können wir den ganzen Kontinent absuchen."

„Komm schon Burno, wir haben Schlimmeres hinter uns", sagte Wagio, „die geheimnisvolle Insel zu finden war nicht weniger leicht."

„Solange niemand von uns sein Leben lassen muss, für die Suche", murmelt Burno.

Ein bedrücktes Schweigen macht sich breit.

Alle erinnern sich an den Tod von Rada, der sein Leben auf der geheimnisvollen Insel hergab, für eine Armee.

Eine Armee von der Merler inzwischen nicht mehr wusste, ob sie ausreichte, um Asro die Stirn zu bieten.

Am nächsten Tag schien die Sonne von einem klarblauen Himmel herab. Im Wald war es jedoch kühl und die Sonnenstrahlen drangen nur gebündelt durch die dicht stehenden Bäume. Richtig verzaubert sah alles aus.

Sie brachen zeitig auf und setzten ihren Marsch durch den Wald fort.

„Hoffentlich begegnen wir nicht diesem Piratenfürsten und seinen Männern", murrte Burno und gähnte.

Wagio lachte ihn aus. „Piraten im Wald, das halte ich für nicht sehr wahrscheinlich, Burno! Was ist denn los? Hast du schlecht geschlafen?"

„Lass mich doch in Ruhe", knurrte Burno.

Plötzlich raschelte es in einem nahen Gebüsch. Merler fuhr intuitiv herum und hatte schon sein Schwert gezogen. Mit wachsamem Blick näherte er sich langsam dem Gesträuch. Wagio legte einen Pfeil ein.

Da schoss aus dem Gebüsch mit einem lauten Quieken eine Art bunte Ratte heraus. Das Tier schaute sie wie zu Stein erstarrt an. Es verfügte über keinen Schwanz wie es bei einer Ratte üblich war. Merler ließ das Schwert langsam sinken.

„Ach", meinte Seirum, die hörbar den Atem ausstieß, „von diesen Tieren habe ich gehört. Hier auf dem Kontinent nennt man sie Meerschweinchen. Sie sind ungefährlich", beruhigte sie ihre Freunde.

„Das dachte ich mir schon", meinte Merler lächelnd. „Ich hatte mit einem Feind gerechnet. Gottlob …"

Ein Pfeil sauste über seinen Kopf hinweg, verfehlte den Kopf des Knaben ganz knapp, fuhr in den Stamm einer Eiche und brachte die Rinde zum Bersten.

„Wir werden angegriffen", schrie Yera. Im nächsten Augenblick prasselten weitere Pfeile auf sie hernieder. Ein rundes Dutzend Schwertkämpfer stürmte auf sie zu. Die feindlichen Bogenschützen hatten sich in Büsche und im Unterholz verborgen gehabt.

Wagio schoss einen Pfeil ab. Er traf einen Bogenschützen, der sofort zu Boden ging.

Merler setzte sich gegen eigenen anderen Schwertführer zur Wehr. Dieser ließ ein Breitschwert tanzen und bewegte sich sehr geschickt.

„Magis Wakis!", schrie Merler, ohne nachzudenken.

Das Schwert glitt aus der Hand des Gegners und richtete sich gegen ihn. Verblüfft sprang der Mann zurück, doch das selbstständig gewordene Schwert verpasste seinem Herren blitzschnell den tödlichen Hieb.

„Merler, das sind Piraten!", schrie Wagio.

„Es sind mal keine Meerschweinchen", stellte Burno trocken fest und streckte gerade einen Feind nieder.

Von Seirum kam ein Aufschrei: „Hilfe! Merler!"

Merler fuhr herum und sah, wie sie von zwei riesigen Männern weggezogen wurde. Bevor er sich auf die beiden Hünen stürzen konnte, stellten sich ihm fünf weitere Gegner in den Weg.

„Brase ulimium", schrie Merler. Nichts geschah. Merler wiederholte den Spruch,

wiederum vergebens. Langsam überfiel ihn die Panik.

„Lieber Merler", sagte einer der gegnerischen Männer mit einem leisen Lächeln, „wir sind Magier von einem ganz anderen Kaliber als du. Die Sprüche deines Schwertes können wir ohne Mühe blocken." Doch plötzlich verschwand das unheimliche, überhebliche Lächeln aus seinem Gesicht. Alle fünf stürzten gleichzeitig auf den weichen Waldboden. Einer der beiden Hünen, die Seirum überfallen hatten, schrie: „Rückzug! Rückzug! Wir haben, was wir wollten!" Und einen Augenblick später waren sie so schnell verschwunden, wie sie in Erscheinung getreten waren, Seirum mit ihnen.

Burno ließ langsam seine Waffe sinken und blickte ratlos seine Freunde an. „Was hatten die plötzlich?", fragte er erstaunt. „Ich beschwere mich nicht über ihren Abgang, aber ich verstehe nicht …"

„Ich glaube, die Ursache findest du in mir", ließ sich eine weibliche, sanfte Stimme hinter ihnen vernehmen. Alle drehten sich blitzschnell um und sahen sich einer großen, schlanken Frau gegenüber. Mit freundlicher, offener Miene blickte sie die Freunde abwartend an.

Merler räusperte sich. „Wer seid Ihr?"

„Ich bin eine Eletin und heiße Dira. Ich wurde auf den Überfall und den Kampf aufmerksam, als ich im Wald nach Beeren suchte", setzte sie erklärend hinzu. „Da beschloss ich, einzugreifen. Mit einem Zauber habe ich deine fünf Feinde soeben gelähmt. Sie haben mich zu spät bemerkt."

Sie murmelten erleichtert ihren Dank.

Burno musterte dabei die hoch gewachsene Gestalt aufmerksam.

„Mit Wagio kennen wir demnach nun schon zwei Eleten", verkündete er zufrieden.

„Wagio?", fragte die Eletin freundlich. Sie blickten sich um und merkten, dass Wagio tatsächlich nicht in ihrer Mitte stand.

Er stand hinter Merler und schritt langsam auf sie zu.

„Seid gegrüßt Schwester", sagte Wagio auf eletisch und küsste sie auf die Stirn.

Nur Merler konnte die Worte verstehen.

Als Wagio und Dira mit der Begrüßung fertig waren, trat Merler auf sie zu.

„Ihr wisst sicherlich, wo die Piraten meine Freundin verschleppt haben oder?"

Dira blickte ihn verständnisvoll an.

„Ich weiß, dass du sie sehr gern hast. Aber es ist sehr gefährlich, sich in das Lager der Piraten zu begeben. Du hast gesehen, welche Mächte sie mittlerweile auf ihrer Seite haben."

„Beschreibt uns den Weg", wiederholte Merler.

Dira zögerte, dann zuckte sie kaum merklich die Achseln. „Ich vermute, deine Freundin wird ins Hauptlager gebracht werden. Es befindet sich vierzig Meilen von hier. Ich kann euch führen, wenn ihr wollt. Der Weg ist kaum nachvollziehbar zu beschreiben."

Merler tauschte rasch Blicke mit seinen Freunden. Sie nickten ihm zu, worauf er sich wieder an Dira wandte und ihr zusagte, dass sie gerne mitkommen könne. Sie hatte bewiesen, dass sie über Kampferfahrung verfügte. Dira besaß, genau wie Wagio, einen Langbogen und ein Kurzschwert.

„Es wird etwa drei Tage dauern, bis wir am Ziel sind", erklärte sie ihren neuen Gefährten: „Wir müssen das Traias-Gebirge überqueren, das kostet Zeit."

Gegen Abend hatten sie das Gebirge erreicht. Dira war vorangegangen und hatte ihnen mit einer unglaublichen inneren Sicherheit den bequemsten Weg durch das Unterholz gewiesen.

Sie schlugen ihr Lager am Ausläufer des Gebirges auf und teilten wir immer Nacht-

wachen ein. Die erste Wache hatte diesmal
Merler. Während die anderen einer nach
dem anderen einschliefen, blickte er hinauf
in die Sterne, dachte an Seirum und hatte
dennoch die Ohren geschärft, sodass ihm
kein unnatürlicher Laut entgehen würde.
Vor sich erhob sich mächtig das Gebirge. Er
konnte die Umrisse verfolgen. Langsam
drehte er sich um sich selbst und ließ den
Blick über die finstere Umgebung
schweifen. Plötzlich bemerkte er eine
winzige, kaum wahrnehmbare Bewegung
zu seiner Rechten. Er blickte genauer hin.
Nichts. Schon dachte Merler, er habe sich
getäuscht, da bewegte sich wieder etwas
ohne einen Laut, und nun vermochte er
definitiv eine Gestalt auszumachen. Rasch
und lautlos rüttelte er seine Freunde wach,
die sofort wussten, dass Gefahr drohte, und
stumm zu ihren Waffen griffen.
„Magis Lichto", flüsterte Merler. Aus
seiner Hand schoss ein Lichtstrahl, der die
im Dunkeln kaum erkennbare Gestalt erbarmungslos enthüllte.
„Bitte nicht schießen!", flehte eine fremde
Stimme. „Ich bin unbewaffnet und will euch
nichts tun. Ich habe friedliche Absichten."
Als Merlers Augen sich an das plötzliche
Licht gewöhnt hatten, machte er eine Frau

mittleren Alters aus. Sie hatte abwehrend die Hände erhoben und visierte die Pfeile an, welche Dira und Wagio blitzschnell in ihre Bögen gespannt hatten.

„Was sind Eure Absichten?", fragte Burno misstrauisch. Die Fremde ließ ihre Arme sinken und kam vorsichtig näher, ließ aber die Pfeile nicht aus den Augen.

„Ich bin euch gefolgt. Ich konnte hören, was ihr vorhabt. Ihr dürft auf keinen Fall die Piraten aufsuchen!"

„Wenn Ihr uns belauscht habt", sagte Merler kühl, „wisst Ihr wohl auch, dass unsere Freundin verschleppt wurde. Wir müssen sie retten, wir haben keine andere Wahl, als das Lager aufzusuchen."

„Es ist aber so", erwiderte die Frau und fixierte nun Dira, „dass die Piraten ihr Hauptlager mittlerweile an einem anderen Ort aufgeschlagen haben. Dieser Ort ist kaum zu erreichen. Zudem wird eure Freundin nicht zum Hauptlager gebracht, sondern direkt zu Asro. Es wäre reiner Selbstmord, sich unter diesen Umständen und völlig vergebens in das Hauptlager zu begeben."

Merler starrte sie ungläubig an, doch etwas in ihm wusste, dass ihre Aussage der Wahrheit entsprach. Er musste schlucken und spürte, dass seine Augen feucht wurden. War Seirum verloren?

„Woher wisst Ihr diese Dinge?", fragte Burno mit zusammengekniffenen Augen. Die Frau musterte ihn ebenso eindringlich wie zuvor Dira. „Ich vermag die Sprache der Tiere zu verstehen. Mein Adler berichtete mir davon." Sie wandte sich ab, drehte sich aber noch einmal um. „Ich habe euch gewarnt. Was ihr mit dem Wissen anfangen werdet, müsst ihr selbst entscheiden." Sie zögerte. „Mein Adler konnte mir auch berichten, dass ihr in der ersten Nacht am Lager von einem Spion belauscht wurdet. Überlegt gut, was der Feind nun wissen könnte." Wenig später war sie im Dickicht des nachtdunklen Waldes verschwunden.

Am nächsten Morgen verspeisten sie das Fleisch eines Rehs, das Wagio, während der Dämmerstunde geschossen hatte. Firor, Wagios Drachenweibchen, war in der Nacht zu ihnen gestoßen. Sie hatte die Reise nicht auf dem Schiff auf sich nehmen wollen und war Richtung Kontinent geflogen. Tatsächlich hatte sie es bis hierher geschafft und nun sogar ihren Besitzer ausfindig gemacht.

Das Erscheinen des Drachenweibchens und der gute Braten sorgten vorübergehend für eine etwas gelöstere Stimmung unter den Freunden. Dann senkte sich aber wieder der Schatten des Wissens über sie, dass Seirum im Augenblick für sie tatsächlich nicht erreichbar war.

„Was unternehmen wir jetzt?", fragte schließlich Burno und sah dabei Merler an. Dieser hatte bereits eine Entscheidung getroffen.

„Wir suchen weiter nach dem Amulett", teilte er den anderen mit. „Ich muss zugeben, dass es wirklich lebensgefährlich und vermutlich sinnlos wäre, Arso aufzusuchen und mit ihm um Seirum zu kämpfen. Mir fällt im Moment keine Lösung ein. Also verfolgen wir unseren alten Plan, etwas anderes bleibt uns nicht übrig."

Burno schluckte.

„Wir geben sie also auf?"

„Wir geben sie nicht auf", sagte Merler und hatte Mühe seine Tränen zu unterdrücken. „Wir können im Augenblick nichts für sie tun, das ist alles. Wir müssen darauf achten, dass wir an Fronten kämpfen, wo ein Sieg möglich ist. Wir dürfen auf keinen Fall unsere Kräfte vergeuden."

„Sie rechnen sicher damit, dass wir sie verfolgen wollen", sagte Rexe.

„Eine Verfolgung hält uns nicht nur auf, sondern kann unser Leben kosten", fügte Yera hinzu.

Zum ersten mal seit Beginn der Reise, sprachen Burno seine Leibwächter ihre Meinung aus.

„Danke für eure ungefragte Meinung", knurrte Burno.

„Ihr habt Recht", stimmte Merler zu. „Ihr dürft ruhig weiter eure Meinung mitteilen."

Burno funkelte Merler an. Er fühlte sich übergangen.

„Das Nächste mal könntest du mich fragen!"

Merler zuckte mit den Schultern.

„Was ist gegen zusätzliche Meinung einzuwenden? Sie sind nicht deine Sklaven, sondern unsere Begleitung."

„Trotzdem sind sie im Auftrag meines Vaters dabei und ich möchte das Kommando über sie behalten."

Merler seufzte.

„In Zukunft überlasse ich es dir, was sie sagen dürfen und was nicht."

Manchmal hatte Burno seine Macken.

Es konnte an seiner frischen Position liegen, der Thronerbe seines Vaters zu werden. Er wollte seinen Vater stolz machen und ihm

zeigen, dass er Führungskraft besaß.
Solange Burno es nicht zu sehr übertrieb,
konnte Merler damit leben.

Sie packten ihre Sachen zusammen und
marschierten schweigend los.

„Merler", fragte Burno nach langer Zeit,
„was ist eigentlich mit deiner Armee?"

„Ich habe sie im Wald von Tharland gelassen. Während der Schlacht im Tal der
Toten verlor Tharland so viele Soldaten,
dass sie einem neuerlichen Angriff wehrlos
ausgeliefert gewesen wären. Meine Armee
kann das Land verteidigen."

Burno zeigte sein Verständnis, indem er
kurz nickte.

„Es ist so viel passiert in der letzten Zeit",
murmelte er, und für seine Verhältnisse war
er ausgesprochen nachdenklich und niedergeschlagen. „Weißt du noch, damals, als wir
uns kennengelernt haben, Merler? Was ist
seitdem alles Geschehen! Mir kommt es vor
wie in einem anderen Leben!"

„Mit so vielen höhen und tiefen, innerhalb
von wenigen Jahren", erwiderte Merler, der
genau wusste, wie Burno fühlte. „So lange
habe ich meine Familie nicht gesehen. Ich
frage mich, was aus ihnen allen geworden
ist." Er dachte an seine Eltern und den
Bruder, auch an seine Schwester Gremel.

Wie lange war es her, dass er sich zuletzt mit den Geschwistern wegen unbedeutender Kleinigkeiten gezankt hatte. Und was hätte er darum gegeben, wenn er sie alle wiedersehen könnte.

Und plötzlich wurde er von so heftigem Heimweh überfallen, dass er fast in die Knie gegangen wäre und mühsam nach Luft schnappen musste.

„Was ist mit dir, Merler?", fragte Dira, die ihn mit ihren Aufmerksamen Augen gemustert hatte.

Merler winkte ab. „Mir geht es gut. Ich musste nur an mein früheres Leben denken, bevor ich das Goldene Schwert fand."

Dira nickte. „Du vermisst sie." Sie fragte nicht weiter nach und hatte auch darauf geachtet, dass die anderen ihre Feststellung nicht gehört hatten. Merler registrierte das dankbar und ging mit gesenktem Kopf weiter.

Plötzlich landete Firor vor ihnen. *„Wagio! Ich sehe ein Heer vor uns, es rastet nur fünf Meilen von uns entfernt in einem Wäldchen. Ich schätze, es handelt sich um viertausend dunkle Monster."*

„Wie es aussieht, müssen wir einen Umweg gehen", meinte Wagio dazu. „Oder was schlägst du vor, Merler?"

„Was ist den los", quengelte hinter ihnen Burno. „Was sagt der Drache? Warum gehen wir nicht weiter?"

Merler beachtete ihn nicht und dachte angestrengt nach. Sie hatten nicht genug Zeit, um einen riesigen Bogen zu marschieren.

„Wir werden keinen Umweg in Kauf nehmen", sagte er kurz entschlossen. „Wir schleichen uns an dem Heer vorbei. Gehen wir weiter."

„He!", rief Burno. „Will mir jemand sagen, was los ist?"

Wagio übersetzte ihm nun die Botschaft des Drachenweibchens und wiederholte Merlers Entscheidung. Burno hatte einen anderen Vorschlag, der ihm selbst brillant zu sein schien.

„Wir metzeln einfach alle nieder", sagte er und blickte auffordernd in die Runde. „Ich will weder einen langen Umweg gehen noch an den Monstern vorbeischleichen."

„Burno", sagte Wagio, „das ist lebensmüde. Du hast gehört, wie viele es sind."

„Weshalb fliegen wir dann nicht auf Firor über das Lager hinweg?", bohrte Burno trotzig weiter. „Wozu ist der Drache denn gut?"

„Sie kann nicht das Gewicht von sechs Personen tragen", erklärte Wagio mühsam beherrscht. „Höchstens vier Personen kann sie tragen, aber mehr geht nicht."

Merler war in seine eigenen Gedanken versunken, während die anderen stritten.

Schließlich wandte er sich direkt an das Drachenweibchen, das geduldig abwartete.

„Firor, haben sie Todesdrachen dabei?"

„Nein. Ich glaube auch, dass sie bald weiterziehen werden. Sie hatten einige Geschütze dabei und auch Belagerungsmaschinen, die stehen außerhalb des Waldes bereit. Lange rasten sie bestimmt nicht mehr."

Merler holte tief Luft. „Hört zu! Ich habe einen Vorschlag", wandte er sich an seine Freunde.

Seirum befand sich in einem dunklen Kerker in Asros Gefängnis, das hatte sie den Gesprächen der Wächter entnommen. Sie war müde, verängstigt, hungrig und auch zornig, denn dieser Ort war alles andere als gemütlich, und sie wusste nicht, womit sie so etwas verdient hatte.

Eigentlich hätte der Weg in die entfernten Kerker lange Zeit in Anspruch genommen, doch einer der Magier hatte sie einfach innerhalb eines Wimpernschlags in die Kerker gezaubert. Vermutlich wollte er verhindern, dass sie auf dem langen Weg entkommen konnte oder befreit wurde.

In einer Ecke der engen Zelle lag Stroh, das elend kratzte. Das feuchte Gemäuer war von Moos und Schimmel überwuchert. In den Ecken tappten Mäuse umher, die sich kaum vor dem Mädchen zu fürchten schienen. Plötzlich ging die Tür auf, und ein Wächter kam herein, flankiert von bewaffneten Zimisisten.

„Komm mit, unser Herr Asro will dich sprechen", knurrte der Wächter.

Seirum setzte sich trotzig auf. „Dein feiner Herr soll selber kommen, wenn er mich etwas fragen möchte!"

Der Wächter knurrte. „Werde nicht unverschämt!"

„Er soll selbst kommen", wiederholte Seirum stur. Sie wusste selber nicht, woher sie den Mut nahm, aber der Kerker hatte etwas in ihr angerichtet und verändert. Sie wollte frei sein, lieber tot als länger hier gefangen. Irgendetwas musste unternommen werden, wenn sie hier nicht verrotten wollte, *sie* musste etwas unternehmen.

Kurz schien der Wächter verunsichert, dann packte er aber grob ihr schmales Handgelenk und zerrte sie hart und erbarmungslos mit sich durch die Gänge. Links und rechts vernahm Seirum die Schreie anderer Gefangener. Angestrengt versuchte sie, das Gebrüll zu ignorieren und nicht an sich heranzulassen. Angst stieg in ihr hoch. Würde Asro ihr dieselben Schmerzen antun, wie den Gefangenen hier?

Seirum zwang sich, an Merler zu denken und daran, dass er sich gewiss aus dieser Situation retten würde. Sie hoffte nur, dass er nicht selbst hier aufmarschieren würde, denn das war zweifellos das, was Asro im Sinn hatte. Irgendwie musste er erfahren haben, dass Seirum Merler liebte – und das Mädchen hatte schon länger den Eindruck, dass Merler ihre Gefühle erwiderte. Sie hatte den bösen Verdacht, dass Asro diese Schwachstelle ausnutzte, um Merlers Willen zu brechen.

Sie kamen durch ein Steintor nach draußen, und Seirum zog gierig die frische Luft ein. Der Wächter beschleunigte seinen Schritt und schleifte sie förmlich hinter sich her. Auf dem geschlossenen Gelände wurden Waffen geschmiedet, Rüstungen gefertigt, Belagerungswaffen und Geschütze hergestellt. Wohin Seirum auch sah, überall Monster, die sich für den Krieg rüsteten. Die Gefangenen mussten mitarbeiten und wenn sie kraftlos zu Boden fielen, folgten

Peitschenschläge der Wächter.

Wenn ein Gefangener nicht mehr arbeiten konnte, wurde er umgebracht und abtransportiert. Was sie mit den Leichen machten, wollte Seirum erst gar nicht dran denken.

„So, wir sind da", meldete sich der Wächter. Seirum hob den Blick und sah vor sich ein riesiges, schwarzes Schloss. Es war wahrlich beeindruckend, aber auch sehr finster, unheimlich und wenig vertrauenerweckend. Seirum wusste nur eins, dass sie dieses Gemäuer nicht betreten wollte. Diese Wahl hatte sie jedoch nicht. Erbarmungslos wurde sie weitergeschleift.

Im Innenraum waren unzählige Geräte aufgebaut. Es musste die Folterkammer sein.

Blut klebte am Boden.

Die verschiedenen Foltergeräte, waren ebenso blutverschmiert.

Asro stand mitten im Raum.

Warum er sich diesen Ort ausgesucht hat, um mit ihr zu reden?

Wollte er Angst erzeugen? Oder wollte er dabei sein, wenn die Monster sie folterten. Gefangene waren gerade keine drin und darum war Seirum dankbar.

Wenigstens keine Schreie mehr.

Er befahl dem Wächter, sich vor die Tür zu begeben und ihn mit Seirum allein zu lassen. Dann wandte er sich dem Mädchen zu.

Asro ging nah auf Seirum zu.

Sie konnte seinen ekligen Atem riechen.

„Warum hat dein Geliebter kein Interesse daran dich zu retten? Verrätst du es mir, meine kleine Schöne?"

Seirum schluckte und schwieg.

„Ich weiß, kein sonderlich schöner Raum zum Reden. Wir hätten auch in meiner Festung reden können, aber der Weg dahin ist lange und ich will dir keine Möglichkeit geben zu fliehen."

„Wieso soll er mein Geliebter sein?", fragte Seirum mit heiser Stimme.

„Meine Kristallkugel zeigte mir, dass ihr euch liebt. Die Kugel täuscht sich nie. Und wenn Merler dich liebt, kommt er dich auch zurückholen. Das ist der Plan. Doch warum geht er nicht auf?"

Seirum hob den Blick und starrte Asro zum ersten Mal direkt in die Augen. Ein rotes Funkeln konnte sie in seinen Augen sehen.

„Er weiß, dass ihm eine Falle gestellt werden soll", sagte sie mit ihrer klaren Stimme und gab sich Mühe, ihr Zittern zu verbergen. „Ihr seid nicht der Einzige, der denken kann."

Asros Augen lachten. „Ich kann mir vorstellen, was er denken wird: Ich finde sowieso eine neue Freundin. Warum sollte ich mein Leben für sie riskieren?"

Asro wollte ihre Hoffnung zerstören.

Seirum merkte seine Strategie.

„Er will mich um jeden Preis retten, auch wenn das bedeutet, mich zuerst einmal aufzugeben. Aber das ist etwas, das Ihr ohnehin nicht begreift." Sie lächelte jetzt sogar.

„Er weiß, dass es eine Falle ist und deshalb muss er, auch wenn es schmerzt, die Mission weitermachen. Sie ist wichtiger."

Seirum sah, dass Asro wütend wurde, sie schwieg und wartete ruhig, was weiter geschehen würde.

Asro ging zu einem schmalen Tisch, enthüllte eine dort stehende Kristallkugel und berührte sie sacht mit dem Zeigefinger. Die Kugel färbte sich rot. Dann tauchte auf der schillernden Oberfläche das Gesicht eines Mannes auf. Als sie genauer hinsah, erkannte sie den Hünen, der im Wald gegen sie gekämpft hatte. Offenbar war es der Piratenfürst.

„Krasa", wandte sich Asro an die Kugel.

„Ich habe gleich zwei Aufgaben für dich. Zunächst musst du unbedingt deine Schiffsflotte vergrößern, denn bald beginnt der große Krieg. Dann musst du diesen Merler und seine Freunde finden und unverzüglich töten."

Seirum konnte verhindern, dass ihr ein Laut des Schreckens entwich, doch es kostete sie viel Mühe.

„Ich dachte, das kleine Luder würde reichen, um den Jungen zu brechen", knurrte Krasa.

„Zweifle mich nicht an!" Nun wurde Asro zum ersten Mal laut, und Krasas Mimik zeigte Furcht an. „Führe die Aufträge aus, die ich dir erteile, und frag nicht weiter! Wenn du belohnt werden willst wie gehabt, tu einfach, was dir gesagt wird!"

Krasa nickte tonlos.

Seirum bewegte sich langsam rückwärts zur Tür. Sie ahnte, dass sie nicht weit kommen würde, doch sie wollte nichts unversucht lassen, Asro zu entkommen. Jetzt schien er abgelenkt, er herrschte nach wie vor den Piratenkönig an, der ihm Widerworte entgegengebracht hatte und somit ein gern gesehenes Ziel geworden war für Asros Unsicherheit, die beim Gespräch mit Seirum aufgekommen war.

Als Seirum nur noch ein paar wenige Schritte von der Tür entfernt war, hob Asro plötzlich die Hand. Seirum fuhr zur Tür herum und wollte sie aufreißen, doch ihr

Körper erstarrte. Sie verlor vollkommen die Kontrolle über ihre Glieder und blieb regungslos mitten in der Bewegung stehen. Sie hatte Asro unterschätzt, seine Aufmerksamkeit hatte keine Sekunde gänzlich von ihr abgelassen.

„Du weißt also, was zu tun ist", sagte Asro zu Karas. Er tippte abermals die Kristallkugel mit dem Finger an. Das Bild des Mannes erlosch.

Nun erst drehte Asro sich zu Seirum um. Er lachte verächtlich. „Glaubst du wirklich, dass ich dumm genug bin, dich flüchten zu lassen? Wer weiß, wofür du noch gut sein wirst. Du bleibst hier, solange ich es für richtig halte! Und was dann mit dir geschieht, bestimme ebenfalls ich. Im Übrigen wäre diese Flucht nicht glücklich verlaufen. So leicht entkommst du nicht aus dem Gefängnis."

Seirum schwieg, sie hätte ohnehin nicht sprechen können. Ihr Körper verweigerte jeden Befehl. Asro hob abermals den Arm und richtete die Handfläche auf sie. Sofort kehrte Gefühl in ihren Körper zurück.

„Ich habe dir eine meiner besten Zellen zugeteilt", sagte Asro. „Und du dankst es mir, indem du an eine Flucht denkst."

„Ihr wollt mich ohnehin töten", erwiderte

Seirum furchtlos. „Weshalb sollte ich Gehorsam vortäuschen!"

Asro lächelte. „Weshalb sollte ich dich töten wollen? Vielleicht ist mir besser gedient, wenn ich dich hierbehalte. Ich denke, du kannst noch gute Arbeit für mich leisten. Sklaven werden hier immer gebraucht." Er ließ einen Blick über sie streichen, der Seirum gar nicht gefiel. „Wir werden sehen."

Merler und seine Freunde nährten sich vorsichtig dem Wäldchen, indem laut Wagios Drachenweibchen das gegnerische Heer lagern sollte. Dichte Wolken zogen auf. Zwischen den Bäumen glitzerten die ersten Lagerfeuer hindurch.

„Sie sind also noch nicht weitergezogen", zischte Merler enttäuscht. Er ließ die anderen ein Stück zurück und näherte sich allein dem Lager in der Hoffnung, vielleicht etwas aufzuschnappen oder Anzeichen für einen möglichen bevorzugten Aufbruch beobachten zu können.

Er zuckte zusammen, als nicht weit von ihm eine donnernde Stimme erklangt: „Hört her! Herr Asro sandte uns einen Falken mit einer Nachricht! Sein Wille ist es, dass wir diesen Wald besetzt halten. Dieser Junge mit dem

Schwert soll in unserer Nähe sein. Der Herr sagt, sie wollen nach Rtos Wesa, und dies ist der kürzeste Weg. Sollten wir den Jungen und die anderen finden, werden sie augenblicklich getötet!"

Andere Monster brüllten zustimmend: „Für König Asro werden wir diesen Wald besetzen!"

Merler hatte genug gehört. Noch langsamer und leiser als vorhin, da er sich nun verstärkter Gefahr bewusst war, zog er sich zurück und fand bald seine wartenden Freunde wieder, denen er mit leiser Stimme Bericht erstattete.

Bevor sie zügig den Rückzug antreten konnten, raschelten Blätter und knackten kleine Ästchen, und vier der Gegner, offenbar Wachtposten, schritten nicht weit von ihnen vorüber. Yera und Rexe zogen leise ihre Schwerter.

„Unternehmt nichts Unüberlegtes", raunte Merler. „Ich habe gesehen, wie viele es sind. Wir haben keine Chance gegen dieses Heer."

Regungslos wartete die kleine Versammlung, die Hand an den Waffen, dass die Wachtposten wieder verschwinden würden, doch mit einem Ruck blieb ein Zimisist stehen, schnüffelte in die Luft und brüllte dann: „Ich rieche Menschen! Hier verstecken sich Menschen!"

Seine Begleiter hielten ebenfalls an und blickten in die Richtung, in die der andere deutete. Auch sie begannen zu schnüffeln, und nur wenig später setzten sie sich in Bewegung – nach dort, wo Merler und seine Freunde kauerten.

Merler war sofort klar, dass sie entdeckt werden würden. In seinem Inneren wurde alles kalt und starr vor Angst. Er hatte seine Freunde, die ihm vertrauten und folgten, in ihren Untergang geführt, einzig deshalb, weil er nicht bereit gewesen war, einen etwas längeren Weg auf sich zu nehmen. Er begann zu schwitzen.

Bevor Merler einen Plan gefasst hatte, bevor die Zimisisten das Gebüsch erreicht hatten, in dem ihre Beute sich verbarg, schrie einer von ihnen auf und fiel donnernd zu Boden. Seine Verbündeten wirbelten herum und auch Merler richtete sich verwirrt ein Stück auf, um sehen zu können. In dem Moment machte sich aber auch großer Lärm breit, und dann brach eine große Truppe Zentauren und Eleten durch das Unterholz. Einige der Monster, die von dem Schrei des sterbenden Zimisisten angelockt worden waren, wurden einfach überrannt.

Das Gebrüll und das Stampfen holten allerdings noch mehr der Feinde herbei. Rexe und Yera stürzten sich ohne zu zögern in die Schlacht, die so rasch zu toben begann, dass das Überraschungsmoment bei Merler noch nicht ganz verklungen war. Eigentlich wollte er die günstige Situation nutzen und die anderen aus der Gefahrenzone lotsen, solange Verbündete und Feinde abgelenkt waren. Bevor er jedoch energisch Befehle dieser Art verteilen konnte, war Burno seinen Leibwachen mit Feuereifer gefolgt.

„Das darf nicht wahr sein!", flüsterte Merler wütend und besorgt zugleich.

Wagio fing seinen Blick auf. „Nun bleibt uns nichts anderes übrig, als den Kerl da wieder rauszuhauen", knurrte er, spannte einen Pfeil ein und erlegte gezielt einen Zimisisten. Auch Dira erhob sich, stellte sich dem Feind. Ein unerkannter Rückzug war nun nicht mehr möglich.

Merler riss sein Schild vom Rücken und sein Zauberschwert aus der Scheide. Pfeile sirrten über seinen Kopf. Das Klirren der Schwerter wurde lauter, als von allen Seiten neue Kämpfer hinzustießen.

Merler fügte sich rasch in sein Schicksal, er verbannte Wut und Angst aus seinem Kopf und seinem Herzen und stürmte auf einen Trollmenschen zu, um auf ihn einzuschlagen. Sein zorniger, gezielter Angriff ließ den Trollmenschen bald zu Boden sacken. Vier Zimisisten, die dies beobachtet hatten, legten zeitgleich Pfeile auf Merler an, die jedoch allesamt in sein Schild fuhren. Schreckliches Protestgeschrei erhob sich, die Zimisisten rannten auf Merler zu.

„Magis Wakis", murmelte dieser und richtete die Hand auf die Angreifer. Alle wurden von den Füßen gerissen und etliche Meter weit zurückgeschleudert, wo sie am Fuße eines Baumes reglos liegenblieben. Mit dem nächsten Zimisisten, der sich auf Merler stürzen wollte, gedachte Merler ähnlich zu verfahren, um seinen Schwertarm zu schonen.

„Magis Wakis", hauchte er. Er wusste, eigentlich hätte es auch diesen Gegner von den Füßen fegen müssen. Nichts geschah jedoch, scheinbar wurde der Zauberspruch geblockt, Merler hatte kurz zuvor die Worte „Magis Echto" vernommen.

Merler war verwirrt und wurde unruhig. Noch nie war ihm ein Monster erschienen, das Magie blocken konnte. Bevor er sich aber in Gedanken verlor, hob er mit einem Ruck sein Schwert und ging damit auf den

Zimisisten los. Dieser versuchte tatsächlich, sich durch Magie zur Wehr zu setzen, doch diesmal blockte Merler ihn ab. Der andere zog nun ebenfalls sein Schwert, doch Merler war schneller. Er hieb so schnell hintereinander auf den Feind ein, dass dieser weder selbst zum Zug kam, noch weitere Zauber sprechen konnte. Es dauerte nicht lange, da hatte Merler ihm die Waffe aus der Hand geschlagen und den hässlichen, monströsen Kopf vom Körper abgetrennt. Merler freute sich nicht über seinen Triumpf. Er hatte fürchterliche Angst um seine Freunde bekommen, die es offenbar nicht einfach nur mit dummen, gewaltbereiten Monstern zu tun hatten, sondern mit Wesen, die der Magie mächtig waren. Das war laut des Wissens, das sein einstiger Lehrer Gara an Merler weitergegeben hatte, nicht möglich. Monster waren der Zauberei noch nie mächtig gewesen.

Wie hatte Asro ihnen es beibringen können? Merler blickte sich hektisch um und hielt Ausschau nach seinen Freunden. Er entdeckte keinen von ihnen, dafür aber ein riesiges Geschütz, das von Gesteinsmonstern in Betrieb genommen wurde. Es feuerte mehrere meterlange Bolzen auf die Angreifer. Es sah aus wie ein Kasten mit

Schießscharten. Eine merkwürdige aber gefährliche Konstruktion. Ständig luden die Gesteinsmonster es nach und brachten etliche Zentauren und Eleten um. Einige der Angreifer waren aufmerksam geworden und versuchten das zwei Mann hohe Geschütz zu beschädigen. Viele Feinde stellten sich ihnen in den Weg. Sie wollten um jeden Preis das Geschütz verteidigen. Merler sah genauer hin, und nun konnte er unter den Angreifern Burno, Rexe und Yera erkennen. Erleichtert stieß er die Luft aus.

Merler wollte das Geschütz in tausend Einzelteile zersplittern lassen, doch rechtzeitig fiel ihm ein, dass die Splitter gezwungenermaßen seine Freunde durchbohrt hätten. Fieberhaft überlegte er sich eine andere Lösung und rief: *„Frudio!"*

Ein Feuerball schoss aus der Spitze des Goldenen Schwertes und fuhr mitten in das Geschütz, das sofort in Flammen aufging. Die Hitzewellen warfen all diejenigen um, die sich um das Geschütz gescharrt hatten, um es zu verteidigen.

Ein paar Magier unter den Monstern löschten, so schnell es ging den Brand, aber das Geschütz blieb zerstört.

Die Gesteinsmonster, merkten, als erste woher der Zauberangriff kam und rannten voller Wut auf Merler los. Dabei ignorierten die Monster, dass sie auf ihrem Weg ein paar Zimisisten umrannten. Merler versuchte es mit einem Spruch und war nicht einmal mehr sonderlich überrascht, als eins der Gesteinsmonster mühelos mit einem Gegenzauber parierte.

Ein Pfeilhagel prasselte von hinten dicht über Merlers Kopf hinweg und bohrte sich in die heranstürmenden Monster. Als er sich nach seinen Rettern umsah, bemerkte er Eleten, die hinter ihm Stellung bezogen hatten. Dankbar lächelte er ihnen zu.

Die Schlacht tobte nicht mehr lange. Einige Gegner versuchten noch, sich zurückzuziehen, doch den meisten wurde von Eleten und Zentauren der Weg abgeschnitten.

Merler konnte es kaum glauben. Er wollte sich nicht vorstellen, was passiert wäre, wenn das Heer aus Zentauren und Eleten nicht gekommen wäre.

Wagio, Burno und Dira rannten auf Merler zu.

„Wagio", sagte Merler leise, „sie können nun zaubern! Die Monster können meine Banne blocken und selbst Flüche aussprechen!"

Wagio nickte grimmig. „Ich habe es gesehen, Merler. Dafür dürfen wir uns wohl

bei Asro bedanken. Er wird dafür gesorgt
haben, dass die Halunken mit Magie versorgt werden."

„Aber wie konnten sie die Zaubersprüche
meines Schwertes parieren?", bohrte Merler
verständnislos nach. „Ich dachte, das ginge
nicht!"

„Für fortgeschrittene Magier ist das durchaus möglich", erwiderte Wagio. „Wir
dürfen unsere Gegner nicht mehr unterschätzen. Ich hätte es nie für möglich gehalten, dass Asro so leichtsinnig sein
könnte, solche Wesen auch mit Magie aus-
zustatten. Er weiß nicht, was er da tut!"

„Ihm ist alles Recht, um seine Macht zu
festigen", sagte Dira.

Wagio schüttelte den Kopf.

„Dabei nimmt er die Gefahr der Un-
berechenbarkeit in Kauf. Diese Wesen sind
höchst labil und kennen so etwas wie Verantwortung nicht."

„Seit wann kümmert es Asro, ob seine
Untertanen labil sind?", spottete Burno.

„Falls Merler ihn nicht umbringen kann,
dann kommt er eines Tages durch seine
eigenen Untertanen um."

„Soll es mir ein Trost sein?", fragte Merler
verständnislos.

„Nur für den Fall, dass du ihn nicht besiegst."

Darauf wollte niemand mehr was sagen und lachen konnte erst recht keiner.

Seirum musste bei Asro harte Sklavenarbeit verrichten. Selbst Kinder blieben nicht davor unverschont. Die Gefangenen wurden grausam und ohne Erbarmen behandelt. Wer nicht mehr konnte, wurde ausgepeitscht.

Seirum und einige andere Frauen, Männer und Kinder waren für den Bau eines Belagerungsturmes eingeteilt worden.

„Wie lange bist du schon hier?", fragte eine junge Frau Seirum.

„Ich arbeite den ersten Tag hier", antwortete Seirum.

„Woher kommst du denn?", fragte die Frau weiter.

„Ich bin aus Kaltran."

Seirum wagte es nicht, auch nur kurz in ihrer Arbeit innezuhalten. Sie wusste, dass jede Bewegung von Wächtern kontrolliert wurde.

„Meine Heimat existiert mittlerweile nicht mehr."

„Das tut mir leid. Ich komme aus Skandidafiena. Asro ließ auch dort alles niederbrennen und zerstören. Die über-

lebenden Bewohner wurden hierher verschleppt und zu Sklaven gemacht." Sie
stockte kurz. „Aus meinem Land kam auch
dieser Junge, der das Goldene Zauberschwert gefunden hat. Ihm haben wir die
Zerstörung unseres Landes wohl zu verdanken!"

Seirum wurde wütend, als sie das hörte, war
die Frau doch offenbar voreingenommen
und falsch informiert. Sie sagte jedoch
nichts, um die ohnehin angespannte
Stimmung im Sklavenlager nicht weiter
kippen zu lassen. Einen Streit vom Zaun zu
brechen, konnte sich als fatal erweisen. Wie
viele von den Sklaven dachten genauso wie
die Frau?

Seirum kannte ihre Ansichten über Merler
kaum.

Manche verfluchten ihn und andere priesen
ihn als Retter an.

Eine Glocke schlug zum Essen. Seirum war
so hungrig, dass sie sofort raschen Schrittes
auf das schwarze Steinhaus zuging, indem
es die Mahlzeiten gab. Alle verteilten sich
auf alten, angeschlagenen, modrig
riechenden Bänken. Auf den langen Tischen
standen schon Holzschalen bereit und eine
große Schüssel mit Suppe. Neben den

Schalen lag je ein Stück Brot. Drei Krüge Wasser standen auf jedem Tisch bereit.

„Das soll unser Mittagessen sein?", rief Seirum fassungslos aus. Die junge Frau, die sich neben ihr niedergelassen hatte, stieß sie unsanft in die Seite.

„Ruhig! Sei vorsichtig, was du sagst! Wer sich über das Essen beschwert, erhält Peitschenhiebe. Also iss einfach und schweig!"

Seirum löffelte ergeben ihre Suppe. Immerhin gab es ausreichend zu trinken, und sie schenkte sich wieder und wieder nach. Dennoch fühlte sie sich zu Tode er-schöpft, ihre Glieder schmerzten, und sie dachte mit Schrecken daran, dass der Tag erst zur Hälfte vorbei war. Und dass noch unzählige weitere solcher Tage folgen würden.

„Ich schaffe das nicht!", wisperte sie der Frau an ihrer Seite zu. „Ich bin harte Arbeit nicht gewohnt! Ich bin die Tochter der Königin Kaltrans!" Dies war ihr unwillkür-lich herausgerutscht, sie hatte es gar nicht äußern wollen. Das Interesse der anderen Frau war nun aber geweckt. Neugierig sah sie Seirum an.

„In der Tat?", flüsterte sie. „Das ist interessant. Wie heißt du? Ich bin Lira."

Nach dem Mittagessen ging die Arbeit
weiter. Seirum arbeitete langsam und
gleichmäßig, um mit ihren Kräften hauszu-
halten. Ihre Finger bluteten längst, auf den
Handflächen hatten sich große Blasen gebildet, die nach und nach aufgescheuert
wurden und fürchterlich schmerzten.
Trotzdem klagte sie nicht, sondern schärfte
alle Sinne in der Hoffnung, irgendeine
Möglichkeit für eine Flucht ausfindig zu
machen. Sie wusste, dass es eigentlich
keinen Fluchtweg geben konnte, aber wenn
sie sich das eingestanden hätte, hätte sie
aufgeben müssen. Also hoffte Seirum.

Es war schon recht spät am Tag, als sie ihre
Reise fortsetzten. Sie hatten gemeinsam mit
den Eleten und Zentauren, ihren Rettern,
etwas gegessen und sich ausgetauscht. Fast
hätte Merler darüber die Zeit vergessen.
Ihre neuen Verbündeten boten ihnen an,
eine Nacht bei ihnen zu bleiben. Merler
lehnte jedoch ab, er erklärte, sie hätten einen
Auftrag und könnten keine Zeit mehr verlieren. Also verabschiedeten sie sich.
Als es Nacht wurde, richteten sie ihr Lager
ein. Eigentlich hatte Merler heute noch das
Ende des Waldes erreichen und auf offenem

Gelände nächtigen wollen, doch Dira brachte ihn davon ab. Sie versicherte glaubhaft, dass sie das nicht mehr schaffen würden und lieber im Schutz der Bäume ruhen sollten.

Mit dem Aufgang der Sonne packten sie jedoch zusammen und zogen weiter.

„Ich fühle mich ständig beobachtet seit der Schlacht im Wald", vertraute Burno Merler an. Merler wusste, wie er sich fühlte. Ihm ging es ähnlich. Er hatte dauernd das Gefühl, nicht allein zu sein, konnte den Eindruck jedoch nicht erklären. Es war wie ein Instinkt, der ihn zu warnen versuchte. Er sagte nichts, war aber aufmerksamer als sonst, und vermutlich entgingen ihm im Laufe des Tages nur deshalb die beiden Gestalten nicht, die blitzschnell und wahrhaft kaum erkennbar von einem Dickicht in ein anderes huschten. Merler stieß einen Schrei aus und zeigte in die Richtung. Ohne nachzufragen legte Wagio den Bogen an und schoss zwei Pfeile hintereinander ab. Einer ging ins Leere, einer traf sein Ziel. Ein Mann fiel aus einem Gebüsch. Ein zweiter tauchte im Dickicht unter und war im gleichen Augenblick verschwunden.

„Ich wusste es doch!", schrie Burno zornig. „Wir werden verfolgt! Hab ich es doch gesagt!"

Dira rannte zu dem toten Mann hinüber, gefolgt von den anderen. Das Gesicht der Eletin verzog sich vor Schreck. „Es ist ein Pirat!"

„Landpiraten?"

Dira nickte. „Sie haben es offensichtlich auf uns abgesehen. Und einer der Spione wird ins Lager zurückkehren und Meldung machen. Wir sind nicht mehr sicher."

Burno lachte. „Sicher? Wann waren wir zuletzt sicher?"

Dira runzelte die Stirn. „Lach du nur. Du wirst auch noch merken, wie ernst die Lage ist."

Merler sah sich wachsam um, konnte jedoch nichts Verdächtiges mehr ausmachen. Von den Landpiraten wusste er, dass sie alles töteten, was nicht schnell genug zurückhieb, und die wenigen Überlebenden zu Sklaven machten. Zudem hatte nun wohl jedes finstere Volk den Auftrag, Merler und seine Freunde zu finden und auszulöschen. Er musste zugeben, dass die Lage immer verzwickter wurde.

Plötzlich hagelte es riesige Steine aus der Luft.

„In Deckung!", schrie Merler. Sie duckten sich und flüchteten, die Hände über die

Köpfe gelegt, in die Richtung, die Merler vorgab. Schließlich wurde es um sie herum wieder ruhig. Schwer atmend blieben sie stehen. Das Drachenweibchen landete in ihrer Mitte.

„Sie haben von dem Gebirge aus geschossen", übersetzte Wagio ihr Zischen. „Sie haben Schleudern benutzt."

„Waren es die Landpiraten?", keuchte Merler.

„Vermutlich", bestätigte Wagio. „Das ging erstaunlich schnell."

Merlers Herz raste immer noch, als sie angespannt und wachsam weiter liefen. Offenbar hatte Asro wirklich alle dunklen Völker gegen ihn gehetzt und sich dazu entschlossen, Merler töten zu lassen. Anders konnten die gewalttätigen Angriffe nicht mehr zu erklären sein. Dira, die seine Gedanken zu lesen schien, schloss zu ihm auf und meinte leise: „Es scheint so, als sei auch dein Leben vor Asro nicht mehr sicher. Mittlerweile geht es ihm wohl nicht mehr darum, dich selbst zu besiegen, er will dich einfach nur noch tot sehen."

Gegen Abend kamen sie in eine kleine Stadt im Wald. Es handelte sich um eine Ansiedlung des Landes Aera, das sich neutral verhielt.

Der Stadtherr war ein winziger, dicker
Mann, der sogar dem klein gewachsenen
Burno nur bis zum Kinn reichte. Sein Name
war Leo.

Burno, der den ganzen Tag über kleinlaut
und niedergeschlagen war, bat den Stadtherrn, in einem der Gästehäuser nächtigen
zu dürfen. Leo lehnte das ab.

„Das würde die Neutralität unseres Landes
in Frage stellen und Asros Zorn auf uns
lenken", erklärte er. „Bisher marschieren
seine Armeen immer friedlich an uns
vorbei. Das wollen wir auch nicht ändern."
Er zögerte. „Ich schlage vor, ihr übernachtet
außerhalb der Stadt im Walde."

Merler verstand das Dilemma des Mannes,
wenn es ihn auch ärgerte, dass jemand
selbst in solchen Zeiten seine Feigheit als
Neutralität bezeichnen konnte. Er stimmte
kühl zu und führte seine Freunde von
dannen.

Etwas abseits der Stadt schlugen sie ihr
Lager auf. Sie aßen einwenig Brot mit Käse
und legten sich zum Schlafen nieder. Rexe
übernahm die erste Nachtwache.

Merler lag kaum, da überfiel ihn eine neue
Version.

*Es war Tag, aber dunkle Wolken verdeckten
die Sonne. Ein gewaltiges Heer aus*

Monstern marschierte durch ein Tal. Merler erkannte das Tal der Toten. Das Heer führte Belagerungswaffen mit sich. Von oben fühlte sich der Junge an einen Ameisenhaufen erinnert. Die Richtung, die das Heer nahm, war ihm vertraut. Sie näherten sich Sordor, der Hauptstadt Thar-lands.

„Merler!" Jemand schüttelte ihn unsanft aus dem Schlaf. Merler schoss in die Höhe und erkannte nur mit Mühe Burno. Dieser starrte ihn besorgt an.

„Was ist denn?", murmelte Merler, noch immer halb in seiner Vision gefangen. „Bin ich jetzt mit der Wache an der Reihe?"

„Das nicht", sagte Burno zaudernd. Er druckste etwas herum. „Kann ich dich was fragen?"

Merler seufzte erleichtert. Er hatte befüchtet, im Schlaf gesprochen zu haben. Nun hatte Burno nur einfach eine Frage. Das sah ihm wieder gleich.

„Was denn?", fragte er ungeduldig.

„Schwitzt du immer so ausgeprägt beim Schlafen?", fragte Burno.

Merler blickte an sich hinab und fuhr mit den Händen über sein Hemd. Burno hatte Recht, er war schweißüberströmt. Und in dem Moment wurde Merler auch klar, dass

Burno genau wusste, was Sache war.

„Du hattest eine Vision", stellte er einfach fest. Merler nickte. Obwohl Burno ihn fragend ansah und offenbar auf nähere Angaben wartete, schwieg Merler. Er war sich noch nicht ganz klar darüber, was die Vision ihm hatte sagen wollen. Allerdings quälte ihn eine Ahnung. Wenn ihn nicht alles täuschte, könnte dies ein Zeichen für den baldigen Ausbruch des Krieges gewesen sein. Ob Asro den Zeitpunkt aus irgendeinem Grunde vorverlegt hatte? Oder zeigte die Vision nur die fernere Zukunft? Solange er nichts Bestimmtes wusste, würde er, Merler, jedoch auf keinen Fall seine Freunde beunruhigen. Er legte sich wieder nieder und gab Burno ein Zeichen, dasselbe zu tun. „Schlaf jetzt. Wir sprechen morgen darüber. Es war nicht wichtig."

„Davor wecke ich Wagio, für seine Wache."

Merler war zu müde um eine Antwort über die Lippen zu bringen.

Burno wartete keine Antwort ab und ging zu Wagio.

Die Visionen konnten vorteilhaft sein, aber trotzdem war der Junge immer froh, wenn er immer wieder ruhigen Schlaf fand.

Die Visionen kamen nicht so oft im Monat

vor, doch dafür plagten ihn oft Albträume, die viel schlimmer als Visionen waren. Inzwischen konnte Merler immer schwerer Visionen von Albträumen unterscheiden. Seinen Freunden hatte er davon noch nicht erzählt. Lediglich Seirum hatte er davon erzählt, kurz nachdem die Schiffsreise begonnen hatte.

Der Versuch.

Seirum fiel völlig erschöpft und kraftlos auf ihr Lager aus modrigem Stroh, als sie am Abend wieder in ihre Zelle gelassen wurde. Von der morgendlichen Dämmerstunde an bis abends nach Sonnenuntergang hatte sie gearbeitet. Zwar gab es drei Mahlzeiten am Tag, aber satt wurde man dabei nie. Unablässig hielt sie Augen und Ohren offen und hatte alle Sinne geschärft, um auch nur die kleinsten Anzeichen eines möglichen Fluchtweges aufzunehmen.

Merler und Burno hatten einst – es schien ein ganzes Menschenalter her zu sein! – über Burnos Flucht gesprochen, als er einmal in Gefangenschaft geraten war. Die Sicherheitsvorkehrungen, mit denen sich Seirum nun jedoch konfrontiert sah, ließen jeden Gedanken daran unmöglich erscheinen.

Nachdem ihr erstes Projekt fertiggestellt worden war, hatte man Seirum zu den Erzmienen gebracht, damit sie hier ihre Dienste verrichtete. An ihrer neuen Arbeitsstelle fühlte sich das Mädchen noch viel elender, sahen doch die Holzbalken, welche die Mienen stützen sollten, wenig vertrauenerweckend aus. Sie durfte gar nicht daran denken, was geschehen würde, sollte eines Tages ein Balken nachgeben und sie in den Mienen einschließen. Ihre Furcht wurde nicht kleiner, als sie aus Gesprächen anderer Sklaven heraushörte, dass tatsächlich vor nicht allzu langer Zeit rund fünf Dutzend Sklaven bei einem solchen Unglück elend ums Leben gekommen waren.

Die Miene war riesig, es gab unzählige verwirrende Gänge, Abzweigungen und große Hallen. Seirum vermutete, dass der eine oder andere Gang in die Freiheit führen müsste. Lira jedoch, mit der sie sich etwas angefreundet hatte, raubte ihr diese Hoffnung. Sie erwähnte, dass eine Sklavin einmal versucht hätte, auf diese Weise zu entkommen. Alle Wege hatten sich jedoch als Sackgasse erwiesen, sodass sie am Ende zu Tode erschöpft und halb verhungert gezwungen gewesen war, zurückzukehren und eine schreckliche Strafe in Kauf zu nehmen. Seirum hatte die wulstig verheilten Striemen am Rücken der Sklavin gesehen und zweifelte nicht am Wahrheitsgehalt ihrer Geschichte.

Aber es muss doch eine Möglichkeit geben, hier herauszukommen, dachte das Mädchen verzweifelt. Alles ist möglich im Leben, alles kann irgendwie geschehen! Man muss nur in die richtige Richtung denken! Weshalb gelingt es mir nicht?

Sie erhob sich mühsam von ihrem Lager und ging mit gebeugtem Rücken in ihrer Zelle auf und ab. An dem winzigen Fenster blieb sie stehen und sah, wie ein Transportwagen das Tor passierte. Seirum beobachtete, wie der Wagen mit Gold, Waffen und anderen Dingen beladen wurde. Sie konnte sich denken, dass Asro seine Untergebenen, die in seinem Auftrag Jagd auf Merler machten, damit zu versorgen gedachte. Von blinder Wut und Ohnmacht erfüllt, ballte sie die Fäuste. Sie *musste* etwas unternehmen!

Seirum wurde am nächsten Tag noch vor der Dämmerung wach. Und bis sie sich den Schlaf aus den Augen gerieben hatte, hatte sie einen wagemutigen Entschluss gefasst, der bereits am Abend zuvor in ihr gereift war.

Die Tür ihrer Zelle wurde aufgerissen. Ein Trollmensch polterte herein, packte das Mädchen und zerrte es heraus, wie sie es zwischenzeitlich schon gewohnt war. Bevorzugterweise schleppte er sie wie ein Sack über seine mächtige Schulter. Wenigstens vergewaltigten die Monster die

Frauen nicht. Bei menschlichen Soldaten kam es häufig vor im Umgang mit weiblichen Gefangenen.

Asro hatte sich bisher nicht an ihr vergangen und es gab keine Zeichen, dass er es vorhatte.

Die einzige Eigenschaft, die Seirum an ihm und seinen Dienern bisher positiv empfand. Trotzdem musste sie fliehen!

Wer wusste schon, ob es Asro sich nicht noch anders überlegte.

In einem der Gänge passierten sie, wie Seirum insgeheim gehofft hatte, einen der Zimisisten, die in den Gängen Patrouille liefen. Die Zimisisten waren stets mit Schwertern bewaffnet, die sie nicht in Scheiden trugen, sondern an dicken Gürteln. Trollmenschen waren so groß wie ausgewachsene Menschen.

Der Trollmensch war inzwischen gewohnt, ohne großen Widerstand herauszutragen. Die Gewohnheit wollte sie ausnutzen.

Auf Höhe des Zimisisten richtete sie sich unvermittelt auf, entriss sie sich aus dem lockeren Griff des Peinigers. Geschickt landete sie auf ihren Füßen. Der Zimisist schaute in dem Moment nach vorne, als sie ihm sein Schwert entriss und niederschlug. Die Überrumpelung war gelungen, doch der

Trollmensch stürzte sich schneller auf sie als erwartet.

Knapp konnte sie ihm ausweichen und einen Schnitt in seinem Bauch verpassen. Ein ohrenbetäubender Schrei hallte durch die Räume.

Der Zimisist erhob sich vom Boden und zog sein zweites Schwert. So leicht bekam man diese Monster nicht Tod. Seirum hatte aber damit gerechnet und parierte den Schlag mühelos. Sie wirbelte einmal herum und erwischte den Zimisisten an der Kehle. Der Trollmensch rannte erneut auf sie los.

Der Angriff leicht zu berechnen und sie wich geschmeidig zur Seite und stieß das Schwert in den Rücken des Trollmenschen. Das Monster schlug wild um sich und sie musste schnell auf Distanz gehen. Den Kampf mit ihrem Peiniger hatte sie sich leichter vorgestellt.

Sie musste ihn schnell umbringen, bevor der Lärm weitere Wachen herbeirief.

Zwei Zimisisten stürmten hinter Seirum herbei.

Der Trollmensch rannte wieder auf sie zu und bekam sie erneut nicht zu fassen.

Dafür knallte er gegen die Zimisisten, die es tödlich gegen die Wand schleuderte.

In dem Moment war Seirum klar, dass sie

ihrem Gegner an die Kehle gehen musste.
Bei den anderen Körperteilen besaß der
Trollmensch zu harte Haut. Es dauerte zu
lange, bis sie ihn dadurch umbrachte.
Ihr Feind stürzte sich erneut auf sie und
dieses mal mit Erfolg. Einen Schlag mit
seiner Hand hatte sie übersehen.
Seirum taumelte zu Boden, aber hielt das
Schwert fest umklammert.
Der Trollmensch trat auf ihre Hand und
zwang sie dazu, das Schwert fallen zu
lassen.
Sie schrie auf und ihr Peiniger schien
wieder die Kontrolle über sie zu haben.
Mit seinem ganzen Körpergewicht presste
er sich auf ihren Brustkörper.
„Dafür schlage ich dir deine Hand ab!",
brüllte er.
Seirum schlug wild mit ihren Fäusten auf
den Feind ein, doch es brachte nichts. Nicht
einmal ein harter Fußtritt zwischen seinen
Beinen, machten dem Trollmenschen was
aus.
Genüsslich zog ihr Peiniger sein Schwert
und hielt mit seiner linken Hand ihre rechte
Fest.
Er kam nah zu ihrem Gesicht und sie fühlte
seinen ekligen Atem.
„Du hättest besser brav bleiben sollen",

zischte er.

In dem Moment schlug Seirum mit ihrer linken Faust gegen sein linkes Auge. Sie nahm alle Kraft dazu, die noch in ihrem Körper waren.

Der Schlag brachte den Trollmenschen zum wanken.

Vor Schmerz ließ er sein Schwert fallen.

Klirrend kam die Waffe in die Reichweite des Mädchens.

Ihre rechte Hand konnte sie wieder bewegen.

Sofort packte sie das Schwert und stach es in den Hals des Feindes.

Der Trollmensch konnte nicht mehr rechtzeitig reagieren.

Der Schlag hatte ihn völlig seine Sinne beraubt.

Mit einem letzten lauten Schrei ging er zu Boden.

Dann blieb er regungslos liegen.

Sie konnte keinen Atem mehr spüren.

Die Gefangenen in den umliegenden Zellen schüttelten ihre Apathie und Hoffnungslosigkeit ab und begannen, an den Vergitterungen ihrer Zellen zu rütteln und Seirum Mut zu machen und sie um Hilfe anzuflehen.

Mit viel Mühe zog sie sich aus dem toten

Körper der Kreatur.

Schwer atmend, zitternd und immer damit rechnend, Horden weiterer Zimisisten auf sie losstürmen zu sehen, bückte sie sich nach de Schlüsselbund des Trollmenschen. Sie öffnete die ersten sechs Zellen. Mehr Zeit blieb nicht, sie hatte ohnehin schon zu viel riskiert. Sie gab den Schlüssel einem Gefangenen und rannte hinaus.

„Dankeschön", riefen mehrere Gefangenen ihr hinterher.

Rasche Schritte und das Klappern von Metall alarmierten Seirum.

Hinter der nächsten Nische versteckte sie sich.

Duzende Zimisisten rannten knapp an ihr vorbei, mit gezückten Schwertern. Ein paar Trollmenschen und Gesteinsmonster folgten ihnen.

Würden sie die Gefangenen für ihre Flucht bestrafen? Eine Chance hatten die Gefangenen nicht.

Von unten hörte sie die ersten Schreie der Angst und des Schmerzes.

Mit Tränen in den Augen rannte sie weiter, bis sie den Ausgang des Gebäudes fand.

Keine Wachen waren hier zu sehen.

Sie öffnete die Türe.

Hier stand einer der Transportwagen, die sie

von ihrer Zelle aus hatte beobachten können. Der Wagen besaß eine Plane, mit verschiedener Ware. Da es noch nicht einmal hell war, beschäftigte sich noch niemand mit den Wagen. Seirum konnte ihr Glück kaum fassen. So hatte sie es erhofft, aber ihr war immer klar gewesen, dass ihr Plan, den sie aus Erschöpfung und Zeitmangel nicht einmal detailliert hatte ausarbeiten können, tatsächlich würde aufgehen können.

Seirum sprang auf einen der Wagen und versteckte sich in einem großen Stoffhaufen.

Eine weile blieb es ruhig, bis plötzlich Schreie die Stille durchbrachen.

Glocken schlugen Alarm und erfüllten den ganzen Ort.

„Was ist passiert? Wie viele sind ausgekommen? Fasst sie! Fasst sie!", drangen die Rufe durcheinander. Im gleichen Moment spürte Seirum, wie der harte Unterboden des Karrens, auf dem sie lag, unter ihr bebte, dann setzte sich das Gefährt in Bewegung. Offenbar hatte der Kutscher beschlossen, dass es dämmerig genug war, um sich auf den Weg machen – besser hätte es für Seirum nicht kommen können.

Ein anderer Karren folgte, und den Worten

der Kutscher nach zu urteilen, die einander kurze Satzfetzen zuriefen, handelte es sich um Bewohner Rasilas. Rasila lag etwa sechzig Meilen östlich von Tharland, und Seirum wusste, dass Rasila mittlerweile auf Asros Seite übergegangen war. Davor hatte es sich lange Zeit seine Neutralität bewahrt. Seirum war somit vom Regen in die Traufe gekommen, doch ihr Vorteil war, dass die Kutscher von ihrer Gegenwart nichts ahnten. Sie musste nur darauf hoffen, dass dies so blieb, bis sie das Tor passiert hatten und sie sich in Freiheit befand.

So lange war ihr das Glück jedoch nicht mehr hold. Die Karren waren noch nicht weit gekommen, da begann unter der Last der Ladung die Deichsel zu ächzen, die Pferde wurden zum Stehen gebracht und die Kutscher sprangen ab, um die Ladung zu überprüfen.

Als Letztes wollte der Kutscher einen Gefangenen mit ans Tor schleppen.

Wenn Asro seine Wachen einen Gefangenen bei einem Kutscher erwischten, dann gab es dafür immer harte Strafen. Es war egal dabei, ob es sich um Absicht handelte oder ein Versehen.

Seirum musste sofort reagieren, wenn sie entkommen wollte, und das tat sie: Neben den Stoffen, unter die sie gekrochen war, stapelten sich Messer.

Sie nahm eines und passte auf weiterhin gut versteckt zu bleiben.

Der Kutscher kam herein und überprüfte alles.

Als er sich am Stoffhaufen befand und es gerade durchwühlen wollte, packte Seirum ihn an der Hand, und presste das Messer an seine Kehle.

„Wenn du Still bist, dann passiert dir nichts", zischte sie ihn sein Ohr.

Ihre Worte zeigten Wirkung und die Entschlossenheit es notfalls wirklich zu tun.

Der Kutscher gab keinen Ton von sich.

Sie fesselte und knebelte, so gut es ging den Kutscher mit den Stofflacken. Ein paar Seile fand sie im Wagen.

Zu schnell durfte der Mann sich nicht befreien.

Kurzerhand schlug sie den Mann nieder, dass er eine Zeit lang bewusstlos war. Sie warf ihn in ein Gebüsch, dass sich nicht weit von dem Transportwagen befand.

Dann ließ sie sich auf dem Kutschbock nieder, zog die Kapuze des Kutschers weit in ihr Gesicht, ließ die Pferde antraben und näherte sich dem Tor, vor dem zwei Zimisisten standen. Natürlich waren sie längst auf den Aufruhr aufmerksam geworden und waren doppelt wachsam.

Seirum wusste, dass die Transportwagen normalerweise unbehelligt die Tore passieren konnten. Nun wurde sie jedoch angesprochen.

„Wohin wollt Ihr?", fragte einer der Zimisisten und musterte die gebeugte Gestalt des Kutschers misstrauisch. Seirum war dankbar, dass die Sonne noch nicht aufgegangen und das Licht ganz weich und dunstig war. Details konnten die Zimisisten unmöglich wahrnehmen.

„Nach Rasila", knurrte sie unter den Stoffen des Mantels hervor. „Und am besten lasst ihr mich schnell durch, Asro hat es nicht gern, wenn seine Lieferungen sich verzögern."

Kurz war sie sich sicher, dass sie als fliehende Sklavin erkannt worden war. Die Zimisisten tauschten einen Blick und wichen nicht zurück. Dann jedoch schwang langsam das Tor auf, und sie winkten den Wagen durch.

Hinterher schwor Seirum, sie habe bestimmt eine Meile lang nicht Atem geholt. Sie konnte es kaum fassen, dass ihr löchriger Plan aufgegangen war, dass sie sich jenseits der Mauern befand, in Freiheit.

Es kostete sie alle Kraft, die sie noch aufbringen konnte, die Pferde nicht anzutreiben, um so schnell wie möglich Abstand zur Festung zu gewinnen. Das wäre jedoch den Wächtern, die ihr hinterherstarrten, zweifellos aufgefallen; gewiss war Seirums Fehlen im Kerker mittlerweile aufgefallen, und sie konnte nur hoffen, dass man noch lange innerhalb der Festung nach ihr suchte. Erst viel später wagte sie es, die Pferde zu einer zügigeren Gangart anzutreiben.

Den ganzen Tag über war sie unterwegs, machte nur einige Male kurz Halt, um die Pferde an einem Bach zu tränken oder ihnen Hafersäcke umzuhängen.

Gegen Abend traf sie auf eine Händlergruppe, die auf dem Weg nach Tharland war. Sie hatten nichts dagegen, dass sich Seirum ihnen anschloss. Allerdings verlangten sie als Gegenleistung den Wagen mit seinen Gütern und eines ihrer beiden Pferde. Seirum war froh, dass nicht weiter nachgefragt wurde, woher sie komme und was sie vorhabe. So ging sie auf den Handel ein.

Die Reise ging durch grüne Täler und dunkle Wälder. Die Landschaft veränderte sich, man merkte, dass das Jahr zu Ende ging, es wurde kalt, und einmal hatte es schon geschneit.

Die Händler waren ein lustiges Völkchen,
Seirum war froh, sich in ihrer Gesellschaft
zu befinden. Manchmal gelang es ihr, sich
von ihren finsteren Gedanken und ihren Zu-
kunftsängsten zu lösen, nicht daran zu
denken, dass sie nicht wusste, wie es
weitergehen und wie sie je ihre Freunde
wiederfinden sollte. Besonders häufig
tauchte Merlers Antlitz vor ihrem inneren
Auge auf. Sie vermisste ihn so sehr.

Flucht.

Arno, Merlers Bruder, war schon einen ganzen Monat unterwegs. Er wollte nach Tharland, um seinen Bruder zu unterstützen. Anfangs hatte seine Schwester Gremel ihn begleitet, dann hatte sie sich jedoch umentschieden und sich wieder von Arno getrennt. Auf dem Weg waren sie einer Handelsgruppe begegnet, und seine Schwester war sogleich einem der Kaufmänner verfallen. So beschloss sie, mit ihm gemeinsam weiterzufahren nach Riegland, seiner Heimat.

Das muss wahre Liebe sein, dachte Arno ein wenig beleidigt bei sich. Es hatte ihn getroffen, wie schnell seine Schwester sich von ihm getrennt und für einen fremden Mann entschieden hatte. Andererseits war sie auf diese Art vermutlich eher in Sicherheit, als wenn sie sich mit Arno gemeinsam auf die Suche nach Merler begeben und dabei erkannt worden wäre.

Immer wieder drifteten Arnos Gedanken auch in Richtung der Eltern ab, dann senkte sich Trauer über sein Herz. Die Eltern waren tot. Sie waren nach Uterinen geflohen, das sich seine Neutralität lange Zeit bewahrt hatte. Dort konnten sie zwei Jahre lang in Frieden leben, bis dann Uterinen von Letornien angegriffen und eingenommen worden war.

Arnos Familie versuchte noch, in die Hauptstadt zu fliehen, doch Bogenschützen des Angreifers brachten ihre Eltern um. Arno und seine Schwester schafften es gerade noch in die Tore hinein, bevor sie geschlossen wurden, um die Angreifer abzuwehren. Und Arno, in tiefer Verzweiflung und Wut, hatte gelobt, ihren Tod zu rächen und gemeinsam mit Merler den Kampf gegen Asro aufzunehmen, der für alle das Elend verantwortlich war. Den Angriff an seinen Verbündeten auf das Land, hatte er befohlen. Kein Angriff von Asros Verbündeten ging ohne seine Erlaubnis durch. Arno war zu Fuß unterwegs. Anfangs war er die langen Tagesmärsche nicht gewohnt gewesen, seine Beine hatten geschmerzt, die Füße geblutet, und er hatte geglaubt, aufgeben zu müssen. Doch dann hatte er gemerkt, dass seine Muskeln fester wurden, die Haut an seinen Füßen verhornt, und seine Ausdauer hatte sich unglaublich verbessert. Nun war es nicht mehr weit bis nach Sordor, und er hoffte, dort auf Merler zu stoßen.

Es war bitterkalt geworden, und bestimmt

würde bald der erste Schnee fallen. Arno war froh, dass er sein Ziel bald erreicht hatte. Er betrachtete nervös den Himmel. Die Luft roch nach Schnee, Wolken brauten sich zusammen, und er dachte bei sich, ein Schneesturm so kurz vor dem Ende der langen Reise hätte ihm gerade noch gefehlt. Immerhin hatte es sich bezahlt gemacht, dass er abseits der großen Hauptwege gegangen und stets achtsam auf die Berichte von Händlern gehört hatte, wo es verstärkt zu Überfällen und Kämpfen kam. So konnte er weitgehend ausweichen und war nie in eine Situation geraten, in der er sich verteidigen musste. Für den Notfall hatte er immerhin ein Schwert bei sich. Seine Kampfkünste hielten sich in Grenzen. Zeit und Geld für eine gute Ausbildung hatten sie nicht gehabt.

Tatsächlich begann es vier Meilen vor Sordor zu schneien. Die Eiskristalle wurden Arno erbarmungslos ins Gesicht gepeitscht. Die Kälte ließ seine Füße ganz taub werden. Er musste sich mit aller Macht gegen den Wind beugen, um überhaupt noch voranzukommen.
Selbst in seinen Wimpern hing Schnee, Arno hatte die Augen fast geschlossen, um

sie zu schützen. Die Orientierung fiel ihm schwer, und er befürchtete schon, die Richtung verloren zu haben, als ihm im Schneegestöber dunkle Flecken auffielen. Das mussten Höfe sein, und das wiederum bedeutete, dass die Tore Sordors nicht mehr weit sein konnten. Ein wenig Hoffnung keimte wieder in ihm auf, und er schritt kraftvoller und schneller aus.

Kurz zog Arno in Erwähnung, bei einem Bauern zu klopfen und um eine warme Suppe zu bitten. Das hatte er jedoch während seiner Reise einmal probiert und er war nur mühsam mit dem Leben davongekommen, da der Bauer ihn für einen Räuber gehalten hatte. Die Menschen hatten ihre Erfahrungen gemacht und wurden immer misstrauischer. Arno konnte es niemandem verdenken.

Endlich fiel ihm am Horizont ein schmaler, dunkler Strich auf, und als er blinzelte, machte er die Stadtmauer aus. Das musste Sordor sein. Arno machte vor Erleichterung einen kleinen Sprung, prompt glitt sein Fuß auf dem vereisten Untergrund aus und er stürzte auf die Knie. Arno spürte, dass die Haut verletzt war, ignorierte das jedoch und wollte wieder aufstehen. Sein rechtes Knie gab unter ihm nach, und abermals fiel er hin.

Arno geriet in Panik. Ihm wurde klar, dass er wegen der Kälte den Schmerz nicht spürte, dass er jedoch weit schlimmer verletzt sein musste, als er angenommen hatte. Seine Beine trugen ihn nicht mehr.

Verzweifelt versuchte er ein um das andere Mal, sich aufzurappeln und schließlich, auf allen Vieren näher an das Stadttor heranzukommen. Finger und Zehen spürte er überhaupt nicht mehr. Er zitterte jedoch auch nicht mehr vor Kälte, und Arno wusste, dass dies ganz besonders gefährlich war. Er würde in Sichtweite des Stadttores jämmerlich erfrieren.

Im Schneegestöber erkannte er Gestalten, die sich von der Mauer lösten. Es waren Reiter, die sich in seine Richtung bewegten. Dann senkte sich ein Schleier vor Arnos Augen, und sein letzter bewusster Gedanke war der, dass die Reiter ihn gewiss finden und retten würden.

Merler wusch sein Gesicht an einem Bach, der sich durch den Wald schlängelte. Das Wasser war eiskalt und weckte ihn vollends. Die frühe Morgensonne schickte silberne Strahlen durch die Kronen der Bäume.

Als Merler Schritte hinter sich vernahm, riss

er automatisch das Schwert aus der Scheide.
Es war Wagio.

„Guten Morgen", grüßte Wagio. „Verzeih, ich wollte dich nicht erschrecken."

Merler nickte und ging zur Seite, um Wagio am Ufer Platz zu machen. „Wir brechen so bald wie möglich auf."

Wagio nickte zustimmend.

„Wir sind alle schon bereit. Burno behauptet, ein Dutzend bewaffneter Gestalten in der Nähe des Lagers beobachtet zu haben. Seiner Beschreibung nach sind es sicher keine Soldaten von der Burg."

„Dann sollten wir nicht länger hier verweilen."

Merler drehte sich um und ging mit schnellen Schritten zurück zum Lager. Dira, Burno, Rexe und Yera hatten bereits alles zusammengepackt.

„Merler!", empfing ihn Burno aufgeregt. „Ich habe Bewaffnete hier in der Nähe bemerkt, Wagio meint, es sind keine Soldaten der Burg. Ich glaube, es sind Piraten, die es auf uns abgesehen haben!"

Merler machte eine Handbewegung, um Burno zu signalisieren, ruhe zu bewahren. „Nicht jeder muss es immer gleich auf uns abgesehen haben. Es könnte sich um einfache Räuber handeln, die einen Angriff auf

die Burg vorbereiten wollen. Oder auch
Aufständler, die sich gegen Asro gestellt
haben und nun als Vogelfreie durch die
Wälder streifen."

Burnos Blick blieb misstrauisch, und auch
Merler hatte die Befürchtung, dass nichts
Gutes im Anmarsch war.

Dennoch sollten sie einen kühlen Kopf bewahren.

„Ich könnte uns mit dem Zauberschwert aus
dem Wald zaubern, weit fort von hier",
schlug er vage vor.

„Das wäre aber eine gewaltige Ver-
schwendung von Magie", gab Dira zu bedenken.

„Wie lange benötigen wir zu Fuß aus
diesem Wald?"

„Eine ganze Weile. Es sind noch zwölf
Meilen, denke ich." Sie wiegte nachdenklich den Kopf. „Außerdem bezweifle ich,
dass wir durch Zauberei den richtigen Ort
treffen würden; der Träger des Schwertes
muss den Ort, an den er sich durch Magie
begeben möchte, bereits mit eigenem Auge
gesehen haben, wenn er sicher sein möchte,
auch dort anzukommen."

Merler verlor langsam die Geduld. Sie verloren hier kostbare Zeit und wussten nicht,
was im Wald alles auf sie lauerte.

„Was ist mit Firor?", warf Burno ein.

„Könnte sie uns nicht …"

„Burno! Das hatten wir schon!", knurrte Wagio, der vom Bach zurückgekommen war, gereizt. „Wir sind zu sechst, das ist ein Gewicht, das wir ihr nicht zumuten können!"

„Und wenn wir uns aufteilen?", warf Rexe ein. „Firor fliegt drei von uns auf offenes Gelände, die drei anderen gehen zu Fuß."

„Wir werden uns auf keinen Fall trennen!", sagte Merler klar und deutlich. „Somit scheidet auch die Möglichkeit aus, dass Firor zweimal je drei von uns aus dem Wald schafft. Ich habe einfach ein ungutes Gefühl, wenn ich mir vorstelle, dass wir uns aufteilen. Wir müssen zusammenbleiben!"

Und so machten sie sich abermals auf den Weg. Firor, die im Wald ohnehin nicht bei ihnen bleiben konnte und oberhalb der Äste für alle, Freund oder Feind, die sich im Dickicht verbargen, ein astreines Ziel darstellte, war von Wagio vorausgeschickt worden. Sie wusste genau, wo sie die Gefährten zu erwarten hatte.

Im Wald war es düster. Die Bäume standen dicht an dicht, nur wenig Licht drang hindurch. Hier gab es auch Baumarten, die Merler noch nie zuvor gesehen hatte. Tier-

und Pflanzenwelt unterschied sich gänzlich von der seiner Heimat. Trotz seiner Ängste und der Unruhe nahm Merler die Schönheit der Umgebung deutlich wahr. Nördlich von ihnen rauschte ein Fluss. Er sah Pflanzen, die Insekten fraßen, und konnte beim ersten Mal kaum seinen Augen trauen. Dira klärte ihn dann darüber auf, dass es hier tatsächlich fleischfressende Pflanzen gab. Auch Raubkatzen erwähnte sie, was nicht unbedingt zur Beruhigung der anderen beitrug. Einige Zeit später stießen sie auf einen Fahrweg, und es dauerte nicht lange, da rumpelten Transportwagen den Weg entlang. Merler und seine Freunde hatten sofort ihre Hände an den Waffen. Niemand vermochte zu sagen, ob die Wagen von Gegnern oder Verbündeten stammten. Beim Näherkommen bemerkten sie, dass die Wagenplanen blutig verschmiert und teils löchrig waren. Zweifellos war es hier zu einem Überfall gekommen.

„Was wollt ihr?", schrie einer der Kutscher und brachte seinen Wagen zum Stehen.

„Uns ausrauben, wie das Gesindel, das wir soeben abgemetzelt haben? Dann kommt nur her! Kommt nur!"

„Wir wollen euch nichts von Übel, guter Mann!", rief Merler. „Ich bin Merler, der

Träger des Goldenen Zauberschwertes, und das sind meine Freunde. Wir kommen vom Kontinent Erlordi. Und wer seid Ihr?"

Der Kutscher, ein stämmiger, kräftiger Mann, suchte mit dem Blick Merlers erhobenes Schwert, das funkelte und schimmerte. Seine Miene entspannte sich ein wenig, doch das Misstrauen schwand nicht ganz.

„Ich bin Zera. Wir kommen aus Trienas, unser Land kämpft ebenfalls gegen Asro." Er stockte, und Merler wusste, dass er sich die Frage stellte, ob es wirklich schlau gewesen war, diese Information zu enthüllen. Sollte sich herausstellen, dass Merler gelogen hatte und auf Asros Seite war, wäre es unbedingt zu einem Gemetzel gekommen. Merler lächelte dem Mann aufmunternd zu, und dieser sprach weiter.

„Gerade sind wir auf dem Weg nach Gronalien, dorthin kommt unsere Ware." Beide Gruppen musterten einander, dann beschloss man, der jeweils anderen zu trauen und gemeinsam zu rasten. Sie setzten sich an den Rand des Weges. Zera stellte seine Leute vor. Sie waren ebenfalls zu sechst.

„Was macht ihr hier auf Aros?", fragte Zera, nachdem alle Namen bekannt waren.

Merler überlegte kurz, ob er die ganze
Wahrheit erzählen sollte. Er hatte längst
gemerkt, dass viele Gerüchte kursierten und
dass niemand außer Asro selbst und seinen
engsten Gefolgsleuten genau wusste, was
Merlers Plan war. Die tollsten Geschichten
wurden erzählt und weitergegeben. Es wäre
ein Leichtes gewesen, sich etwas auszu-
denken. Für den Fall, dass Zera sie hinters
Licht geführt hatte und ein Spion Asros war,
würde er jedoch die Lüge ohnehin durchschauen. War Zera tatsächlich auf ihrer
Seite, hatte er die Wahrheit verdient.
„Merler", wisperte Wagio an seiner Seite,
„wir Eleten können einen Lügner sofort erkennen. Ich versichere dir, dieser Mann ist
eine ehrliche Haut."
Und so erwiderte Merler auf Zeras Frage:
„Wir suchen das magische Amulett, um mit
dessen Hilfe das Dunkle Zauberschwert für
immer zu zerstören. Wir sind auf dem Weg
nach RtosWesa. Dort vermuten wir das
Amulett."
Zera quollen fast die Augen aus dem Kopf.
Er murmelte Unverständliches vor sich hin,
und auch seine Begleiter musterten Merler
ehrfürchtig.
„Da habt Ihr Großes vor", meinte einer der
Männer. „Ihr beweist wahrlich Mut. Wir

können Euch vielleicht weiterhelfen."
„Rtos Wesa liegt auf unserem Weg", setzte
Zera erklärend hinzu.

Seirum zitterte vor Kälte am ganzen Körper.
Sie hatte sich bis zum Haaransatz in ihren
Schlafsack gewickelt, was gegen den
beißenden Frost aber nicht viel half.
Am vorherigen Tag hatte es zu schneien
begonnen. Nun, in der Nacht, hatte der
Schneefall zwar nachgelassen, doch die
Temperaturen waren schlagartig gesunken
und Seirum konnte sich nicht vorstellen,
dass ihr je in ihrem Leben wieder warm
werden würde.
Der einzige Gedanke, der ihr Hoffnung
machte, war der an Sordor. Sie waren nur
noch einen Tagesmarsch von der Stadt entfernt.
Das Mädchen war todmüde und hatte
keinen Augenblick geschlafen. Die Zeit verstrich schrecklich langsam. Immer wieder
stand Seirum auf und hopste umher in dem
verzweifelten Versuch, die Kälte aus den
Knochen zu vertreiben, doch vergeblich.
Endlich dämmerte es langsam, und schließlich tauchte die rote Morgensonne am
Horizont auf.
Der Anführer der Handelsgruppe, dessen

Name Dunra lautete, weckte seine Truppe und drängte sofort zum Aufbruch. Dunra war extrem kleingewachsen, verfügte jedoch über Bärenkräfte und ein enormes Durchsetzungsvermögen. An Geduld mangelte es ihm, an Lautstärke nicht; meist schrie er automatisch und lief dabei rot an, was Seirum anfangs besorgt gestimmt hatte, was sie mittlerweile aber recht lustig fand. Es gehörte einfach zum Auftreten dieses kleinen Mannes, mit aus diversen Gründen rotem Kopf durch die Gegend zu brüllen.

„Warum müssen wir so früh los?", wagte die Frau eines Händlers aufzumucken.

„Lass uns doch noch einen Moment ruhen! Wir sind erschöpft!"

„Ich möchte nicht in einen Schneesturm geraten", schrie Dunra sie an. „Da, seht die Wolken! Es liegt etwas in der Luft! Du kannst ja noch ein Nickerchen machen, wenn du willst. Ich breche jedenfalls auf!"

Daraufhin kamen keine Widerworte mehr, alle packten zusammen, und wenig später waren sie abmarschbereit.

Sie mussten sich gegen den aufkommenden, eisigen Wind stemmen und kamen nur langsam voran. Keine Klagen wurden laut, alle wussten, dass Dunra, was die Vorhersage des Wetters betraf, ein Meister war. Wenn

er einen Schneesturm befürchtete, sahen alle
zu, dass sie wegkamen.

Natürlich hatte Dunra auch diesmal Recht
behalten. Noch vor Mittag brach der
Schneesturm los, tobte um sie herum, und
sie waren froh, dass sie rechtzeitig eine
kleine Baumgruppe erreicht hatten und sich
zwischen den Stämmen zusammenkauern
konnten. Die Äste bogen sich und krachten,
Eiskristalle bohrten sich in ihre Gesichter
und rauhte die Haut auf.

Endlich wurde es wieder ruhiger. Erschöpft
pausierten die Reisenden und stärkten sich
an Wasser und Brot, dann drängte Dunra
wieder zum Aufbruch.

Nun, da der Wind verstummt war, konnten
sie rascher ausschreiten und konnten zu
ihrer unsagbaren Erleichterung gegen
Abend die Mauern der Stadt Hurno auftauchen sehen. Hurno gehörte zu Tharland.

„Von Hurno aus sind es nur noch drei
Meilen bis nach Sordor", erklärte Dunra mit
lauter, aufmunternder Stimme. „Schreitet
aus! Bald haben wir es geschafft!"

Die Tore Sordors waren bestens bewacht.
Ein Dutzend Armbrustschützen oben auf
der Stadtmauer empfing sie mit eingelegten
Pfeilen.

„Wir sind ziehende Händler und wollen hier

unsere Waren feilbieten", schrie Dunra den Wächtern von Weitem entgegen. „Wir kommen in friedlicher Absicht! Von uns geht keine Gefahr aus!"

Doch auch hier, so merkten sie bald, hatte das Misstrauen um sich gegriffen. Die Wächter ließen sie nicht ein und wollten König Seo entscheiden lassen, ob der Handelstruppe zu trauen war oder nicht.

Der König ließ sich Zeit. Als er endlich kam, musterte auch er die Reisenden lange und voll Misstrauen. Seirum, die sich vor Kälte und Erschöpfung kaum noch aufrecht zu halten vermochte, hätte ihre Ungeduld am liebsten laut geäußert, hielt sich aber zurück. Es hätte die Lage kaum verbessert, wenn sie sich gleich mit dem König angelegt hätte. Zudem schämte sie sich ihres verwahrlosten Zustandes wegen und hielt lieber den Kopf gesenkt, um seine Aufmerksamkeit nicht auf sich zu lenken.

„Lasst sie ein", meinte Seo am Ende.

Die Eisentore gingen quietschend auf. Erleichtert zogen die Händler mit Seirum hindurch. Sobald sie passiert hatten, schwangen die Tore mit einem Quietschen wieder zurück.

Seo wendete sein Pferd und ritt zurück, woher er gekommen war. Er hatte Seirum in ihren zerrissenen, verdreckten Umhängen nicht erkannt, und sie konnte es ihm nicht verdenken.

Seirum trennte sich von den Händlern und suchte das Wirtshaus auf, in dem sie sich vor dem Beginn ihrer langen, beschwerlichen Reise aufgehalten hatte. Einmal bog sie falsch ab, doch dann erinnerte sie sich wieder an den Weg, erkannte das etwas schief stehende, aber robuste Fachwerkhaus und beschleunigte ihre Schritte in der Hoffnung auf ein Bad und saubere Kleidung.

Lara, die Wirtin des Hauses, hieß Seirum herzlich willkommen und wies ihr sofort ein Zimmer zu. Sie stellte dabei unablässig Fragen und wollte genau wissen, was sich in der Zwischenzeit alles ereignet und was dem Mädchen widerfahren war. Seirum war todmüde, gab der netten Wirtin jedoch die nötigsten Informationen und beobachtete dabei, wie einige Mägde einen großen Zuber mit warmem Wasser füllten. Sie konnte es kaum erwarten, die stinkenden Kleider abzulegen und in die Holzwanne zu steigen. Es fühlte sich an wie neugeboren zu werden, als Seirum mit der Seife über ihren schmutzigen Leib fuhr, sich die Haare damit einschäumte und zum Abspülen ganz untertauchte. Lara suchte derweil einen sauberen Rock und ein Hemd heraus, denn sie hatte natürlich gleich bemerkt, dass die Stücke, die Seirum bei sich hatte, nicht mehr zu retten waren.

Am liebsten hätte Seirum sich nun an den Kamin gesetzt, die Füße hochgelegt und sich genauer mit Lara ausgetauscht, gleichzeitig jedoch drängte es sie nun zu Seo, um ihrerseits Neuigkeiten in Erfahrung zu bringen. Somit machte sie sich auf den Weg.

„Ich versuche es noch einmal", sagte Arno. Der drahtige, durchtrainierte junge Mann, der ihn im Kampf ausbildete, lächelte. Er war zwar nicht viel älter als Arno, aber hatte wesentlich mehr Kampferfahrung und Kraft.

„Meinetwegen. Ich muss jedoch sagen, du hast Fortschritte gemacht! Vor wenigen Tagen warst du viel schlechter. Du hattest Glück, dass du auf deiner langen Reise keine Kämpfe führen musstest."

„Reden wir von etwas anderem", unterbrach Arno etwas verschämt. Gara schüttelte den Kopf.

„Nein, es ist in Ordnung! Du hast ebenso schnell gelernt wie seinerzeit Merler. Du brauchst dich nicht zu schämen."

Arno lächelte ihn dankbar an. Er konnte es manchmal immer noch nicht glauben, dass er tatsächlich von den berittenen Männern aus dem Schnee geborgen und in die Stadt gebracht worden war. Hier hatte Gara sich seiner angenommen und auf seine Bitten hin nicht lange gezaudert und sich bereit erklärt, auch Arno im Schwertkampf und im Bogenschießen auszubilden.

Arno hob das Schwert auf, das Gara ihm soeben aus der Hand geschlagen hatte, und ging wieder in Stellung. Die Schwerter, derer sie sich bedienten, waren stumpf, damit niemand im Eifer des Gefechts verletzt werden konnte.

Zum Üben hatte man ihnen ein Rekrutenhaus zugewiesen, das extra für diese Zwecke errichtet worden war. Die Erlaubnis war von König Seo persönlich gekommen. Gara konnte bezeugen, dass es sich wirklich um Merler seinen Bruder handelte. Das anfängliche Misstrauen verflog dadurch.

Arno fixierte Gara. Er wusste, dass er sich durch seine Augen verraten würde, und gab sich die größte Mühe, völlig beherrscht und unberechenbar auszusehen. Aus dem Stand sprintete er dann los und griff an.

Gara parierte mühelos und ging zum

Gegenangriff über, sodass Arno zurück-
weichen musste. Resigniert musste er sich
eingestehen, dass er bald wieder mit dem
Rücken an der Wand enden und sich Gara
würde ergeben müssen.

Arno erinnerte sich jedoch an Garas Worte
und bemühte sich darum, im Kampf Garas
Augen, seine Bewegungen und Reaktionen
genau zu beobachten, auszuwerten und ab-
zuschätzen. Irgendwelche Schwachstellen
hatte jeder, hatte sein Lehrer ihm offenbart.
Es galt nur, diese herauszufinden – und
zwar möglichst schnell.

Arno beschloss, die Taktik zu wechseln.
Gara bildete sich ein, Arnos Reaktionen
voraussagen zu können, also lag es an Arno,
diese Reaktionen zu ändern und Gara zu
irritieren.

Langsam ließ er sich in die Ecke treiben, in
der er bereits häufiger geendet hatte, einem
Zustand, von dem Gara zweifellos auch
diesmal ausging. Als er die Mauer im
Rücken spürte, ließ Arno sich blitzschnell
zu Boden fallen, rollte herum, wirbelte
wieder auf die Beine und hob sein Schwert.
Das Überraschungsmoment war gelungen,
Gara hatte mit diesem Manöver zweifellos
nicht gerechnet. Bevor er sich wieder
sammeln konnte, schlug Arno zu und hieb

seinem Lehrer das Schwert aus der Hand. Dieser war kurz verblüfft, doch dann überzog ein breites Grinsen sein wettergegerbtes Gesicht.

„Jetzt hast du es mir aber gezeigt, mein Freund!", sagte er mit Jubel in der Stimme. „Verhalte dich nie so, wie dein Gegner es erwartet! Du hast Talent, Bursche!"

Arno spürte, wie er vor Freude errötete.

„Jetzt brauche ich erst einmal eine Pause", gestand er.

Gara nickte zustimmend. Mit einem letzten anerkennenden Schlag auf die Schulter ließ er seinen Lehrjungen zurück. Dieser begab sich zu einem Wassereimer und trank gierig. Sein ganzer Körper war schweißüberströmt. Seine Glieder zitterten vor Anstrengung. Dennoch war er hoch zufrieden. Er machte gute Fortschritte.

Plötzlich hatte Arno das Gefühl, der Boden unter ihm beginne zu beben, zudem vernahm er ein finsteres Grollen. Er ging zur Tür, hob den Blick hinauf zum Himmel, der von dichten Schneewolken bedeckt war. Ein Gewitter im Winter, konnte das sein?

Wieder bebte der Boden, wieder grollte es in der Ferne.

Etwas ratlos blieb Arno stehen und sah, dass Gara zurückgerannt kam.

„Hörst du das?", rief er ihm entgegen.
„Irgendetwas stimmt nicht." Er stellte sich
neben Arno und hob seinerseits den Blick.
Die Wolken dort oben hatten sich ver-
dunkelt und unwirklich schnell zusammen-
gezogen und verdichtet. Es war ein
faszinierendes Schauspiel, doch Arno bekam eine Gänsehaut, und diese rührte nicht
nur von der Kälte her.
Aus den umliegenden Häusern und Höfen
erschienen Menschen, die ebenfalls gemerkt
hatten, dass etwas seltsam war. Alle
schauten verängstigt in den Himmel. Hunde
begannen zu bellen.
„Schwarze Magie", murmelte Gara schließlich so leise, dass nur Asro ihn verstehen
konnte. „Dahinter steckt Asro!"
Plötzlich schossen schwarze Blitze aus der
Wolkendecke. Arno warf sich vor Schreck
zu Boden. Die Menschen schrien auf und
flüchteten sich in ihre Häuser. Abermals
zuckten Blitze herab, und nun fuhren einige
in Gebäude und in die Stadtmauer. Dach-
ziegel und Mauerwerk splitterten heraus
und fielen als tödliche Geschosse hinunter
in die Gassen.
Und ebenso plötzlich, wie der Spuk begonnen hatte, hörte er wieder auf. Die
Wolken verzogen sich, und Arno stand

langsam auf.

An den Stellen wo die Blitze eingeschlagen hatten, begannen sich schwarzes Feuer auszubreiten. Rote Rauchschwaden stießen die schwarzen Flammen in den Himmel.

Leise und sanft begann es zu schneien.

Hunderte Menschen machten sich sofort dran, die brennenden Gebäude mit Wasser zu löschen.

Gara, der als Einziger reglos stehengeblieben war, zog ihn auf die Beine.

„Was zum Teufel war das?", fragte Arno.

Gara runzelte die Stirn. Ich nehme an, ein Zeichen Asros. Vielleicht wollte er seinen Verbündeten etwas mitteilen, dann war es ein Signal. Vielleicht wollte er uns auch nur einfach zeigen, welche Macht er über Himmel und Erde besitzt."

„Wenn es ein Signal war", fragte Arno langsam, „kann es schon eins für den Beginn des Krieges gewesen sein?"

Garas Blick bohrte sich in seinen, und schließlich nickte er langsam. „Ich bin nicht sicher, aber ich halte es durchaus für möglich. Wir wissen, dass Asro schon längst bereit ist für den großen Krieg und dass er ihn im Grunde seiner Seele herbeisehnt."

„Können wir überhaupt gewinnen?", fragte Arno leise.

„Das hängt zu einem nicht unbedeutenden Teil von deinem Bruder ab. Wenn er das Amulett findet und Asro besiegt, haben wir sehr gute Karten."

„Wer hätte gedacht, dass der kleine Merler einmal eine solche Aufgabe zu stemmen hat", murmelte Arno.

„Er schafft es."

Arno schüttelte den Kopf.

„Was sollen wir jetzt tun? Können wir Merler nicht irgendwie helfen? Wir müssen gegen Asro vorgehen, wir können nicht einfach nur hier sitzen und abwarten!"

„Wir müssen hierbleiben und die Hauptstadt verteidigen. Merler ist zu weit weg und er hat genügend Freunde bei sich, um seine Mission zu schaffen."

„Kann ich bei den nächsten Versammlungen des Königs dabei sein? Wenn ich schon die Stadt verteidigen soll, dann möchte ich auch die Pläne erfahren."

„Sicher", versprach Gara lächelnd. „Gestern noch hätte ich gedacht, es ist zu früh für eine solche Verantwortung; nach der heutigen Lehrstunde bin ich anderer Meinung."

Merler und seine Freunde hatten sich der Handelsgruppe angeschlossen.

Es war eine große Erleichterung, nun auf den Wagen reisen zu können. So konnten sie nicht nur ihre Beine schonen, sie kamen auch schneller voran. Es waren noch achtzig Meilen bis Gronalien. Dort sollten sie sich Pferde besorgen und im Anschluss das letzte Stück bis zur Burg meistern.

Burno war über die Aussicht, nun plötzlich einen viel weiteren Weg vor sich zu haben, wenig begeistert. Er meckerte und stänkerte vor sich hin und beleidigte die Händler, die ihn ihrerseits gekränkt mit unschönen Attributen versahen und seinen Zorn noch weiter schürten.

„Wie redet ihr mit mir!", fuhr Burno einmal auf. „Ich bin der Sohn eines Königs, also …"

„Es interessiert hier niemanden, wessen Sohn du bist", fiel Zera ihm ungnädig ins Wort. „Für uns bist du eine wahre Plage, und du kannst nur froh sein, dass wir dich überhaupt auf unseren Wagen dulden. Eigentlich sollten wir dich zu Fuß gehen lassen, dann würdest du schon sehen, wie schnell du auf dich allein gestellt am Ziel wärst!"

„Burno!", sagte Merler warnend. Er sah es schon kommen, dass sie dank des un-gebremsten Temperaments seines Freundes doch wieder auf die Straße gesetzt wurden. Burno schloss also den Mund wieder, aber fröhlicher wurde seine Stimmung nicht.

„Ich hoffe, ihr bereut es nicht, uns mitgenommen zu haben", wandte sich Merler an Zera. „Eigentlich hattet ihr ja andere Pläne."

Zera versicherte, es sei ihnen eine Ehre, den Jungen mit dem Goldenen Schwert begleiten und unterstützen zu dürfen.

Merler lächelte ihn dankbar an.

Als die Planwagen den Waldrand erreicht hatten, begann es zu regnen. Burno, der seit einiger Zeit wieder vor sich hin schimpfte, sah neuen Grund zur Klage.

„Regnet es hier eigentlich ständig?", brummelte er.

„Wir befinden uns in einem tropischen Gebiet", belehrte ihn Dira, die Merler bisweilen für ihre Geduld bewunderte.

„Und daran ändert sich nichts, egal, wie viel einer wie du stänkert", ließ Wagio sich vernehmen.

Die Landschaft hinter dem Wald änderte sich. Die grasbewachsene, sumpfige Ebene wurde unterbrochen von kleinen Buschinseln. Überall blühte es, bunte Insekten schossen von Blume zu Blume. Ein Fluss schlängelte sich in der Ferne durch die

Wiese. Mit zusammengekniffenen Augen nahm Merler seltsame flache Wesen wahr, die sich im flachen Wasser suhlten. Dira erklärte, es handle sich um Krokodile.

Die grüne, sumpfige Ebene endete, und sie gelangten abermals in einen Wald. Hier hörte es allmählich auf zu regnen, die Sonne stieß zwischen den Wolken hervor. Das Wetter änderte sich hier schlagartig.

Firor, die schon lange wieder zu ihnen gestoßen war und die Händler anfangs in Angst und Schrecken versetzt hatte, flog nun abermals voraus, um am Waldrand auf ihre Begleiter zu warten.

Häufig versanken die Räder der schweren Wagen im sumpfigen, aufgeweichten Boden, dann hieß es, abzusteigen und zu schieben, bis sie wieder festen Untergrund erreichten. Es war eine anstrengende Art des Vorwärtskommens, und Merler, der selbst verschwitzt und erschöpft war, wunderte sich nicht über Burnos unvermindert schlechte Laune.

„Zu Fuß wären wir auch nicht langsamer!", ließ er sich vernehmen, sorgsam darauf bedacht, dass Zera ihn auch hören konnte. Diesmal wurde er unvermutet von Rexe zurechtgewiesen.

„Bist du nicht jung und gesund und hast

kräftige Muskeln? Dann spar dir deine Kraft und schiebe, wenn du uns nicht grundlos zusätzlich aufhalten willst!"

Burno gefiel die Zurechtweisung nicht, aber er erwiderte darauf nichts. Er wusste, dass Rexe recht hatte.

Am Abend rasteten sie auf einer kleinen Lichtung im Wald. Es war nicht leicht gewesen, einen geeigneten Lagerplatz zu finden, da der Untergrund hier überall nass und nachgiebig zu sein schien. Merler beeindruckte die Natur sehr. Die Bäume waren viel größer, als er es von seiner Heimat her kannte. Manchmal blieb ihm fast der Atem stehen, so wunderschön, mächtig und wild war hier alles.

Sie aßen zu Abend, und im Anschluss wurde unter Zeras Männern der Wunsch laut, die Umgebung abzugehen und nach Feinden Ausschau zu halten. Zera hielt es jedoch für besser, wenn alle beim Lager blieben. Es dunkelte bereits, und sie kannten sich in diesem Gebiet nicht aus.

„Ich habe aber ein ungutes Gefühl", widersprach einer seiner Gefährten. „Es wäre sehr wichtig herauszufinden, ob sich in unserer Nähe vielleicht Asros Spione aufhalten."

Zera sah das ein und fragte Wagio, ob nicht der Drache für sie Ausschau halten könne.

Wagio winkte ab. Firor sei erstens müde, meinte er, zweitens sei das nächtliche Sehvermögen der awaransischen Drachen stark eingeschränkt, und drittens habe sie ohnehin wenig Möglichkeiten, durch das dichte Blätterdach des Waldes Details auszumachen.

„Zudem zöge es wohl mehr Aufmerksamkeit auf sich, einen Drachen über unser Lager kreisen zu lassen, als uns lieb sein könnte", lauteten seine abschließenden Worte.

„In dieser Gegend gibt es zahlreiche freie nachaktive Drachen, die alles Unbekannte im Luftraum angreifen", sagte Dira.

„Uns greifen sie nicht an?", fragte Merler besorgt.

Dira schüttelte den Kopf.

„Sie greifen nichts im dicken Wald an. Ihre Jagdgebiete sind die Luft und die offenen Flächen. Fremde Drachen greifen sie nicht an, außer wenn sie in ihrem Luftraum fliegen. Firor ist am sichersten, wenn sie am Boden bleibt."

Wagio erklärte es Firor über seinen Geist, da sie sich ein paar Meilen entfernt, in einer geschützten Lichtung befand. Im dichten Wald konnte sie nicht ohne zahlreiche Verletzungen landen.

Merler bildete zusammen mit zwei
Händlern die erste Nachtwache. Es war
stockdfinster auf ihrer Lichtung, obwohl am
Himmel Sterne funkelten. Die Glut des
Lagerfeuers schimmerte und hielt wilde
Tiere auf Abstand.
Merler fühlte sich beim Gedanken an die
Raubkatzen unwohl. Manchmal sah er
zwischen den üppigen Blättern der
tropischen Pflanzen grünlich funkelnde
Augen auf sich gerichtet und wollte gar
nicht daran denken, zu welcher Art wesen
diese Augen gehörten.
„Zum Glück fürchten sie das Feuer",
murmelte er unwillkürlich vor sich hin."
Gerol, einer der Händler, die sich die
Wache mit ihm teilten, nickte ihm zu. „Das
stimmt schon. Es gibt allerdings im
Dschungel auch Tiere, die sich von Fackeln
und Feuer nicht einschüchtern lassen."
„Vielen Dank, Gerol", sagte Merler finster.
Diese Information hätte der Händler sich
wahrlich sparen können, fand er.
Der andere, sein Zwillingsbruder Gero,
lachte. Beide glichen einander sehr und
waren nur durch ein Muttermal zu unter-
scheiden, das an Geros linker Wange spross.
Plötzlich hörten sie ein Donnern in der
Ferne, das langsam lauter wurde.

„Ein Gewitter in dieser Jahreszeit?", fragte
Gerol verwirrt. Gero zuckte die Achseln.
Auch er sah ratlos aus, während er in die
Nacht hinein horchte.

„Was mag das bedeuten?", flüsterte Merler.

„Ich weiß es nicht", erwiderte Gerol nach
einer Weile, in der es wieder und wieder
gedonnert hatte. „So etwas ist für diese
Gegend nicht normal. Es regnet häufig,
doch nächtliche Gewitter habe ich
Höchstselbst noch nie erlebt in der aktuellen
Jahreszeit."

Plötzlich verschwanden die Sterne hinter
dichten Wolken, die über den nächtlichen
Himmel jagten. Merler fühlte sich unwillkürlich, als werde die ganze Umgebung
in ein schwarzes Loch gesogen. Außer dem
Lagerfeuer sah er nichts mehr, selbst die
Besitzer der grünlichen Augen hatten sich in
die Tiefen des Waldes zurückgezogen. Das
beunruhigte Merler am meisten.

Und dann schossen schwarze Blitze vom
Himmel auf sie herab. Einer fuhr in ihr
Lagerfeuer. Glühende Holzsplitter stoben
auf. Die Schlafenden, längst vom Donner
geweckt und unruhig geworden, sprangen
auf.

„Was ist hier los?", fragte Burno voller
Angst. „Was sollen die blöden Blitze?" Und

aus einer plötzlichen Eingebung heraus: „Wenn Asro sich langweilt, warum schießt er dann nicht lieber auf seine Monster? Davon gibt es mehr als genug, und sie taugen nichts. Ich mag schlafen!"
Merler ging nicht auf das Schimpfen seines Freundes ein. Er starrte Burno an und dann Zera: „Glaubst du wirklich, dafür kann Asro verantwortlich sein?" Er bekam keine Antwort.

Arno und Gara hatten beschlossen, die Bibliothek aufzusuchen und nach Berichten und Dokumentationen ähnlicher Ereignisse zu suchen, die sie selbst erlebt hatten.
Keiner von beiden wollte sich eingestehen, dass die schwarzen Wolken und die Blitze vielleicht wirklich den Auftakt zum großen Krieg darstellen könnten.
Auf dem Weg bemerkten sie viele Menschen, die in den Gassen standen und aufgeregt aufeinander einredeten. Man brauchte nicht erst genauer hinzuhören, um sich denken zu können, was alle so beschäftigte. Natürlich wurde auch wild spekuliert, einige vertraten ganz klar die These, dass es nun zum Ausbruch des Krieges kommen würde. Andere vermuteten, Asro wolle sie einfach ein-

schüchtern, und wieder andere prophezeiten, dass es ein Zeichen für Asros Sieg über den Jungen mit dem Zauber-schwert gewesen sei. Diese Theorie ver-lachte Gara höhnisch. Wenn Asro über Merler gesiegt hätte, dann müssten auf der ganzen Welt rote Wolken am Himmel zu sehen sein. Eine Woche lang würden sie zu sehen sein und roten Regen über die Welt vergießen.

Wenn Merler gesiegt hätte, dann wären es goldene Wolken, die einen gelben Nieder-schlag eine Woche lang vergießen.

Schwarze Wolken mit schwarzen Blitz-schlägen, waren bestimmt ein spielerisches Werk von Asro.

Der Tag war trübe und grau und entsprach der allgemeinen Stimmung. Arno hielt den Kopf gesenkt.

Die Bibliothek war groß und bestens aus-gestattet, Bücher über Bücher stapelten und türmten sich allseits bis unter die hohe Decke. Sie wurden am Empfang darauf aufmerksam gemacht, dass kein Buch die Räumlichkeiten verlassen dürfe, dann be-gaben sie sich in das Labyrinth aus Regalen. Da Gara und Arno genau wussten, wonach sie suchten, ließen sie die Bereiche der Legenden und Unterhaltungsliteratur hinter sich und begaben sich dorthin, wo alle Arten von Dokumentationen aufbewahrt wurden. Dennoch war es eine langwierige Arbeit. Sie blätterten sich Stunde um Stunde durch alte Aufzeichnungen und staubige Seiten. Das Lesen machte schläfrig und konfus. Arno blinzelte, um seine Gedanken beisammenzuhalten. Außen auf dem Platz läuteten die Glocken zur Abendandacht.

Als Arno merkte, dass er dieselbe Stelle eines Absatzes dreimal gelesen hatte, ohne den Sinn der Sätze erfasst zu haben, und dass es jetzt wohl Zeit war, für heute aufzugeben, fiel sein müder Blick auf eine bestimmte Zeile, und er schrie unterdrückt auf.

„Ich habe etwas gefunden! Sieh her!" Gara beugte sich erregt zu ihm, und Arno fasste den Absatz, den er, plötzlich hellwach, soeben überflogen hatte, für ihn zusammen: „Vier Jahrhunderte ist es her, als es zu denselben Beobachtungen kam: dunkle Wolken und schwarze Blitze! Damals war ein Schwarzer Herrscher an der Macht, den das Dunkle Zauberschwert erwählt hatte. Tornor war sein Name. Er hatte dasselbe Ziel wie Asro, nämlich die Weltherrschaft zu erlangen. Auch er wollte den Weltkrieg, und zum Zeichen des Beginns beschwor er das Wetter herauf. Alle Verbündeten wussten somit Bescheid, die Gegner waren zunächst einmal verängstigt und abgelenkt."

Arno schlug das Buch zu. „Nun wissen wir Bescheid."

Gara riss ihm das Buch aus den Händen. „Wie ging es damals aus, was stand darüber in dem Bericht?"

„Ein Kerl namens Lotto tötete Tornor in einem Zweikampf. Damit war der große Krieg damals beendet, die Macht des Dunklen Zauberschwertes gebrochen."

„Gebrochen?", wiederholte Gara. Er lachte grimmig auf. „Hatten die eine Ahnung! Gebrochen war da zweifelsfrei noch lange nichts, sonst hätten wir nun keine Wiederholung des alten Spiels im Nacken!"

„Asro enttäuscht mich", sagte Arno unvermittelt. „Er ist nicht einmal in der Lage, eigene Pläne und Ideen auszuhecken. Er geht einfach nur genauso vor wie sein Vorgänger."

„Das Zeichen zum Auftakt des Krieges ist bereits bekannt und muss nur nachgelesen werden, dann wissen alle Bescheid, nicht nur die Verbündeten."

„Warum nutzt Asro ein solches Zeichen?"

„Er hält sich für unbesiegbar, deshalb nutzt er dasselbe Zeichen. Einen gewissen Angsteffekt schafft es trotzdem noch. Er will keinen überraschenden Krieg eröffnen, sondern den Beginn alle wissen lassen."

„Er spielt mit offenen Karten, weil er glaubt, keiner kann ihm das Wasser reichen."

Gara nickte.

„Gute Karten hat er gewiss. Seine Armee ist riesig geworden. Ich würde behaupten, dass sie wesentlich größer und stärker ist, als von seinem Vorgänger. Inzwischen häufen sich die Meldungen darüber, dass seine Monster Magie beherrschten."

„Wie ist das möglich?", fragte Arno entsetzt.

„Ich habe es selbst nicht für möglich gehalten. Ich kenne nicht einmal einen Magier, der es selbst für möglich gehalten hätte."

„Können wir dann seinen Angriff überleben?"

Gara lächelte.

„Wir zeigen ihm eines deutlich: Wir haben keine Angst vor ihm und seine Armee. Wir kämpfen bis zum bitteren Ende."

Die Sonne war bereits untergegangen, es war eiskalt. Arno und Gara verließen die Bibliothek. Gara setzte Arno noch darüber in Kenntnis, dass am folgenden Tag die Versammlung bei König Seo anberaumt sei.

Arno sicherte sein Erscheinen zu.

Am kommenden Tag legte Arno besonders viel Wert auf seine Aufmachung, um auf den König einen guten Eindruck zu machen. Pünktlich machte er sich auf den Weg zum Schloss. Er stapfte durch den Schnee und dankte dem Allmächtigen, dass es in der vergangenen Nacht immerhin nicht erneut geschneit hatte. Die Dächer der Stadt ächzten auch so schon unter dem Gewicht der weißen Massen.

In Sordor gab es einige Uhren, die den Menschen die Zeit ansagten. Priester, Adlige und Kaufleute verfügten über Uhren. Einige davon waren klein und wurden durch Magie angetrieben. Magier waren dafür zuständig, dass die Zauberkräfte, die nur begrenzt anhielten, erneuert und am Laufen gehalten wurden. Auch die Kraft von Zauberkristallen hätten diese Uhren betreiben können, darauf hatten jedoch die Könige ein Auge und sie gestatteten in den seltensten Fällen, dass ein Untergebener im Besitz eines solchen Kristalls war. Die Kraft der Kristalle sollte für den Fall einer notwendigen Verteidigung gesammelt und gehortet werden. Entzog man ihnen Energie, dauerte es seine Zeit, bis sie sich wieder voll aufgeladen hatten.

Die Wachen vor dem Schloss baten Arno, zu warten, da er zu früh für die Versammlung erschienen war. Arno schlenderte solange um das Schlossgemäuer herum und lauschte dem Knirschen des Schnees unter seinen schweren Stiefeln. Er schaute sich um. Der Himmel war immer noch bewölkt, ab und zu kamen winzige Schneeflocken herab. Ein eisiger Wind fegte durch die Gassen und Straßen der Stadt. Arno zog zitternd seinen warmen Mantel enger um sich. Ihm war erbärmlich kalt.

Schließlich begab er sich langsam wieder zum Eingang. Die Wachen ließen ihn nun anstandslos passieren.

Kaum war Arno aufatmend in die helle, prachtvoll gestaltete Eingangshalle geschlüpft, als Seo persönlich die breiten Treppen hinunterkam und ihn willkommen hieß.

„Merlers Bruder!", sagte er herzlich. „Es tut mir Leid, dass du warten musstest. Ich habe meine Wachen geheißen, niemanden vor der Zeit eintreten zu lassen. Die Bürger neigen seit dem Vorfall mit den schwarzen Blitzen dazu, allzeit zu erscheinen und mir ihre Sorgen und Vermutungen mitzuteilen. Ich kann nicht alle anhören, die aktuelle

Situation macht es erforderlich, dass ich mich um die Verteidigung der Stadt kümmere!"

„Das verstehe ich doch", sagte Arno. Für ihn war es ein erhabenes Gefühl, so herzlich vom König persönlich empfangen zu werden.

Arno war noch nie in einem Schloss gewesen. Voll Ehrfurcht blickte er sich um. Der Boden war mit einem roten Teppich ausgelegt. Überall an den Wänden hingen Ölgemälde und Porträts alter Könige und Schlachten. Die Decke war mit edlen Verzierungen versehen. Das bunte Fensterglas warf an sonnigen Tagen sicher beeindruckende Farbspiele und Muster an die Wände.

Gemeinsam gingen Seo und Arno in den Versammlungsraum. Auch hier fielen die goldenen Verzierungen ringsum auf, und Arno sprach Seo schüchtern darauf an. Seo lachte.

„Ich weiß; die meisten Könige neigen zu Prunk, so auch meine Vorfahren. Eher für die Qualitäten eines Herrschers würde es natürlich sprechen, er würde Gold und Arbeitskraft in sein Volk investieren! Das denkst du doch, nicht wahr? Und ich stimme dir zu! Aber für den Unsinn, den

meine Ahnen in ihrem Goldwahn angestellt
haben, kann ich nichts. Aus den meisten
Räumen dieses Schlosses wurde das Gold
längst entfernt, um damit den Wohlstand
der Bürger verbessern zu können."
„Wenn alle Könige so denken würden, hätte
wohl kein Volk je den Bedarf, gegen sie zu
rebellieren", erwiderte Arno. Seo beeindruckte ihn mächtig.
Arno war der Erste im Versammlungsraum.
Seo bat ihn zu warten, während er die
anderen in Empfang nehmen wollte.
Arno sah sich um. Ein Marmortisch stand in
der Mitte des weitläufigen Raumes, zwölf
Holzstühle standen um ihn herum.
Arno nahm auf einem davon Platz und
wartete.
Schon bald führte der König die anderen
Teilnehmer der Versammlung herein.
Darunter waren auch Gara und eine hübsche
junge Frau, die sofort Arnos Blicke auf sich
zog.
„Ich möchte dir jemand vorstellen", sagte
der König, dem dies nicht entgangen war.
„Arno, dies ist Seirum, eine Freundin
Merlers, die lange Zeit mit ihm gemeinsam
unterwegs war."
Die junge Frau lächelte ihn an. Arno war
wie verzaubert von ihrer Schönheit.

Zugleich brannte er darauf, sich von ihr berichten zu lassen, wie es seinem Bruder ergangen war und weshalb Seirum sich von ihm getrennt hatte.

Seirum schien das zu ahnen, Seo ebenfalls. Während der König etwas umständlich die Teilnehmer der Versammlung um den Tisch platzierte, um den beiden etwas Zeit zu verschaffen, berichtete Seirum unaufgefordert und in möglichst kurzer Fassung, wie sie Merler kennengelernt, was sie mit ihm erlebt hatte und wie sie getrennt worden waren. Ihre Flucht aus den Kerkern Asros sprach sie nur ganz kurz an, doch Arno war klar, dass die junge Frau einen unglaublichen Mut bewiesen hatte. Sein Herz schlug heftig. Er hätte in seinen kühnsten Träumen nicht zu hoffen gewagt, heute so viele Auskünfte über seinen Bruder erhalten zu können. Die Erleichterung über das Wissen, dass Merler noch am Leben war, durchflutete ihn in richtigen Wellen. Und gleichzeitig wurde er von einer gewissen Wehmut erfasst, da ihm recht schnell klar geworden war, dass Seirum seinem Bruder verfallen und für ihn selbst verbotenes Gelände war.

„Ich wusste nicht mehr weiter", beendete Seirum ihren Bericht. „Ich habe keine

Ahnung, wo Merler und die anderen mittlerweile sind. Deshalb kam ich hierher, um immer die neuesten Informationen zu erhalten und ihn vielleicht am Ende wieder zu treffen."

Schließlich wurde den beiden bewusst, dass alle anderen längst am Tisch saßen und lächelnd warteten. Seirum und Arno setzten sich verlegen auf ihre Plätze.

„Wir haben uns heute hier versammelt", eröffnete Seo die Sitzung, „um über die Verteidigung unserer Stadt zu sprechen. Einer meiner Spione konnte berichten, dass Asro einen guten Teil seines Heeres mobilisiert, um Sordor zu belagern. Asro fürchtet Sordor, denkt an seine Niederlage im Tal der Toten! Tharland hat in der ganzen Geschichte des Landes noch nie eine Schlacht verloren, und diese Tatsache stärkt auch den Mut unserer Verbündeten. Asro will verhindern, dass Sordor frühzeitig eingreift und ihm in den Rücken fällt, weshalb er beschlossen hat, die Stadt zu Beginn des geplanten Krieges zu belagern und somit auszuschalten."

„Dasselbe plant er mit Riegland", warf eine Frau mit langem, braunem Haar ein. „Auch Riegland leistete schon immer erbitterten Widerstand gegen die dunklen Mächte."

Seo breitete eine große Landkarte auf der Tischplatte aus, die einen Teil Erlordis zeigte. Tharland und Riegland waren auch abgebildet.

„Asro konnte sein Machtgebiet innerhalb der letzten drei Jahre verdoppeln", erläuterte der König. „Sein Hauptsitz befindet sich momentan hier."

Er deutete darauf. „Er fühlt sich unbesiegbar."

„Dann müssen wir ihn eines Besseren belehren!", warf ein älterer, kahler Mann ein. Sein Name lautete Ordor.

„Hast du schon einen Plan?", wandte sich Seo direkt an ihn.

Ordor hieb mit der Hand auf den Tisch.

„Indem wir ihn angreifen, gemeinsam mit Eigland und anderen Ländern, die wir überzeugen können! Schmerzhaft und unerwartet, bevor er hier mit seinen Spukgestalten auftaucht!"

Seo wiegte zweifelnd den Kopf. „Asros Heer ist nicht mehr weit von hier entfernt. So viel Zeit, eine große Armee aufzustellen, bleibt uns nicht. Das Wichtigste für uns ist, dass wir Sordor verteidigen."

„Dann werden wir Sordor verteidigen, und unsere Verbündeten sollen sich mit dem Imperium Asros anlegen", sagte Seirum heftig.

„Du musst wissen, dass sich auch unsere Freunde nicht langweilen", sagte Seo mit sanfter Stimme. „Nicht nur wir werden angegriffen, und nicht nur wir müssen unsere Stadt retten."

Vier Stunden lang saßen sie beieinander, hörten sich Seos Informationen an, wogen Pläne ab, sprachen unzählige Vorschläge durch und verwarfen sie wieder. Seo wollte die Versammlung soeben auflösen, als das große Fenster oberhalb des langen Tisches zerbarst und Pfeile in den Raum schossen. Einer davon fuhr in Seos Brust, und der König ging zu Boden. Nach einer kurzen Stille des Schreckens erhob sich wildes Geschrei. Die Versammelten warfen sich unter den Tisch, um nicht ebenfalls in die Fluglinie der Geschosse zu geraten.

Arno robbte zu Seo und untersuchte mit fliegenden Fingern dessen Wunde.

„Wir brauchen sofort einen Heiler!", schrie er. Einer der Wachen, die mit Getöse durch die Tür gebrochen waren, drehte sich um und stürzte los, um Hilfe zu holen.

Seo atmete schwer. Arno zog kurz in Erwägung, den Pfeil aus der Brust des Königs zu ziehen, doch als habe dieser seine Gedanken erraten, griff er nach Arnos Handgelenken und schüttelte schwach den Kopf.

„Lass den Heiler das erledigen", flüsterte er.

Jenseits des zersplitterten Fensters erhob sich nun Geschrei, offenbar waren die Wachen des Königs zum Gegenangriff übergegangen. Die unter dem Tisch Liegenden standen vorsichtig auf und redeten aufgeregt durcheinander.

Der Angriff galt nur Seo.

Arno achtete nicht auf sie. Er hatte beobachtet, dass Seos Atem langsamer und röchelnder geworden war, und eine düstere Vorahnung beschlich ihn.

„Gib nicht auf", flüsterte er und drückte die Faust des Königs, die fest geballt, auf dessen Brust lag. „Wir brauchen dich jetzt!"

Seo schloss die Augen. Arno gelang es kaum, seine nächsten Worte aufzufangen:

„Ich ahnte so etwas schon seit längerer Zeit. Einer meiner Söhne wird meine Nachfolge übernehmen. Ich bitte euch, bringt ihm die gleiche Treue entgegen und dasselbe Vertrauen wie mir."

Er holte noch einmal röchelnd Luft, an seinen Mundwinkeln erschien Blut, nicht viel, aber es genügte. Arno begriff, dass der König sein Leben ausgehaucht hatte. Reglos blieb er sitzen und unternahm nichts.

Allmählich wurde auch den anderen Versammelten klar, was geschehen war. Einige,
wie Seirum, begannen leise zu weinen,
andere brüllten auf vor blinder Wut.
Die Heiler, die gleich darauf den Saal
stürmten, vermochten nichts mehr auszu-
richten.
„Wenn ich denjenigen erwische", sagte
Arno mit bebender Stimme, „der diesen
Menschen so kaltblütig abgeschlachtet hat,
dann gnade ihm Gott! Ich werde den König
rächen, bei allem, was mir heilig ist!"

Drachen.

Es dauerte, bis Merler, seine Freunde und die Händler die nächtlichen Geschehnisse verarbeitet hatten. Nachdem der Schock verklungen war, machten sich Aufregung und Unruhe im Lager breit.

„Was sollten die schwarzen Blitze bedeuten?", fragte Burno eins ums andere Mal und schritt hektisch auf und ab. Merler seufzte ungeduldig.

„In der Nacht hast doch du selbst uns die Möglichkeit genannt, die am wahrscheinlichsten ist! Ich denke, Asro steckte dahinter."

„Selbst wenn Asro es war – was wollte er damit sagen?"

Die Sonne schien kraftvoll durch das grüne Blätterdach auf sie herab. Die Welt sah glänzend, gesund und friedlich aus, doch der Eindruck täuschte, wie Merler wusste.

„Das werden wir noch früh genug erfahren", meinte er, an Burno gewandt.

„Versuch doch, dich wieder zu beruhigen! Im Moment können wir ohnehin nichts tun!"

Burno ließ sich aber nicht besänftigen. Er setzte seinen Marsch fort, auf und ab, auf und ab, und dachte voll Sorge über die Geschehnisse nach.

Sie bauten das Lager ab und nahmen die
Fahrt wieder auf. Die Wachsamkeit aller
hatte sich intensiviert, was Merler nicht entging. Auch er selbst ertappte sich dabei, wie
er sich noch häufiger als gewöhnlich nach
allen Seiten umsah. Ihre Probleme hatten
sich vermehrt, zu der Präsenz der Raubkatzen und den auf dem Kontinent Aros
verstärkt ihr Unwesen treibenden Landpiraten war nun hinzugekommen, dass
niemand genau wusste, was Asro ausheckte
– sie wussten nur, dass etwas in der Luft
lag, und das machte alle nervös und streit-
bar.

„Weshalb gibt es hier eigentlich so viele
Landpiraten?", wollte Merler von Zera
wissen in dem Versuch, sich selbst auf
andere Gedanken zu bringen.

„Sie haben sich natürlich dem Imperium
angeschlossen", erklärte der Händler.
„Unter seiner schützenden Hand können sie
plündern, ohne eine Bestrafung fürchten zu
müssen – also versammeln sie sich dort, wo
die meisten Aussichten bestehen, Reisende
und Händler zu überfallen. Ein Viertel der
Beute müssen sie, so heißt es, Asro aus-
händigen, der Rest gehört ihnen." Er lachte

grimmig auf. „Das ist natürlich ein Lohn, über den sie nicht klagen können, diese verdammten Seelen!"

„Ein neuer Auftrag wird hinzugekommen sein", ergänzte Merler leise. „Mich auszulöschen."

Zera musterte ihn aufmerksam. Er widersprach nicht. Burno mischte sich ein: „Wenn die Landpiraten ähnlich dumm sind wie Asros nette Monster, haben wir nichts zu befürchten, Merler!"

Er hieb dem Freund aufmuntert auf die Schulter, so fest, dass Merler fast vom Kutschbock gerutscht wäre.

„Täusch dich da nur nicht, Junge!", warf Zera ein. „Es heißt, Asro habe die Denkfähigkeit seiner Untergebenen mit Hilfe von magischen Kristallen drastisch verbessern lassen. Sie sind nicht mehr ganz so sehr auf den Kopf gefallen, wie du zu denken scheinst!"

„Das hat uns gerade noch gefehlt", stöhnte Merler. „Monster mit Hirn! Was glaubst du, wie wird Asro vorgehen, angenommen, der große Krieg hat erst begonnen?"

„Auf jeden Fall wird er Tharland und Riegland angreifen. Die beiden Länder leisten den größten Widerstand. Einerseits ärgert das Asro, andererseits liegt hier seine

Chance, seine anderen Feinde zur Kapitulation zu bringen; sehen sie Tharland und Riegland besiegt, bleibt ihnen bestimmt nicht mehr viel Mut. In dem Fall wäre rasch entschieden, wer den Krieg gewonnen hat." Merler erwiderte nichts, er schwieg bedrückt. Er war jedoch unglaublich dankbar darüber, dass er sein Heer auf der geheimnisvollen Insel zurückgelassen hatte. Im Fall der Fälle würde es Tharland ein guter Verbündeter sein.

„Ob König Seo weiß, dass Asro am Gehirn seiner Monster gewerkelt hat?", fragte Merler. „Es wäre schrecklich, wenn er sich auf den Krieg vorbereiten würde in der Annahme, es mit dummen Gegnern zu tun zu haben!"

„Seo hat seine Ohren überall", erwiderte Zera befriedigt. „Seine Spione schlafen derzeit kaum noch. Du kannst sicher sein, was wir wissen, weiß Seo schon längst! Wenn du aber ruhiger wirst, indem du den König zusätzlich informierst, so tu das."

Tatsächlich schrieb Merler noch am gleichen Tag eine Nachricht an König Seo. Er konnte sich denken, dass Zera richtig lag in seiner Vermutung, diese Information sei in Sordor längst bekannt. Irgendwie hatte er aber das Bedürfnis, mit der Welt dort draußen in Kontakt zu treten und, nicht zuletzt, Seo auch ein Lebenszeichen zu schicken.

Dira, die als Eletin eine wundervolle Verbindung zu den Tieren und somit auch zu den Falken hatte, schaffte es tatsächlich, einen Falken anzulocken, der bereit war, die Nachricht zuzustellen. Als er mit dem Papier im Schnabel am Himmel ihren Blicken entschwand, atmete Merler erleichtert auf.

Die weitere Fahrt verlief ohne Zwischenfälle. Sie kamen an Flüssen vorbei, die den Wald durchzogen, sahen Krokodile im Sumpf und wunderten sich über die riesigen, in allen Farben schimmernden Blütenkelche der exotischen Pflanzen. Manchmal verdichtete sich der Baumbestand um sie herum, dann kamen die Wagen auf dem schmalen Pfad kaum noch voran. Stellenweise lichtete sich das Unterholz, und heller Sonnenschein blendete sie. Vor der Dämmerung bauten sie ihr Lager abermals auf einer Lichtung auf. Die Händler plauderten, während sie aßen, und unterhielten einander und Merlers Gruppe mit Erlebnissen aus ihrem Leben als Reisende. Einige der wilden Geschichten und Abenteuer waren wohl schlicht und ergreifen erfunden, vermutete Merler. Andere schienen glaubwürdig zu sein, und auf jeden Fall lachten sie endlich wieder einmal und vergaßen für einen kurzen Moment ihre Ängste und Sorgen.

Als die Sonne untergegangen war, legten sich die meisten von ihnen schlafen. Merler und Wagio bildeten gemeinsam mit zwei Händlern die erste Wachschicht; sie hatten einmütig beschlossen, die Zahl der Wächter zu erhöhen, da alle das Gefühl hatten, sich zunehmend in Gefahr zu befinden.

Mücken summten durch die lauwarme Nachtluft. Merler schlug klatschend auf seinen Oberschenkel, wo er einen scharfen Stich verspürt hatte.

Losi, einer der Händler, lachte. „So ist das hier, Junge! Im Dschungel muss man davon ausgehen, dass die Mücken einen lebendig verspeisen. Gewöhn dich dran!"

Wagio, der mit schmalen Augen in die Dunkelheit gestarrt hatte, nahm seinen Bogen, legte einen Pfeil ein und stand langsam auf. „Was ist los?", fragte Merler verwirrt.

„Leise!", zischte Wagio. „Mir war, als habe sich eine Gestalt aus dem Busch dort gelöst."

Merler kniff ebenfalls die Augen zusammen

und versuchte, mit den Augen die Dunkelheit zu durchdringen. Er konnte nichts sehen, doch plötzlich knackte es, und Merler, der längst sein Schwert gezogen hatte, wusste, dass ein Stiefel einen kleinen Zweig zum Bersten gebracht hatte.

„Wer seid Ihr?", rief Losi laut aus. Wie beabsichtigt, fuhren ihre schlafenden Freunde in die Höhe und waren sofort an ihren Waffen.

Zwei Gestalten lösten sich nun aus der Dunkelheit und näherten sich dem Lager.

„Seid ihr Landpiraten?", fragte eine Stimme, die freundlich und etwas angespannt klang und auf keinen Fall so, als stehe den Freunden ein Angriff bevor.

„Nein", antwortete Merler. „Wir kämpfen gegen Asro. Und wer seid Ihr?"

Früh am Morgen wachte Arno auf. Er brauchte eine Weile, bis ihm klar wurde, weshalb er sich so schwer und unglücklich fühlte. Dann fielen ihm die Geschehnisse des Vortages ein, und blitzartig kam ihm zu Bewusstsein, dass der König, den er vom ersten Moment an ins Herz geschlossen hatte, tot war. Seine Augen wurden feucht, und er schloss sie wieder.

Draußen herrschte geschäftiges Treiben. Arno machte das Laute Hämmern der Waffenschmiede aus, das Schleifen der Räder von Katapulten und aufgeregtes Stimmengewirr.

Mühsam richtete er sich auf, wusch sich, zog sich an und begab sich hinaus.

Noch am Abend war die Krönung Tugas, Seos Sohn, erfolgt. Alle, die Seo in den Tod begleitet hatten, waren anwesend und hatten dem neuen König ihre Treue geschworen.

Das königliche Gesetzbuch schrieb vor, dass nach dem Tode eines alten Königs die Krönung des neuen eine Woche warten müsse. Die aktuellen Umstände machten es jedoch unmöglich, die Stadt eine Woche lang ohne König zu lassen.

Vielen Bürgern hatte die Botschaft, dass ihr König nicht mehr unter ihnen war, den Mut geraubt. Die meisten befürchteten wohl, dass Sordor ohne Seo nicht zu retten war. Arno hatte sich noch keine endgültige Meinung gebildet. Seo hatte seinen Nachfolger selbst bestimmt, und Arno vertraute darauf, dass er schon gewusst hatte, was er tat. König Tuga selbst wirkte äußerst entschlossen, als er verkündete, seine Stadt bis zum bitteren Ende zu verteidigen.

Arno ging hinauf zum Schloss. Er konnte noch nicht richtig fassen, dass Seo wirklich tot sein sollte. Wenn Merler davon erfahren würde, davon war Arno überzeugt, würde es ihm einen schweren Schlag versetzen. Hoffentlich gab sein kleiner Bruder nicht auf.

Die Wächter des Schlosses teilten Arno mit, dass sich König Tuga am südlichen Tor befinde. Eilig lief er auf das Südtor zu. Er musste unbedingt den neuen König sprechen.

Tatsächlich stieß er bald auf Tuga, der soeben den Arbeitern Anweisungen gab und ihnen erklärte, wo die Geschütze aufgestellt werden sollten.

„Guten Morgen, Arno", begrüßte er Arno freundlich. Arno grüßte zurück und konnte seine Verwunderung nicht unterdrücken. Tuga hatte ihn gestern nach seiner Krönung nur beiläufig begrüßt. Trotzdem wusste der junge König sofort seinen Namen. Tuga war erst Mitte zwanzig und dadurch einer der jüngsten Könige in der Geschichte von Tharland.

Glückwünsche brachte Tuga niemand entgegen. Die Umstände, unter denen die Krönung stattgefunden hat, waren alles andere als erfreulich.

„Es sieht sehr schlecht für uns aus, Arno", bekannte Tuga leise, bevor Arno sein Anliegen vorbringen konnte. Sein Gesichtsausdruck war düster, doch er achtete darauf, dass die Arbeiter es nicht sehen konnten. Arno schätzte ihn dafür sehr. Zudem freute er sich über das Vertrauen, das Tuga ihm selbst offenbar entgegenbrachte.

„In zwei Tagen soll Asros Streitmacht hier ankommen, so haben die Spione meines Vaters, die nunmehr für mich arbeiten, gemeldet. Im Moment sind vierzigtausend Soldaten in Sordor stationiert. Das sind viel zu wenige!"

„Das wollte ich dich fragen, Tuga", sagte Arno. „Hast du Nachricht von unseren Verbündeten erhalten? Können sie uns nicht zu Hilfe kommen?"

„Alle befinden sich im Krieg", erklärte Tuga düster. „Asro hat offenbar viel mehr Armeen auf den Weg geschickt, als wir ahnen konnten; an allen Fronten zugleich kommen die Angriffe! Es sieht wirklich schlecht aus, Arno."

Gara tauchte hinter dem König auf. „Das soll uns nicht den Mut rauben!", sagte er nachdrücklich. „Wir werden kämpfen bis zum letzten Mann, Tuga. So hätte es auch dein Vater gewollt. Wir werden nicht aufgeben und dem Bösen freien Lauf lassen!"

Oben auf der Stadtmauer wurden Rufe laut. Tuga hob den Kopf.

„Was geht vor sich?", rief er hinauf.

„Der General von Merlers Heer nähert sich!", lautete die Antwort, die einem Jubel nicht unähnlich klang.

„Lasst ihn herein!"

Arno wartete gespannt ab, was geschehen würde. Von Seirum war er bereits unterrichtet worden, dass sein Bruder über ein ganzes Heer verfügte und dass dieses Heer zu ihrem Schutz in Tharland abgestellt worden war. Er hatte vorgehabt, Tuga darauf anzusprechen, doch nun hatte sich das Thema selbst zur Sprache gebracht.

Der General von Merlers Heer offenbarte sich als Zentaur. Er war etwa dreißig Jahre alt, kräftig gebaut und hatte braunes, langes Haar. Er schritt sofort zielstrebig auf Tuga zu und grüßte. Tuga stellte Gara und Arno vor. Der Name des Zentauren lautete Stos.

„Was führt dich her?", fragte Arno begierig.

Stos klarblaue Augen hefteten sich an seine und schienen bis in sein Innerstes zu dringen.

„Du stehst Merler nahe", meinte er dann.

Arno nickte.

„Ich bin sein Bruder!"

„Um ihn geht es", sagte Stos, nun wieder an den König gewandt. „Weiß mein Anführer mittlerweile, dass der große Krieg begonnen hat? Konnte ihm irgendjemand Nachricht zukommen lassen? Du hast es mir versprochen."

Arno hatte das Gefühl, dass ihm hier etwas entging. Offenbar hatten Tuga und Stos sich bereits über Merler ausgetauscht, und Stos schien nicht zufrieden zu sein. Tuga senkte kurz den Blick. Dann erklärte er: „Ich weiß, ich habe dir zugesagt, Merler einen Falken zu schicken. Dann kam mir jedoch in den Sinn, dass er seinen Auftrag, das Amulett zu finden, abbrechen könnte, wenn er von Seos Tod erführe, um uns im Kampf zu Hilfe zu eilen. Unsere einzige Chance jedoch liegt in diesem Amulett und darin, dass es gefunden wird! Merler darf jetzt nicht zurückkommen!"

Eine aufgebrachte Stimme rechts von Arno

meldete sich plötzlich zu Wort. Er zuckte zusammen, als er Seirum erkannte, die sich unbemerkt von Arno genähert hatte und zweifellos schon eine ganze Weile neben ihm stand, da sie genau im Bilde war.

„Was denkst du nur von Merler!", rief sie hitzig. „Er ist noch nicht einmal damals vom Weg abgewichen, als ich verschleppt und gefangen genommen wurde! Niemals würde er aufgeben, wenn ihn die Nachricht von Seos Tod erreichte, niemals! Aber ich könnte mir vorstellen, dass er sich übergangen fühlt, wenn er zufällig auf dem Weg davon erfährt, und nicht von seinen Freunden!"

Seirum ihre direkte Art, den König gleich zu duzen, schien Tuga nicht zu stören.

Der König sah ein wenig verlegen aus, als Arno heftig nickend seine Zustimmung bekundete. „Wenn ihr das sagt, wird es wohl so sein. In Ordnung, wir benachrichtigen ihn!"

„Verzeiht mir meinen unhöflichen Ton", entschuldigte sich Seirum.

Tuga lachte.

„Kein Problem. Ihr und Arno dürft mich gerne duzen. Ihr wart gute Freunde meines Vaters und wir sollten solche bleiben."

Stos lächelte zufrieden, verbeugte sich vor

Tuga und galoppierte im nächsten Moment davon, um sich wider zu seinem Heer zu gesellen.

Tuga seufzte.

„Hoffentlich überstehen wir diesen Krieg. Ich habe nicht viel Kriegserfahrung sammeln können."

Gara legte ihm eine Hand auf die Schulter und erwiderte freundlich: „Du verfügst bereits über einen guten Erfahrungswert. Die Qualitäten deines Vaters hast du ohnehin, die wir alle an ihm geschätzt haben."

Tuga nickte.

„Ein paar Feldzüge und Belagerungen an der Grenze von Tharland hatte ich in den letzten Jahren gehabt. Bei der Schlacht im Tal der Toten konnte ich leider nicht dabei sein."

Gara lächelte.

„Richtig und soweit ich weiß, hast du als Provinzherr stets klug agiert. Die Bevölkerung war mit dir sehr zufrieden. Du verfügst über ausreichend Führungsqualität. Lass dir nichts anderes einreden. In schweren Zeiten sind misstrauen natürlich da und der kleinste Fehler wird dir verübelt, aber lass dich davon nicht abschrecken."

Tuga schüttelte Gara seine Hand.

„Danke für deine Worte."

Tuga verabschiedete sich von ihnen, weil er weitere Aufgaben erleidigen musste. Gara verabschiedete sich auch knapp, da er einer Gruppe junger Soldaten Kampfunterricht gab.

Arno und Seirum blieben ein wenig ratlos und unsicher, was sie selbst jetzt tun könnten, zurück.

„Ich hoffe, ich sehe Merler bald wieder", sagte Seirum plötzlich leise, ohne Arno ins Gesicht zu sehen. „Ich habe ihm selbst heute schon einen Falken geschickt. Nicht wegen Seos Tod; ich dachte, es sei Tugas Aufgabe, ihn darüber zu informieren! Ich wollte nur, dass Merler mich nicht vergisst, ich …" Sie biss sich auf die Lippen, verärgert über sich selbst. Weshalb redete sie so viel? Musste sie ihre Gefühle wirklich so schamlos offenbaren, und ausgerechnet vor Merlers Bruder, den sie am vergangenen Abend mehrfach ertappt hatte, dass er sie intensiv musterte? Ihr war nicht entgangen, dass Arno Gefallen an ihr fand. Es war nicht fair, ihn so unerwartet mit ihrer Liebe zu seinem Bruder zu konfrontieren.

Arno wirkte jedoch keineswegs überrascht. Er nickte verständnisvoll.

„Ich weiß längst, dass du zu ihm gehörst, es war mir gleich klar. Ich hörte es deiner

Stimme an und sah es in deinen Augen. Ich freue mich für meinen Bruder. Und ich kann verstehen, dass er dir schrecklich fehlt und dass du bisweilen jemanden brauchst, mit dem du über alles sprechen kannst." Seirum atmete erleichtert auf. „Das ist lieb von dir, Arno", sagte sie. „Vielen Dank!"

„Tja", sagte Arno lachend, „wir stammen aus einer guten Familie, weißt du. Noch vor einigen Jahren hätte ich kein gutes Haar an Merler gelassen; wir waren einfach beide kindisch und unreif, wir vermochten nicht viel miteinander anzufangen, wie das bei Geschwistern häufig der Fall ist. Ich wünschte, ich könnte ihn noch einmal sehen und ihm sagen, dass ich stolz auf ihn bin, dass mir Leid tut, was ich ihm früher manchmal an den Kopf geworfen habe, und dass er nicht aufgeben darf. Mir fehlt er auch."

„Auch du könntest ihm eine Nachricht zukommen lassen!", schlug das Mädchen plötzlich vor. Sie lachte. „Er wird vor lauter Brieffalken förmlich über den Haufen geflogen werden! Du weißt, dass es hier in Sordor die Möglichkeit gibt, sich Falken zu borgen? Es kostet nur zwei Taler."

Arno dachte nach. War es nicht gefährlich, so viele Falken auf die Suche nach Merler

zu schicken? Vielleicht lockten sie das
Auge des Feindes auf seinen Aufenthaltsort.
Andererseits konnte er sich nicht vorstellen,
dass Asros Untergebene sonderlich viel für
Tiere übrig hatten; übertrieben viel Aufmerksamkeit würden sie dem einen oder
anderen Falken kaum zukommen lassen.
Also beschloss er, Seirums Vorschlag nach-
zukommen.
Die Wolkendecke hatte sich mittlerweile
geöffnet. Sonnenstrahlen fielen schräg in
die Stadt ein und brachten den Schnee in
den Gassen und auf den Dächern zum
Glitzern.

Früh am nächsten Morgen ging die Reise
weiter. Gronalien war nur noch drei Tagesmärsche entfernt.
Die beiden Gestalten, die sich in ihr nächt-
liches Lager geschlichen und dabei erkannt
worden waren, hatten sich als Geschwister
zu erkennen gegeben. Zuerst hatte es sie
verängstigt, entdeckt worden zu sein, doch
beim Anblick von Merlers Zauberschwert
hatten sie rasch Vertrauen zu ihm gefasst.
Es handelte sich um einen Mann und eine
Frau, nur wenige Jahre älter als Merler, sie
hießen Sorgor und Sina. Ihre Stadt war von
Landpiraten überfallen worden. Das Ge-

schwisterpaar gehörte zu den wenigen
Überlebenden und hatte überstürzt mitten in
der Nacht die Flucht angetreten.

Beide waren etwas schwermütig und in sich
gekehrt, wussten sie doch nicht, was aus
ihrer Familie geworden war. Allerdings
loderte auch das Feuer der Wut in ihren
Augen, und Merler wusste, dass sie sich an
Asro rächen wollten.

Sina, die mehr sprach als ihr Bruder, nannte
den Überfall einen nächtlichen Albtraum.
„Diese fürchterlichen Bilder werde ich nie
wieder aus dem Kopf bekommen", flüsterte
sie. Ihre schmalen Finger zitterten. „Sie
gingen ohne Gnade und Erbarmen vor und
schlachteten alles ab, was ihnen in die
Quere kam. Ich werde es nie vergessen, und
ich werde Asro niemals verzeihen!"

Ausgerechnet Burno bewies das meiste Ein-
fühlungsvermögen. Er legte seine Hand auf
Sinas Schulter und vermittelte auf diese Art,
dass er sie verstand und für sie da sei. Er bot
ihr auch etwas zu essen an, doch Sorgor und
Sina waren beide zu erschöpft und aufgewühlt, um essen zu können.

Als Sina sich setzte, ließ Burno sich neben
ihr zu Boden gleiten. Merler beobachtete
überrascht, dass er nicht wie sonst dumme
Witze machte und zu reizen versuchte,

sondern der jungen Frau gegenüber fast schon zärtlich wirkte. Er ließ kaum einmal den Blick von ihr.

Yera und Rexe, die ebenfalls aufmerksame Beobachter waren, begannen breit zu grinsen, und Merler hörte Rexe murmeln: „Ob unser Schützling am Ende noch die Frau fürs Leben gefunden hat?" Und Yeras Antwort: „Ach wo! Sie wird es nicht mit ihm aushalten, du kennst doch sein Temperament und das große Mundwerk!" Eine Weile ging es hin und her, dann wetteten Yera und Rexe tatsächlich, ob Burno und Sina ein Paar werden würden und falls ja, wie lange dies wohl dauern würde. Merler unterdrückte ein Lachen. Wer hätte das gedacht.

„Was grinst du so?", fragte Burno misstrauisch. Nun hatte er doch einmal aufgeschaut und sich kurz von Sina abgewandt, Merlers Gesichtsausdruck irritierte ihn wohl. Merler winkte ab. „Es ist nichts, Burno. Kümmere dich nur weiter um unsere Gäste."

Es war kurz nach Mittag, als sie einen geeigneten Platz zum Rasten fanden. Es gab saftiges Fleisch, da am Abend zuvor Wild erlegt worden war.

Merler hatte im Laufe des Vormittags einen

Falken von Seirum erhalten. Burno, wie erwartet, hatte Merler gleich aufgezogen und wilde Vermutungen angestellt darüber, was wohl in der Nachricht stehen würde. Merler war gar nicht darauf eingegangen. Zum einen war ihm bewusst, dass Burno ohnehin nur einen Aufruhr veranstaltete, um Sinas Aufmerksamkeit zu erregen, zum anderen bekam er kaum mit, was um ihn herum geschah. Sein Herz hämmerte. Seit Seirums Verschleppung war kaum eine Stunde vergangen, indem Merlers Gedanken nicht zumindest einmal in ihre Richtung abgeschweift waren. Nach außen hin hatte er sich beherrscht gezeigt, doch innerlich schmerzte alles vor unterdrückter Angst und Sorge. Ihm war klar gewesen, dass er Seirum nicht helfen konnte, gleichzeitig fühlte er sich aber schlecht und schuldig. Nun endlich hielt er den Beweis in Händen, dass Seirum am Leben war, und nicht nur das: Sie dachte innig an ihn und vermisste ihn ebenso wie er sie! Das hatte sie auf das Pergament gekritzelt, das er mit roten Wangen gelesen und seitdem wie einen Schatz in seiner Tasche geborgen hatte.

Nachdem alle gegessen hatten, setzte sie ihre Fahrt fort. Der Wald lichtete sich allmählich, dann begann es wieder zu regnen. Allmählich waren sie daran gewohnt, nicht einmal Burno machte sich noch die Mühe, in lautes Gezeter auszubrechen. Allerdings war Merler sich auch nicht ganz sicher, ob sein Kamerad sich der Tatsache überhaupt bewusst war, dass sie abermals von einem heftigen Regen durchnässt wurden. Er hatte nur Augen für die hübsche Sina, die zu seiner Enttäuschung auf einem anderen Wagen saß.

Plötzlich schoss ein durchnässter Federball aus dem Blätterdach herab und peilte Merler an. Dieser zuckte zurück, erkannte dann aber einen erbärmlich aussehenden Falken und streckte rasch die Hand nach ihm aus, worauf das erschöpfte Tier im letzten Moment Halt auf seinem Arm fand. Die scharfen Krallen drückten sich durch den dicken Stoff von Merlers Mantel, doch er achtete nicht darauf.

„Was hat denn der für ein Problem?", fragte Burno erstaunt. „Ein Brieffalke, der nicht einmal richtig fliegen kann! Nobel, nobel!" Wagio musterte ihn herablassend. „Dir ist offenbar entgangen, dass es regnet und das Tier vor Nässe trieft, mein Lieber", sagte er verächtlich. „Zudem hat es vermutlich eine lange Reise hinter sich, und das bei dem

Wetter. Da würde ich dich gerne einmal sehen!"

Burno beachtete Wagio nicht. „Ist es wieder ein Liebesbrief von Seirum?", neckte er nun Merler. „Lies schon vor!"

Merler schüttelte ungehalten den Kopf. Bisweilen fiel es ihm schwer, Geduld mit Burno zu haben. Er schüttelte das nasse Pergament auseinander und befürchtete, dass die Schrift sich aufgelöst hatte, doch glücklicherweise vermochte er sie noch zu lesen. Und was er las, ließ alle Farbe aus seinem Gesicht weichen.

„Was gibt es denn?", fragte Wagio, der ihn aufmerksam beobachtet hatte.

Merler schluckte. Seine Hände hatten zu zittern begonnen. „Der Brief stammt von König Tuga, dem neuen König Tharlands."

„Tharland hat einen neuen König?", fragte Wagio erstaunt. Dann machte sich die Erkenntnis in seinen Zügen breit. „Seo ist tot", sagte er tonlos.

„So ein Quatsch", platzte Burno heraus. „Seo ist unsterblich, eine Legende, er wird immer da sein! Nicht wahr, Merler?"

„Niemand ist unsterblich!", fuhr Merler ihn ungehalten an. „Seo ist tot, er wurde ermordet und sein Sohn Tuga hat die Nachfolge angetreten!"

Wagio legte seine Hand auf die Schulter des Jungen, der nur mühsam seine Tränen unterdrückte. Seo war ein guter, gerechter König gewesen, und sie alle verfielen in Schweigen und versuchten zu begreifen, dass ihr König ihnen genommen worden war.

„Ohne Seo", meinte Merler schließlich und knüllte das Pergament mit hoffnungsloser Miene zusammen, „hat Tharland den Krieg so gut wie verloren."

„Tharland hat schon viele Schlachten gewonnen", rief Wagio ihm in Erinnerung, „auch unter anderen Königen, und oftmals war es das reinste Wunder. Bisweilen muss man geradezu denken, dass eine größere Macht seine schützende Hand über Tharland hält. Sorge dich nicht zu sehr, Merler! Tuga ist gewiss ein würdiger Nachfolger, andernfalls hätte Seo ihn nicht dazu bestimmt."

Über Tuga wusste niemand von ihnen mehr. Sie wussten alle, dass Seo einen Sohn hatte, aber dieser war Stadtherr weit weg von der Hauptstadt und hatte andere Aufgabengebiete. Mit Merler und seinen Freunden hatte er die ganze Zeit über nichts zu tun gehabt. Seo hatten sie nicht weiter ausgefragt. Für den Kampf gegen Asro war es ohnehin nicht nötig gewesen. Jetzt bereute Merler, dass sie nicht mehr nachgefragt hatten. Die Ungewissheit was Tuga für ein Typ war, verursachte eine Unsicherheit. Konnte er das Land führen? Behielt er einen kühlen Kopf? Hitzköpfe gab es als Thronfolger oft genug und so jemand konnte im großen Krieg eine blutige Niederlage bedeuten.

„Gab es schon einmal eine Situation", merkte Burno interessiert an, „in der Tharland mit etwa hunderttausend Mann ein Heer von fünfhunderttausend gegnerischen Monstern besiegt hat, die auch noch denken können?"

Wagio blitzte ihn wütend an. „Indem du uns allen den Mut nimmst, gelangen wir sicher nicht schneller zum Sieg!", fuhr er ihn an.

„Aber wir wissen nicht einmal, von welcher Richtung Tharland genau angegriffen wird – vielleicht stürmen sie auch den Hafen Sordors!"

Merler hielt diesen Gedanken für gar nicht abwegig. Er war überzeugt davon, dass die Hauptstadt von allen Seiten zugleich angegriffen werden würde, etwas anderes erwartete er nicht von Asro, und an dessen Stelle hätte er auch so gehandelt.

Gegen Abend suchten sie wieder einen geeigneten Platz, um zu lagern. Da das restliche Fleisch am Mittag vertilgt worden war, mussten sie sich nun mit Brot und einigen Beeren zufrieden geben, die die Händler unterwegs von Bäumen und Sträuchern gepflückt hatten.

„Wie soll ein Mann von so etwas satt werden?", fragte Burno mit einem Blick auf Sina, die klaglos ihr kärgliches Mahl zu sich nahm.

Einer der Händler, sein Name war Sundu, höhnte: „Bitte verzeihen Sie vielmals, Euer Ehren, leider servieren wir hier im Dschungel nur einmal täglich ein königliches Menü, das den Bedürfnissen Ihrer Hoheit gerecht wird."

Burno wollte wütend aufbrausen, doch als er sah, dass die anderen, Sina mit eingeschlossen, über die Worte des Händlers lachten, verzog auch er sein Gesicht zu einem Grinsen. Merler freute sich darüber. Wenn die Anwesenheit Sinas dazu führen würde, Burno friedfertiger zu machen und einige Wortgefechte zu verhindern, sollte es ihm recht sein.

Als es dunkelte und die Abendsonne verschwand, suchten sie ihre Lagerplätze auf. Merler, Wagio und Burno schliefen sofort ein.

Merler träumte in dieser Nacht von Seirum.
Es war ein wunderbarer Traum, der erste
seit Langem. Ihr Brief, der seine unter-
drückten Ängste aufgelöst hatte, war wohl
dafür zuständig. Als Merlers Wachdienst
begann, wünschte er sich, einfach wieder
einschlafen und weiterträumen zu können.
Während er noch vor sich hin dämmerte
und langsam zu sich kam, vernahm er dicht
bei sich ein vertrautes Geräusch. Einen
kurzen Moment brauchte er, um es ein-
ordnen zu können. Dann wusste er: Jemand
hatte ein Schwert aus einer Scheide gezogen, und zwar in unmittelbarer Nähe. Der
Junge fuhr auf und tastete nach seinem
Schwert, doch im gleichen Moment wurde
eine scharfe Schneide an seinen Hals ge-
drückt, und er erstarrte mitten in der Bewegung.
Aus den Augenwinkeln erkannte er eine
Gestalt. Merler begriff nicht, was vor sich
ging. Es war Zera, der ihn mit einem
Schwert bedrohte.
„Zera?", fragte er verwirrt. „Was geht hier
vor?"
Ringsum raschelte es, es wurde gemurmelt
und unterdrückt aufgeschrien. Merler wagte
nicht, sich zu bewegen, doch seine Augen
rollten wild in den Höhlen, und er wurde

trotz der ungünstigen Position Zeuge, wie
Sundu Wagio mit einem Langbogen in
Schach hielt und auch Burno, Rexe und
Yera, außer Gefecht gesetzt worden waren.
Dira und dem Geschwisterpaar hatte man
bereits die Hände gebunden. Alle sahen entsetzt, verängstigt und verwirrt aus. Die
Händler hatten sie im Schlaf überrascht.
Zera lachte. Es war ein grimmiges, brutales
Lachen. „Sagt bloß, keiner von euch kam je
auf den Gedanken, bei uns könne es sich
tatsächlich um etwas anderes als brave
Händler halten! Wie wollt ihr euch eigentlich mit Asro anlegen, wenn es überhaupt
keiner Kunst bedarf, euch schwer zu
täuschen? Wir sind Landpiraten! Es war
von Beginn an unser Plan, euch auf diese
Art aufzuspüren und zu überwältigen, doch
wir hätten es nie für möglich gehalten, dass
er so einfach und mühelos umgesetzt
werden könnte!"
In Merlers Kopf arbeitete es fieberhaft. Wie
hatte er so dumm sein können, auf die
Strategie der wenig intelligenten Landpiraten hereinzufallen, seine Freunde blind
in ihr Verderben laufen zu lassen? Wobei
genau darin wohl der Fehler gelegen hatte:
Sie alle waren gegen besseres Wissen
immer davon ausgegangen, es mit geistig

unterlegenen Gegnern zu tun zu haben.

Dass Anhänger Asros zu so großer Schauspielerei fähig wären, hätten sie sich niemals träumen lassen. Selbst Wagio konnten sie Täuschen.

Wagio litt unter dem größten Schock und schüttelte den Kopf.

„Ich verstehe nicht, wie sie mich täuschen konnten."

„Wir können uns auch weiterentwickeln und haben eine Möglichkeit gefunden, wie man die Wahrheitsfähigkeit von Eleten täuschen kann", sagte Zera. „Wir werden dir nicht verraten, wie wir es gemacht haben. Bleibt unser Geheimnis."

„Warum habt ihr uns nicht gleich in der ersten Nacht beseitigt?", fuhr Merler Zera außer sich an. „Fehlte euch dann doch der Mut?"

Zera ließ sich nicht aus der Ruhe bringen.

„Wir hielten es für bequemer, euer Vertrauen zu gewinnen und die Reise zunächst nicht mit Geiseln, sondern mit vermeintlich Verbündeten durchzuführen. Auf diese Art seid ihr brav mit uns gekommen und habt uns keine Kräfte gekostet!"

„Alter, mieser Gauner!", fluchte Burno.

„Wir haben dir vertraut!"

„Das war der Plan", sagte Zera lächelnd.

„Dann habt ihr den Ort, wo das magische Amulett sich befinden kann auch erfunden?", fragte Merler.

Zera schüttelte den Kopf.

„Ich habe nur weitergegeben, was Wanderer glauben. Gelogen war es nicht, aber mehr als Geschichten stecken dahinter nicht."

„Was habt ihr jetzt mit uns vor?", fragte Merler.

„Wir übergeben euch Lord Hundra, dem König Olagiens", teilte Zera bereitwillig mit. Er schien sehr zufrieden zu sein mit sich selbst. „Hundra wird morgen hier eintreffen und entscheiden, was mit euch geschehen soll."

„Warum hast du uns überhaupt darüber informiert, dass Asro seine Monster mit mehr Intelligenz versorgt hat?", wollte Burno zornig wissen. „Das hättest du gut auch für dich behalten können!"

„Es war ein Test, mein Lieber", erwiderte Zera schadenfroh. „Wir wollten herausfinden, wie viel ihr wisst. Das Füttern mit den Informationen hat zusätzliches Vertrauen euerseits geschenkt."

Er wandte sich an die anderen vermeintlichen Händler. „Fesselt sie! Wir bringen alle in denselben Wagen, auf die Art ist es leichter, sie zu bewachen."

Merler und seine Freunde wurden also fest gebunden und ohne viel Feingefühl auf einen der Wagen geworfen. Dort lagen sie völlig hilflos und konnten ihre Situation nach wie vor nicht ganz begreifen. Merler fühlte sich besonders wund und ausgeliefert ohne sein Zauberschwert. Er hatte bereits versucht, die Fesseln durch Magie zu lösen, doch zweifelsohne hatten die Piraten daran gedacht und entsprechende Seile verwendet, die nicht auf Zaubersprüche reagierten. Eins musste man ihnen lassen, sie arbeiteten nun wirklich mit Köpfchen. Das war kein Grund zur Freude.

„Wieso tötet ihr uns nicht sofort?", wandte sich Burno voll Wut die beiden eingeteilten Wächter. „Braucht ihr das, uns hier noch eine Weile wie Vieh zu halten und euch über uns lustig zu machen?"

„Wir haben den Befehl, euch lebend auszuliefern", lautete die ruhige Antwort. „Ich denke, Asro wird sich persönlich um euch kümmern wollen."

Wir sind verloren, dachte Merler. Ohne sein Zauberschwert war er machtlos. Er konnte sich nicht vorstellen, wie sie mit dem Leben davonkommen sollten. Die Armeen seines Zauberschwerts waren weit entfernt und er hatte ohnehin keine Möglichkeit, sie zu informieren. Eine Frage tat sich in seinem Inneren auf.

„Warum zaubert ihr uns nicht einfach zu Asro?", fragte er wie nebenbei. „Wäre das nicht viel einfacher?"

„Wir Landpiraten beherrschen keine Magie", wurde ihm erklärt. Das hatte er sich gedacht. „Wir hatten es bisher nie nötig, uns mit kleinen Zauberbannen zu beschäftigen; wir verlassen uns auf unsere Waffen und die Fäuste! Eure Überstellung wird dann Hundra übernehmen, er ist im Besitz von Zauberkristallen."

Merler stöhnte. Er sah einfach keinen Ausweg.

Wagio, ein Stück von ihm entfernt, lag auf dem Bauch und regte sich etwas. Seine Position musste schmerzhaft und unbequem sein. Dann merkte Merler, dass Wagio Worte vor sich hin flüsterte.

„Wagio, was tust du da?", wisperte auch Burno. Zunächst gab es keine Anzeichen dafür, dass Wagio ihn gehört hatte. Merler und Burno wagten beide nicht, lauter zu sprechen aus Furcht, die Neugier der Wächter zu erregen. Doch plötzlich brach Wagios Murmeln ab, und er drehte sein Gesicht so, dass er die Jungen ansehen konnte. „Ich habe Firor berichtet, was sich zugetragen hat", wisperte er so leise, dass sie sich anstrengen mussten, um alles verstehen zu können. Merlers Herz machte einen Sprung.

„Sie ist in der Nähe?", flüsterte er ungläubig. Ein wenig Hoffnung machte sich in ihm breit, doch er drängte das Gefühl zurück. Am Ende würde die Enttäuschung sonst zu groß sein.

Wagio nickte ihm zu, und Burno sah aus, als sei er kurz davor, laut zu jubeln. Vorsichtshalber trat Merler ihm mit den gebundenen Füßen gegen das Schienbein, wobei er sich bemühte, kein Geräusch zu verursachen. Burno grunzte ärgerlich, schwieg dann aber zu Merlers Erleichterung.

„Sie ist immer in unserer Nähe", fuhr Wagio kaum hörbar fort. „Doch für unsere Art der Verständigung spielt Distanz ohnehin keine Rolle. Sie hätte mich auch dann gehört, wenn sie in Tharland gewesen wäre!"

„Kann sie etwas unternehmen?", wollte Merler leise wissen.

„Sie wird zu den Eleten fliegen und diese in Kenntnis setzen, dass wir Hilfe benötigen. Wenn sie die Piraten angreift, besteht die Gefahr, dass sie uns sofort umbringen."

Merler und Burno sahen sich an. Burnos
Augen glänzten, und auch Merler hatte das
Gefühl, eine gewaltige Last sei von seiner
Seele gefallen. Zwar hatte sich ihre
Situation in keiner Weise verbessert, doch
nun gab es Hoffnung, dass ihnen jemand zu
Hilfe eilen würde.

Die Landpiraten, die sie bewachen sollten,
waren in ein Gespräch über ihre großartige
Intelligenz vertieft und warfen nur hin und
wieder einen Blick in ihre Richtung. Sie
hatten von dem Gespräch nichts mitbekommen. Es beruhigte Merler ungemein,
dass die Männer nicht schlau genug waren,
um an alles zu denken und alles zu durchschauen.

Etwas später, als Dira, Sina und Sorgor
offenbar in einen unruhigen Schlaf gefallen
waren und auch die anderen reglos vor sich
hin dösten, widmeten sich die Wächter dem
Schachspiel.

Merler kannte dieses Spiel aus seiner Kindheit, er hatte die Regeln damals prima beherrscht. Sein Vater hatte sich jedoch ge-
weigert, ein Spielbrett zu kaufen, er hielt
diese Art des Zeitvertreibs für reine Geld-
und Zeitverschwendung. Somit hatte Merler
sich aus einem großen Rindenstück und
kleinen Steinen ein eigenes Spiel gebastelt.

Er fand es beachtlich, dass die Landpiraten, so ein Spiel mit sich führen. Einige Züge konnte Merler nicht mehr nachvollziehen. Es zeigte, dass sie sich geirrt hatten in ihren Gegnern.

Die Piraten verfügten über eine beeindruckende Intelligenz.

Die Entdeckung verängstigte ihn.

„Glaubst du,   Firor wird uns hier herausholen?", fragte Merler leise in Wagios Richtung, ohne überhaupt zu wissen, ob dieser noch wach war.

„Ich weiß es nicht", murmelte Wagio.

„Doch hoffen können wir nun. Vielleicht reagiert mein Volk schnell genug."

Merler nickte stumm.

„In der Not wird sie einen Angriff wagen, wenn nichts anderes möglich ist", fügte Wagio hinzu, mit einer Stimme die ausdrückte, dass ihm bei dem Gedanken unwohl war.

Lord Hundra.

Seirum kam langsam zu sich, als die ersten Sonnenstrahlen des Tages sie an der Nase kitzelten. Sie räkelte sich, stand dann auf, wusch sich und zog sich an. Arno hatte gestern wie beabsichtigt seinen Brieffalken an Merler losgeschickt, danach hatten sie sich noch ein wenig in der Stadt aufgehalten und waren stumme Zeugen der Kriegsvorbereitungen gewesen. Seirum fühlte sich wohl in Arnos Gegenwart.

Sie aß etwas und ging dann zu Gara. An diesem Tag waren kaum Wolken am Himmel zu sehen, die Sonne brachte das Weiß des Schnees zum Glitzern. In der Stadt herrschte nach wie vor reger Betrieb. Nicht einmal in der Nacht war völlige Ruhe eingekehrt.

Die Bewohner der Stadt – Alte, Kranke, Frauen und Kinder – waren noch am vorherigen Tag evakuiert worden. Durch einen geheimen Tunnel waren sie ins Gebirge gelangt. Dort befand sich seit Menschengedenken für eben solche Fälle ein unterirdisches Lager. Nur der König wusste, dass ein zweiter Tunnel aus dem Lager heraus gen Norden führte und in ein kleines Wäldchen mündete. Der damalige König hatte

den Gang mit der Kraft von Zauberkristallen entstehen lassen, sodass keine
menschliche Arbeitskraft nötig gewesen
war und es niemals Mitwisser gegeben
hatte. Die Information über den Tunnel
wurde von König zu König weitergegeben
und bestens gehütet.

Von all dem wusste Seirum nichts. Sie
klopfte an Garas Tür und wurde sofort
hereingelassen. Gara hatte bereits das Feuer
geschürt, es war schön warm in seinem
Haus. Seirum setzte sich auf einen Stuhl am
Kamin, Gara nahm ihr gegenüber Platz und
sah sie freundlich abwartend an.
„Was führt dich her?", fragte er.
„Ich fühle mich so nutzlos", begann Seirum
zögernd. „Ich tauge zu überhaupt nichts, ich
bin zur Untätigkeit verdammt, während sich
ein Krieg anbahnt, der seinesgleichen sucht!
Jeder muss sich doch einbringen können!
Welche Aufgaben kannst du mir übergeben? Wo wird meine Position sein, wenn
es losgeht?" Sie richtete sich kerzengerade
auf. „Oder habt ihr vor, mich irgendwo in
Sicherheit zu bringen oder eine rein
dekorative Rolle spielen zu lassen, nur weil
ich … nur weil ich eine Frau bin und …"
„Wir haben nichts dergleichen vor", sagte

Gara amüsiert über ihren plötzlich aufkommenden Zorn. „Höre! Ich werde dir
erklären, welche Rolle König Tuga dir zu-
gedacht hat. Du wirst die Bogenschützen
unterstützen. Deine Aufgabe wird es sein
…" Und Gara erklärte.

Sie waren noch mitten im Gespräch, als
plötzlich eine rasche Bewegung am Fenster
Seirum aufsehen ließ.
„Jemand war an deinem Fenster!", rief sie
und sprang auf.
Gara nickte. „Ich habe schon länger den
Eindruck, leichte Schritte zu hören.
Vielleicht ist es nur eine Katze oder ein
Hund."
Seirum fand es reichlich dumm, zu Kriegs-
zeiten so etwas zu denken. Bevor sie Gara
jedoch darauf hinweisen konnte, wurde ihr
bewusst, dass er durchaus mit etwas
anderem gerechnet und wachsam auf alles
vorbereitet war. Mit einem Sprung war er
bei ihr und riss sie zurück, im gleichen
Moment barst das Glas des Fensters, ein
Pfeil schoss in den warmen Raum und
durchbohrte nun nicht Seirums Herz,
sondern Garas Arm. Draußen rannte jemand
in Windeseile davon.
Seirum, die in Todesangst aufgeschrien

hatte, starrte entsetzt auf Garas verwundeten Arm. Gara zog mit ruhigen Fingern den Pfeil aus seinem Fleisch und musterte ihn. „Ein ganz gewöhnlicher Pfeil ohne Widerhaken", konstatierte er. „Großen Schaden konnte er nicht anrichten."

Langsam beruhigte sich Seirums Atem. Sie half Gara dabei, die Wunde zu säubern.

„Was sollte denn das?", fragte sie dabei verständnislos.

„Ich vermute, jemand wollte mir drohen", erwiderte Gara. Er lachte grimmig auf.

„Wenn er sich allerdings einbildet, mich mit seiner jämmerlichen Stricknadel in Angst und Schrecken versetzt zu haben, so täuscht er sich!"

„Wer tut so etwas?", fragte Seirum weiter. „Und weshalb?"

„Ich erinnere mich, darüber gelesen zu haben", erzählte Gara. Er musterte verärgert das zerstörte Fenster, durch das nun kalte Luft hereinzog. „Es ist gewiss fünfhundert Jahre her, damals stand Sordor kurz vor der Schlacht mit den Sundanern. Einige der Gegner hatten sich in die Stadt eingeschleust und unerkannt und hinterrücks aktive Führungskräfte des Feindes angegriffen in dem Versuch, ihnen den Mut zu nehmen."

Er nahm einen Tiegel aus einer kleinen Kommode und schraubte den Deckel ab. Ein süßer, angenehmer Geruch strömte heraus.

„Wundsalbe", erklärte er auf Seirums fragenden Blick hin. „Vor Jahren habe ich sie von den Eleten bekommen. Ich möchte sie nicht missen!" Er trug ein wenig Salbe auf seine Wunde auf, verzog kurz schmerzhaft das Gesicht, und innerhalb von Augenblicken schloss sich die Haut und heilte.

„Diese Eleten wissen schon, was sie tun", sagte Gara befriedigt und stellte den Tiegel wieder weg.

„Gara", hakte Seirum nach, die sich nicht vom Thema abbringen lassen wollte, „glaubst du, dass sich auch nun wieder Sundaner hier eingeschlichen haben? Das würde ja bedeuten, dass auch sie sich Asro angeschlossen haben! Wieso nur folgen so viele seinem Wort?"

Gara zuckte die Achseln. „Einige sind einfach dumm. Viele sind feig und wagen nicht, sich gegen seine vermeintliche Stärke zu erheben. Manchen verleiht es auch ein gewisses Machtgefühl, Schwächere leiden und sterben zu sehen, die sind bei Asro natürlich gut aufgehoben. Sundaner können hinter den Anschlägen stecken. Die besten

Attentäter sind Sundaner. Ich verlasse mich nicht auf Vorurteile. Es gibt auch andere Attentäter, die genauso gut sind."

Außen erhob sich plötzlich lautes Geschrei.

„Feuer!", schrien Stimmen durcheinander.

Gara rannte sofort zur Haustür, riss sie auf und stürzte hinaus, dicht gefolgt von Seirum. Entsetzt stellten sie fest, dass einige Häuser in Flammen aufgegangen waren. Schwarzer Qualm waberte durch die Gassen und ließ ihre Augen tränen. Es hatte leicht zu schneien begonnen, doch lange nicht genug, um etwas gegen das Feuer ausrichten zu können.

Aus dem Nichts schossen kräftige Wasserstrahlen und brachten die Feuerherde innerhalb kurzer Zeit zum Erlöschen.

„Magier", sagte Gara befriedigt. „Gut, dass wir so viele auf unserer Seite haben! Und dass sie zur rechten Zeit am rechten Ort waren. Allerdings", setzte er düster hinzu, „ist es nicht gut, wenn sie ihre Kräfte für solche Dinge einsetzen müssen."

Seirum nickte abwesend, ihr Blick ruhte immer noch auf den qualmenden Gebäuden.

„Was ist, wenn wir die Schlacht um Sordor verlieren werden?", fragte sie schließlich.

„Darüber denken wir nach, wenn es so weit ist", erwiderte Gara. „Versuch, dir nicht zu viele Sorgen zu machen. Was kommen muss, wird kommen! Und wir sind nicht allein, wir haben unsere Verbündeten, die alles tun, um Asro zu besiegen. Noch ist nichts verloren."

Die Morgensonne ging rascher auf, als Merler gehofft hatte. Ihm grauste vor dem neuen Tag, und am liebsten wäre es ihm gewesen, die Dämmerstunde hätte noch lange auf sich warten lassen, um Firor mehr Zeit zu verschaffen. Er hatte kaum geschlafen in der Nacht, sein Körper schmerzte von der unbequemen Lage auf dem harten Untergrund des Wagens, seine Gedanken drehten sich und kamen nicht zur Ruhe.

Am meisten grämte ihn, dass sein Zauberschwert nun in Zeras Besitz war. Er wusste nicht, was dieser damit anfangen würde, doch allein die Vorstellung, dass der gnadenlose Verräter die Macht über Merlers wertvollstes Gut hatte, versetzte ihn in rasenden Zorn.

Als es dämmerte, tauchte Zera in der Runde der Gefangenen auf. Er grinste sie der Reihe nach an.

„Habt ihr gut geruht, meine Freunde?", fragte er hämisch.

„Ja", kam es von Burno, „aber das Erwachen war sehr hässlich. Dreh dich am
besten wieder um, ich kann deinen Anblick
kaum ertragen!"

Zera schaute ihn scharf an.

„Du legst es darauf an, Bekanntschaft mit
meinem Schwert zu machen, Kleiner,
was?", zischte er. „Lord Hundra ist eingetroffen und verlangt euch zu sehen." Er
schlug die Plane zurück, und ein großer,
dünner Mann wurde sichtbar. Er überragte
Merler mit Sicherheit um zwei Köpfe.
Hinter ihm standen zwei weitere Hünen,
vermutlich seine Wachen.

Hundra starrte Merler direkt an. „Der berühmte Merler", sagte er leise. Seine
Stimme triefte vor Ironie und Häme. „Und
seine treuen Freunde. Wie schön, dass wir
uns endlich kennenlernen!"

„Ich weiß nicht, was Euer Auftrag ist",
mischte Zera sich ein, „mir wäre es am
liebsten, sie sofort aus dem Weg zu
schaffen, alle miteinander. Wer weiß, was
sie noch aushecken. Wir dürfen es nicht
darauf ankommen lassen, sie wieder zu verlieren!"

„Deine persönliche Meinung tut hier nichts
zur Sache", wies Hundra ihn zurecht. „ Asro
will die Gefangenen persönlich über-

nehmen, und wir kommen seinem Wunsch selbstverständlich nach. In vier Tagen trifft er in der Hafenstadt Sekorad ein. Wir werden ihn dort treffen und uns somit sofort auf den Weg machen, um pünktlich vor Ort zu sein." Er ließ seine kalten Augen noch einmal über Merler und seine Freunde schweifen und wandte sich dann ab. „Gib ihnen etwas zu essen! Sie müssen bei Kräften bleiben, wir können es uns nicht erlauben, Zeit zu verlieren, weil sie unterwegs zusammenbrechen!"

Es war nicht einfach, zu essen und zu trinken, da die Fesseln nicht gelöst wurden. Merler und die anderen mussten die demütigende Prozedur des Fütterns über sich ergehen lassen. Lediglich die Beinfesseln wurden schließlich gelockert, dass sie genug Spielraum hatten, um sich aufzusetzen. Merler unterdrückte Laute des Schmerzes, als das Blut in seine tauben Füße zurückschoss. Den anderen ging es ähnlich, und es dauerte lange, bis sie in der Lage waren, aufrecht zu sitzen.

Die Wagenkarawane setzte sich ruckelnd und rumpelnd in Bewegung.

„Keine Panik", murmelte Wagio seinen Gefährten zu. „ Firor hat Kontakt zu mir aufgenommen. Sie hat die Eleten bereits erreicht und alles erzählt."

Burno stieß einen tiefen Seufzer aus. „Wie gut, dass wir dich und Firor bei uns haben", sagte er voller Inbrunst.

„Dass ich diese Worte aus deinem Munde vernehme!", erwiderte Wagio trocken.

„Welch große Freude!"

„Auch ich bin froh an deiner Gegenwart und die Hoffnung, die sie uns gibt", meldete Dira sich sanft zu Wort. „Ich denke, wir alle sind da einer Meinung."

Sie nickten stumm. Das Geschwisterpaar Sina und Sorgor war seit der Gefangennahme noch schweigsamer als sonst. Was ihnen in der letzten Zeit alles widerfahren war, hatte ihnen sehr zu schaffen gemacht. Auch an diesem Tag regnete es mehrfach. Wenn die Räder der schweren Karren im Schlamm versanken, mussten nun Hundra, Zera und ihre Männer unter Aufbietung aller Kräfte anschieben, bis sie wieder festen Untergrund hatten. Das erfüllte Merler mit innerer Genugtuung.

Abends errichteten sie wie gewohnt ein Nachtlager. Merler wusste nicht genau, wo sie sich befanden, seine wandernde Karte hatte man ihm selbstverständlich abgenommen. In der Ferne hörte er das Rauschen eines Flusses. Nachtaktive Vögel begannen langsam zu erwachen, ihr Zwitschern hallte zugleich schön und unheimlich durch den nächtlichen Wald.

Merler und seine Freunde bekamen etwas zu essen und zu trinken. Auch jetzt wurden sie gefüttert, und Burno protestierte heftig. Das half ihm aber nicht.

„Warum habt Ihr Euch Asro angeschlossen?", richtete Merler das Wort an Hundra, als dieserer nach der Fütterung persönlich ihre Fesseln überprüfte.

Hundra lächelte kalt. „Asro sprach einen magischen Eid darauf aus, nach dem Krieg all seinen Verbündeten ein friedvolles und reiches Leben zu ermöglichen."

Merler konnte es kaum glauben. „Ihr nehmt ihm wirklich ab, dass er insgeheim Frieden anstrebt, ja? Womöglich noch seine Herrschaft und den Thron mit Euch teilt? Kam Euch nie in den Sinn, dass auch Ihr nur Mittel zum Zweck seid, dass er heimlich über Euch Tölpel lacht? Asro braucht immer das Gefühl, Macht über alle anderen zu haben! Er wird es niemals zulassen, dass andere glücklich, reich und mächtig sind!"

Hundra sah kurz etwas betroffen aus, doch dann gewann wieder seine Arroganz Oberhand. „Ich kenne Asro lange genug; ich kenne ihn besser als du, Junge! Und magische Eide spricht man nicht so einfach aus!"

„Vermutlich hatte er die Finger beim Schwur gekreuzt", murmelte Sorgor. Er sprach leise, doch Hundra hörte ihn und raunzte ungehalten: „Was meinst du mit den Fingern? Was soll das bedeuten?"

Burno lachte laut auf. „Ertappt! Er kreuzte also die Finger!"

„Das macht einen Schwur ungültig", erklärte Merler, der sah, dass Hundra allmählich die Geduld verlor. Und Burno ergänzte: „Als ich in die Gefangenschaft Asros geriet, sollte ich einen magischen Eid darauf leisten, ihm bis an mein Lebensende treu zu dienen. Hätte ich nicht die Finger gekreuzt, wäre ich verloren gewesen und hätte niemals entkommen können! So aber vermochte ich zu fliehen!"

König Hundras kalte Augen wechselten rasch hintereinander mehrmals den Ausdruck. Unglaube, Verständnislosigkeit und schließlich Wut mischten sich, als er erkannte, dass seine Gefangenen tatsächlich etwas erkannt hatten, das ihm selbst entgangen war und worüber er auch kein Wissen hatte.

„Wenn ihr Recht habt", sagte er scharf, „hat Asro mich hinterrücks verraten und grausam hintergangen!"

„Hört, hört", meinte Wagio, und unerwartet erhob Sina die Stimme: „Verwundert Euch das? Wie kommt es dazu? Hat Asro auf Euch je den Eindruck gemacht, ein gerechter, guter Mensch zu sein, auf dessen Wort man sich getrost verlassen kann?"

Merler starrte Hundra gespannt an. Würde dieser sich am Ende von Asro lossagen? Das wäre das Beste, was ihnen passieren konnte!

„Schlaft nun", knurrte Hundra. Er war sichtbar aufgewühlt und schlecht gelaunt, als er zornig von dannen stapfte. Die Gefangenen blieben zurück und blickten einander an. Dira blinzelte.

„Täuschte ich mich, oder begann dieser Mensch wirklich nachzudenken?"

„Ich hatte denselben Eindruck", erwiderte Sina hoffnungsfroh. „Vielleicht erkennt er, worauf er sich eingelassen hat und dass er nur verlieren kann, wenn er Asro vertraut! Womöglich stellt er sich auf unsere Seite!"

Wagio wiegte zweifelnd den Kopf, und Sorgor meinte: „Das wäre wohl fast zu gut, um wahr zu sein. Ein böser Mensch ändert sich nicht plötzlich zum Guten."

„Manchmal genüg ein Impuls", widersprach seine Schwester.

Die Nacht verlief ruhig, doch auch diesmal schliefen sie kaum, da die Fesseln ihnen tief ins Fleisch schnitten, die Glieder längst taub waren und der ganze Körper dennoch einen einzigen Schmerz darstellte.

Seirum konnte in dieser Nacht kaum schlafen. Fürchterliche Bilder und Gedanken plagten sie, und sobald sie in einen unruhigen Schlaf sank, schreckte sie auch schon schweißüberströmt wieder auf.
Als die Morgensonne durch ihr Fenster schien, gab sie es auf und erhob sich von ihrem Lager. Sie machte sich gleich auf den Weg zur Stadtmauer.
Eiskalt war es wieder, Wind pfiff durch die Gassen und machte Seirums Gesicht innerhalb kürzester Zeit rau und rot.
Sie kämpfte sich gegen den Sturm zur südlichen Stadtmauer. Wieder war, ungeachtet der unwirtlichen Witterung, sehr viel los auf den Gassen.
Wie Seirum gehofft hatte, befand sich König Tuga bereits am Südtor und beriet sich mit seinen Vertrauten, dem Anführer von Merlers Armee und den Soldaten.
Die meisten Geschütze waren bereits aufgebaut, Sordors Verteidigung stand.
Seirum kam gerade zurecht, um zu hören,

wie einer der Männer mitteilte: „Der Hafen ist nun auch abgesichert."

Tuga nahm dies erleichtert zur Kenntnis.

„Das ist gut. Auf diese Art kann Asro uns zumindest nicht unbemerkt in die Zange nehmen. Es kann sehr gut sein, dass der ausschließlich auf die Tore der Stadt geplante Angriff ein Ablenkungsmanöver darstellt; ein Kriegsherr, der seine Arbeit versteht, würde einen Hafen als möglichen wunden Punkt des Gegners niemals übergehen." Er drehte sich zu Seirum um, die sich genähert hatte, und grüßte freundlich. „Geh am besten gleich zu Gara", bat er sie dann. „Er möchte dir noch einiges zeigen und mit dir durchsprechen, dass du gut vorbereitet bist, wenn es losgeht."

Seirum nickte gehorsam. Sie hatte ohnehin schon festgestellt, dass die Männer nur noch einmal strategische Punkte durchgingen und sie hier nicht viel ausrichten konnte. Zudem fror sie bereits jetzt erbärmlich, da war sie bei Gara besser aufgehoben.

Gara erwartete sie bereits. Er teilte ihr mit, dass auch Arno zu ihnen stoßen würde. Wenig später tauchte er auf, eine mit Eiskristallen verkrustete, gegen den Wind gebeugte Gestalt, die aus der Ferne gar keine menschlichen Konturen aufwies. Dann jedoch wurde der Pelzkragen ein Stück gelüftet, und Arnos vertrautes Gesicht lugte hervor und blinzelte sie an.

„Dann wollen wir mal", meinte er und trat sich die Schuhe ab, als er von Gara hereingewinkt wurde.

Der Tisch im Wohnraum war ausnahmsweise nicht mit Büchern, Landkarten und Schriftrollen bedeckt. Heute lagen dort Waffen und einige Flakons mit Flüssigkeiten darin.

„Sind die für uns? Wir haben doch schon Waffen", bemerkte Arno mit einem Blick auf das Sammelsurium.

„Selbstredend", erwiderte Gara. „Doch eure Waffen wurden nicht von Eleten hergestellt. Sie sind zu keinerlei Magie fähig und somit in diesem Krieg weitgehend nutzlos. Ein Glück, dass wir noch rechtzeitig an diese Ausstattung hier geraten sind! Ein Bote kam im Morgengrauen an."

Arno und Seirum musterten die Waffen neugierig. Rein optisch unterschieden sie sich nicht von dem, was sie bereits kannten, vielleicht abgesehen von dem kaum merklichen Leuchten, das bei genauerem Hinsehen von ihnen auszugehen schien.

„Und das ist in den Flaschen?", wollte

Seirum wissen.

„Es handelt sich um Heiltränke, die lebensgefährliche Wunden schließen können. Sie werden an Magier und Heiler verteilt und kommen bei Bedarf zum Einsatz." Er klatschte in die Hände. „Nun zur Sache, wir haben nicht mehr allzu viel Zeit. Jeder von euch sucht sich nun eine Waffe aus, die ihn persönlich anspricht und bei der ihr ein gutes Gefühl habt. Nicht lange überlegen, auf! Ebenso geht ihr mit den Flakons vor, jeder von euch sollte einen der Tränke bei sich führen für den Fall der Fälle."

Arno griff sofort nach einem schmalen, zart silbrig schimmernden Langschwert. Von Gara wurde er informiert, dass es von einem Schmied namens Lunda gefertigt worden seh. Es sei sehr leicht und extrem scharf, man benötige erheblich weniger Kraft für die Schwertführung. Zudem verfüge es über einen hohen Speicher an Magie und lade sich verhältnismäßig schnell wieder auf.

Seirum nahm sich einen Langbogen und ein Kurzschwert. Gara war über ihre Wahl nicht überrascht.

„Ja, das dachte ich mir", sagte er befriedigt. „Auch ein Stück des großen Lunda. Der Bogen ist sehr leicht zu halten und so gut wie unzerstörbar. Er hat eine hohe

Reichweite und ebenfalls einen guten Speicher für Magie. Ein wenig länger als das Schwert wird es benötigen, um sich wieder vollständig aufzuladen, aber das ist bei den Waffen der Eleten normal. Nun noch die Tränke, und dann beginnen wir mit der Einweisung!"

Etwas später gelangten sie am Rekrutenhaus an. Unterwegs hatte Gara die restlichen Waffen und Zaubertränke bei den zuständigen Stellen abgeliefert, nun konnte er sich ganz auf seine Schützlinge konzentrieren.
Im Rekrutenhaus begann Gara dann, sie in die Geheimnisse der Eletischen Waffenführung einzuweisen. Einige Fackeln an den Wänden erhellten den Raum und warfen flackernde Schatten nach allen Seiten. Seirum und Arno merkten rasch, dass es viel leichter war, die Eletischen Waffen zu führen als die „normalen". Beide fragten sich, weshalb Gara nicht schon viel früher solche Waffen angefordert hatte, um sie zeitnah darin auszubilden, doch dann erfuhren sie, dass die Eleten ihre Waffen ungern und nur für absolute Notfälle an andere Völker verteilten. Es war ein wohlgehütetes Geheimnis der Eleten. Somit wurde jedes

Stück sorgsam überwacht und nur für geeignet erachteten Verbündeten vorübergehend anvertraut.

Sie hatten nun nicht so sehr an Taktik und Strategie zu arbeiten als vielmehr an Gefühl und innerem Gespür. Gara kam es vor allem darauf an, beide mit dem Umgang der Magie vertraut zu machen.

„Unverzichtbar sind nämlich die Sprüche, die dazu gehören", erklärte er. Seirum, die ja lange Zeit mit Merler gereist und ihn mit seinem Zauberschwert erlebt hatte, war das nichts Neues. Arno wirkte erstaunt und auch etwas verunsichert.

„Ich kenne keinen einzigen Zauberspruch!", sagte er, und in seiner Stimme lag eine Spur von Panik. „Wie sollen wir denn innerhalb weniger Stunden alle nötigen Sprüche lernen?"

Gara beruhigte ihn. „Die Wichtigsten werde ich euch vermitteln, mehr benötigt ihr gar nicht. Wir beginnen mit *Onduja*." Er wies Seirum an, ihr Schwert auf eine Markierung an der Wand zu richten, sich mit aller Kraft darauf zu konzentrieren und das Wort auszusprechen.

Seirum versuchte es mehrmals vergeblich. Auch Arnos erste Versuche scheiterten kläglich. Beiden wurde schmerzlich bewusst, dass es viel komplizierter war, mit Magie umzugehen, als sie es sich vorgestellt hatten. Gara wirkte jedoch in keiner Weise unruhig, hektisch oder ungeduldig. Er hatte nichts anderes erwartet und hatte genug Erfahrungen als Kampflehrer, um zu wissen, dass anfängliches Scheitern normal war und sogar wichtig, um den Neulingen ihre Überheblichkeit zu nehmen und ihre Konzentrationsfähigkeit zu schulen.

Zwei Stunden lang gaben Arno und Seirum alles. Mehrmals waren sie kurz davor, aufzugeben, Arno bekam einen Wutanfall und Seirum musste sich beherrschen, es ihm nicht nachzutun. Nur Gara blieb ruhig und zuversichtlich, und schließlich, wie er es vorhergesehen hatte, kam es zu ersten Fortschritten, beinahe unmerklich zuerst, doch Gara wusste, dass Arno und Seirum begannen, ein Gespür für sich selbst und die Kraft ihrer Waffen zu entwickeln.

Späher des Königs hatten verkündet, dass das feindliche Heer voraussichtlich erst am Abend eintreffen würde. Der Schneesturm früh am Morgen hatte ihr Vorankommen verzögert. Das kam Seirum und Arno zugute, hatten sie so doch noch etwas mehr Zeit, sich von Gara unterrichten zu lassen.

„Du hast uns noch nicht gezeigt, wie man

gegnerische Zaubersprüche blockt", bemerkte Seirum irgendwann erschöpft.

„Leider können diese Waffen keine magischen Angriffe blocken. Ihr könnt Angriffe ausführen aber keine Abwehren. Ihr müsst hier verstärkt aufpassen und rechtzeitig ausweichen."

Zur Mittagszeit aßen und tranken sie etwas und ruhten sich dann aus, um für die Schlacht bestmöglich vorbereitet zu sein. Arno und Seirum waren nervös und aufgeregt. Einerseits verstrich die Zeit bis zum befürchteten Ereignis viel zu schnell, andererseits kam es ihnen vor, als warteten sie schon viel zu lange darauf.

Endlich wurde es Abend. Allmählich begaben sich alle an ihre zugewiesenen Posten. Die Späher hatten gemeldet, das Heer nähere sich aus dem Westen. Noch war unklar, ob sie sich trennen und tatsächlich einen Angriff auf den Hafen starten würden oder nicht.

Die Abendsonne war fast schon verschwunden, als Seirum von ihrem Standpunkt oben auf der Mauer einzelne Reiter heranjagen sah. Dies waren die Späher mit den endgültigen Informationen. Seirum verlor sie aus den Augen, als sie im Schutz der Mauer verschwanden. Wenig später verbreitete sich die Nachricht, dass sich das Heer unglaublicherweise nach wie vor nicht geteilt hatte. Einige der Späher waren zurückgeblieben, um sich weiterhin nichts entgehen zu lassen, doch wie es aussah, würde der Feind geschlossen an einem Punkt angreifen.

„Aber es ist doch seltsam, dass er den Hafen als Schwachpunkt völlig übergeht", murmelte Seirum. Arno, der neben ihr stand, zuckte die Achseln. „Vielleicht fürchtet Asro Fallen und zu große Verluste."

Dann wurde der Ruf laut, auf den alle gewartet und den alle gefürchtet hatten: „Sie kommen! Sie kommen!"

Der Himmel war sternenklar, die Nacht ruhig. Doch plötzlich vernahm man Geräusche, erst ganz sanft und entfernt, dann schwoll es an, das Stampfen von hunderttausenden Monstern. Wie eine Mauer schob sich die feindliche Armee heran, in ihrer Mitte Belagerungstürme, Katapulte, Akarbolzen und Waffenwagen. „Nun beginnt es also", sagte Gara. „Hier wird heute Geschichte geschrieben."

Langsam kam der Morgen, und die Gefangenen fühlten sich nach einer qualvollen

Nacht wie zerschlagen. Sie ließen die Fütterung klaglos über sich ergehen. Lord Hundra behandelte sie mit derselben Verachtung wie immer und Merlers Hoffnung, er sei noch rechtzeitig zu Sinnen bekommen, was seinen feinen Verbündeten Asro anbelangte, schwand.

Nach wie vor befanden sie sich im tropischen Wald. Die Ausmaße des Dschungels waren beachtlich und für einen menschlichen Geist kaum zu fassen. Manchmal beobachteten sie die seltsamsten Tiere, dann vergaßen sie für kurze Augenblicke fast, wie bedrohlich und aussichtslos ihre Situation war.

Immer wieder versuchten Merler und seine Freunde, ihre Fesseln zu lockern und unbemerkt aufzuschaben, doch vergeblich. Sie näherten sich langsam, aber sicher der Hafenstadt Sekorad. „Was ist denn mit Firor los?", fragte Burno drängend, als die Aufmerksamkeit ihrer Wächter vorübergehend abgelenkt war, da sich die Wagen der Räder wieder einmal im Schlamm festgefahren hatten. „Nimm noch einmal Kontakt zu ihr auf, Wagio!"

„Ich kann sie nicht ständig ablenken", gab Wagio kurz zurück. „Sie kennt ihren Auftrag und wird die Eleten zu uns führen.

Wenn es etwas zu sagen gibt, wird sie sich melden."

Da ihre Glieder seit viel zu langer Zeit wegen der Fesseln kaum noch durchblutet wurden, gestattete Lord Hundra einige Male, die Fußfesseln der Gefangenen abwechselnd zu lösen und sie umhergehen zu lassen. Noch nie in seinem Leben hatte Merler solche Schmerzen ertragen müssen, als das Blut in seine Beine zurückschoss. Er stöhnte unterdrückt und es dauerte lange, bis er sich wankend erheben und einige Schritte tun konnte. Den anderen erging es nicht besser.

„Verdammt!", brüllte Burno in seiner Pein in Richtung Hundra, „warum tut Ihr das? Wieso glaubt Ihr Asro nach wie vor? Haben wir Euch nicht gesagt, dass er euch für dumm verkauft?"

„König Asro wird uns ein gutes, wohlhabendes Leben gewähren", beharrte Hundra mit seiner gefährlich ruhigen Stimme wie bereits am Tag vorher. Es war unglaublich, wie stumpfsinnig jemand sein konnte. Kurz war er gestern nachdenklich geworden, einmal hatten seine Instinkte aufgemuckt und Alarm geschlagen, nun war alles unverändert beim Alten und der König hatte sich dafür entschieden, weiterhin an seinem unrealistischen Mantra festzuhalten, Asro wolle für ihn nur das Beste.

„Sicher wird Euer Leben reich sein!", brüllte Burno. „Reich an Irrtum nämlich und reich an Blutverlust! Was meint Ihr, wenn einer von euch etwas tut, das Asro gegen den Strich geht? Er wird ihn beseitigen, ohne zu zögern oder gar eine Warnung auszusprechen! Langsam müsstet Ihr es besser wissen, Ihr … Ihr …"

Bevor ihm ein passendes Wort einfallen und alles eskalieren konnte, mischte Merler sich hastig ein.

„Er hat Recht", rief er Hundra zu. „Frieden, Freiheit und Gerechtigkeit, das ist es, was Ihr angeblich wollt. Asro steht jedoch für Hass, Manipulation und ewigem Kampf, wenn Ihr ihn unterstützt, wird niemals etwas Gutes entstehen! Tharland und Riegland kämpfen heute für den Frieden, Ihr kämpft dagegen! Und es ist eine Schande, dass Ihr es nicht einmal merken wollt!"

Zu seinem Erstaunen konterte Hundra nicht. Dira erhob die Stimme: „Wir wissen, dass wir auf der richtigen Seite stehen. Unseren Kindern gegenüber können wir einst mit ruhigem Gewissen sagen, dass wir alles getan haben, um eine bessere, sichere Welt für sie zu errichten. Könnt Ihr das auch?"

Plötzlich wirkte Hundras Gesicht grau und energielos. Er sah Dira traurig an. „Asro wollte uns eliminieren. Unsere Frauen und Kinder töten. Was blieb uns denn übrig, das das Bündnis mit ihm einzugehen? Hätten wir uns widersetzt, hätte keiner von uns mehr Kinder gehabt, denen er irgendetwas hätte weismachen können!"

Auf Diras Gesicht breitete sich ein Ausdruck des Mitleids aus, doch Merler schnaubte, und auch Sorgor blickte Hundra hasserfüllt und verächtlich an. Wagio verkündete: „Zumindest hätten sich die Seelen Eurer Kinder nicht für ihre Väter zu schämen brauchen! Erbärmliche Feiglinge, das ist es, was Ihr alle seid! Ihr habt Euren Kindern das Leben gerettet, damit sie in ewiger Verdammnis, Angst und Gefangenschaft dahinvegetieren bis an ihr Ende. Was für ein Leben soll das sein?"

Hundra ging wortlos davon.

Es geschah am anderen Tag, als die Wagen plötzlich unvermittelt mit einem Ruck zum Stehen kamen. Hundra näherte sich dem Wagen der Gefangenen. Ohne sie eines Blickes zu würdigen, befahl er den Wächtern: „Nehmt ihnen die Fesseln ab, gebt ihnen die Waffen und lasst sie frei."

Die Züge der Männer entgleisten vor Fassungslosigkeit, und nicht nur ihnen. „Was?", fragte Burno überrascht. Sina stieß einen kleinen Jubelschrei aus.

Der Anführer der Soldaten, Jota, trat vor und stellte sich Hundra entgegen. „Aber Herr! Das können wir unmöglich tun. Wir handeln im Auftrag Asros. Wenn wir ihn enttäuschen, sind wir des Todes!"

„Dann soll es so sein", antwortete Hundra ungerührt. In seinen leeren, kalten Augen loderte plötzlich Feuer. „Ich habe die ganze Zeit nachgedacht. Es war der größte Fehler meines Lebens, mich auf Asro einzulassen und diesem Unmenschen, der uns mit dem Schlimmsten überhaupt bedroht hat, letztlich gar noch Vertrauen entgegenzubringen. Ich kann so nicht weiterleben."

Merler glaubte seinen Ohren nicht zu trauen.

Der Hauptmann, ein kräftig gebauter Kerl, plusterte sich wütend auf. „Ihr macht alles kaputt! Hier nun haben wir endlich eine Möglichkeit, uns und den Unseren eine Zukunft in Frieden zu sichern, und Ihr zerstört alles!"

„Mit Asro als Weltherrscher wird es niemals Frieden geben, das ist mir klargeworden", gab Hundra unbeeindruckt zurück. „Was ein Unterdrücker ist, wird ein Unterdrücker bleiben. Er kann nicht existieren, ohne andere zu quälen, zu manipulieren und zu demütigen, und er wird niemals damit aufhören, komme, was da wolle. Die Möglichkeit, die wir haben, liegt nicht darin, uns von ihm benutzen zu lassen – sondern ihm Widerstand entgegen zu bringen!"

Burno signalisierte durch einen lauten Ruf seine begeisterte Zustimmung. Wagio und Sorgor stießen ihn von links und rechts zeitgleich an. Die Situation war heikel, und es war besser, wenn Burno sich zurückhielt.

„Befreit sie", wiederholte Hundra noch einmal seinen Befehl. Jota zog stattdessen sein Schwert. Hundra, der damit offenbar gerechnet hatte, hatte seins im gleichen Augenblick in der Hand.

Die Schwerter krachten klirrend aufeinander. Jota landete den ersten Treffer und verletzte Hundra seitlich am Bauch. Blut quoll hervor, doch der König gab nicht auf. Soldaten wie auch Piraten sahen einfach nur zu, offenbar hatte noch keiner recht begriffen, was vor sich ging und welchen Sinneswandel der König erfahren hatte. Sie wussten nicht, was sie tun sollten, und beschlossen somit, zunächst einmal nichts zu unternehmen.

Plötzlich hieb der König heftig zu, traf den Hauptmann unvorbereitet und schlug ihm das Schwert aus der Hand. Es landete im Wagen der Gefangenen und hätte um ein Haar Merler geköpft. Schwer atmend sackte er in sich zusammen, als er begriff, wie knapp er davongekommen war.

„Für Eure Untreue mir gegenüber könnte ich Euch köpfen lassen!", brüllte Hundra Jota an. Dieser brüllte zurück: „Und Eure Untreue gegenüber unserem Herrn Asro? Ihr seid keinen Deut besser als ich!"

Bevor Hundra noch etwas entgegnen konnte, surrte es in der Luft, der König ging in die Knie, sackte dann zusammen und blieb keuchend liegen. Verwirrt sahen sich alle um und bemerkten dann entsetzt zwei Pfeile, die aus Hundras Rücken ragten.

„Die Eleten sind da!", rief Sina aus. Dira sah Wagio an und schüttelte den Kopf.

„Dann hätte Firor Wagio gewarnt, in Deckung zu gehen!"

Merler erschauderte, er wusste, wem der Angriff wohl zuzuschreiben war. Und tatsächlich ertönte die verhasste Stimme Zeras: „Verräter an Asro, nehmt euch in Acht! Wer sich Asro widersetzt, hat den Tod verdient und nichts Geringeres! Lehnt euch gegen uns auf, und es geht euch gleich wie ihm!" Mit dem Stiefel trat er nach dem keuchend um Atem ringenden Hundra.

Ein paar der Soldaten, die sich nun offenbar doch für ihren König entschieden hatten, gingen wutentbrannt auf Zera und seine Männer zu. Die Landpiraten reagierten jedoch sehr geschickt, die Soldaten waren rasch besiegt.

„Hauptmann Jota", wandte sich Zera huldvoll an Jota, „Ihr habt richtig gehandelt, Ihr wart unserem Herrn treu!"

„Ich möchte Asro seine gute Idee nicht einfach über Bord werfen", sagte Jota und verbeugte sich.

„Verdammter Heuchler!", zischte Burno wütend.

Niemand nahm von ihm Notiz. Alle Augen waren auf Hundra gerichtet, der röchelnd am Boden lag

Zera trat auf ihn zu und stieß ihn mit dem Stiefel.

„Ja, da traut Ihr euren Augen nicht, was? Asro hat Euch schon lange nicht mehr getraut! Deshalb wies er uns an, Euch zu folgen und zu beobachten!" Er hob sein Schwert und stieß es mit einer fließenden Bewegung herab.

Hundra war tot.

So entsetzt Merler und seine Freunde über die sich überschlagenden Geschehnisse waren, sie hatten ihre Chance genutzt. Das Schwert Jotas, das zwischen ihnen gelandet und dann von keinem der Gegner weiter beachtet worden war, hatte ihnen die Gelegenheit geboten, auf die sie alle seit Tagen gehofft hatten. Während die anderen sich so positionierten, dass der Blick auf Burno verstellt war, scheuerte dieser hastig seine Fesseln über die Schneidfläche des hinter ihm liegenden Schwertes. Einige Male geschah es, dass ihm das scharfe Metall in die Haut schnitt, doch Burno spürte es nicht einmal.

„Nun", riss Zera Merlers Aufmerksamkeit auf sich, „wie geht es meinen kleinen Freunden denn so? Seid ihr arg enttäuscht, dass der böse, böse Zera den armen kleinen Hundra erledigt hat?"

Merler ignorierte ihn und hoffte, dass Zera nicht zu lange so dicht vor dem Wagen der Gefangenen stehen zu bleiben gedachte.

„Wo ist eigentlich mein Schwert gelandet?", fragte plötzlich Jota. Er sah sich um und fing Merlers Blick auf. Der bekam seine Gesichtszüge nicht rechtzeitig unter Kontrolle, und Jota schrie auf: „Ha! Ich erinnere mich, es flog in den Wagen zu den

Gefangenen! Zera! Sie haben mein Schwert!"

„Und das meldet Ihr jetzt erst?", zischte Zera. Er zückte seine Waffe und schwang sich vorsichtig auf den Wagen. „Wo ist das Schwert? Raus mit der Sprache!"

„Hier ist es nicht", sagte Dira verächtlich. „Denkst du nicht, wir hätten aufgemuckt, wenn ein Schwert in unserer Mitte gelandet und einen von uns skalpiert hätte? Sieh nur, wie eng wir sitzen! Hier konnte kein Schwert landen, ohne Schaden anzurichten! Es flog in eine völlig andere Richtung!"

Merler murmelte: „*Arle Goldenes Zauberschwert.*" Und bevor Zera etwas unternehmen konnte, fuhr das Schwert durch die Plane des Wagens und landete in Merlers von Burno befreiter Hand.

Allerdings reagierte Zera dann so schnell, dass Merler, der die Gewalt über seine abgestorbenen Glieder noch längst nicht vollständig wiedererlangt hatte, keine Chance hatte. Zera erwischte ihn am Arm, worauf das Schwert seinen halb tauben Fingern entglitt, und die scharfe Schneide legte sich an seinen Hals. Burno, der es geschafft hatte, sich auch von seinen Fußfesseln zu befreien, wagte es nicht, etwas zu unternehmen.

„Asro will dich zwar lebendig", zischte Zera, „aber ich denke, in diesem Fall dürfen wir eine Ausnahme machen."
Merler zwang sich, seinen Kopf leer und klar zu bekommen. Seine gesammelte Aufmerksamkeit auf Zera gerichtet, hob er die Hand und schrie: *„Magis Adreso!"*
Der Zauber traf Zera mitten im Gesicht und schleuderte ihn aus dem Wagen. Merler angelte verzweifelt nach seinem Schwert, doch die prickelnden, schmerzenden Finger konnten nicht kraftvoll genug zupacken.
Außen erhob sich Geschrei, und Zeras Männer umringten ihren Anführer.
„Magis Solu", murmelte Merler keuchend, die Hand auf seine verletzte Schulter gepresst. Ein heller Lichtstrahl fuhr heraus, die Schmerzen intensivierten sich kurz, dann schloss sich die Wunde.
Zeras Männer trauten sich offenbar nicht in den Wagen der Gefangenen. Ihnen war nicht entgangen, dass das Goldene Zauberschwert sich nun darin befand, und ihr Anführer lag tot mitten unter ihnen. Merler und Burno nutzten die Zeit, um ihre Glieder zu massieren und in rasender Eile ihre Mitgefangenen zu befreien.
Plötzlich mischten sich andere Laute in

das Geschrei der Landpiraten.
„Was geht dort draußen vor?", fragte
Sorgor unruhig.
Wagio lächelte. „Die Eleten sind ein-
getroffen."

Die Eleten machten kurzen Prozess mit
den Landpiraten. Dann begrüßten sie
Wagio und Dira herzlich und ließen sich
Merler und seine Freunde vorstellen. Sie
reichten ihnen zu essen und zu trinken,
und bald saßen alle beisammen und
erzählten ihre Geschichten. Es war unglaublich, was das Drachenweibchen bewirkt hatte. Sie hatte die Eleten rechtzeitig
informiert und genau instruiert, sodass sie
sich bestens vorbereiten konnten und die
Situation richtig eingeschätzt hatten.
Der Anführer der Gruppe hieß Leor. Es
handelte sich um einen sehr schönen
jungen Mann Anfang dreißig, er hatte
blondes Haar und rote Augen.
„Es tut uns schrecklich leid, dass wir nicht
schon früher eintreffen konnten", meinte
er entschuldigend.
„Der Weg war beschwerlich und wir
mussten vor unserem Aufbruch auch unser
Lager absichern."
„Nun ging ja alles gut", sagte Wagio

dankbar.

Sina und Sorgor, die noch ganz blass waren – Sina wurde bereits wieder von Burno belagert – blickten hinüber zu den gebundenen Gegnern.

„Was wird mit ihnen geschehen?", wollte Sina wissen.

„Wir lassen sie natürlich laufen. Darin unterscheiden wir uns von Asro und seinem Gesindel: Wenn es nicht nötig ist, töten wir nicht", erklärte Leor. Sina wirkte sehr erleichtert, und auch Merler – obwohl er die Befürchtung hegte, dass die Landpiraten sofort wieder auf die dunkle Seite überlaufen würden – war an weiterem Blutvergießen nicht interessiert. Ihm saß noch der Tod Hundras im Nacken, dessen letzte Tat es gewesen war, sich für seine Gefangenen einzusetzen und stark zu machen.

„Wie sieht es aus dort draußen in der Welt?", richtete Merler das Wort an Leor. „Wir waren so lange weit fort von allem, wir haben nur wenig von dem Mitbekommen, was sich in letzter Zeit getan hat."

„Die Schlacht um Sordor hat begonnen. Asros Heer ist in der Überzahl, und in Riegland sieht es nicht besser aus."

Während Leor erzählte, was sie wissen mussten, landete Firor in ihrer Mitte und verursachte ein gewisses Durcheinander. Alle freuten sich, das Drachenweibchen zu sehen, hatten sie ihm doch ihr Leben zu verdanken. Sie kam in den Genuss vieler Streicheleinheiten und kleiner Leckerbissen und ließ es sich wohlig fauchend gefallen.

Leor kam wieder auf den Kern der Sache zurück: „Was habt ihr nun vor?"

„Wir müssen so schnell wie möglich das Magier Amulett finden!", bekannte Merler. „Wir haben viel zu viel Zeit verloren durch diesen Verräter Zera!"

„Das Versteck ist aber so weit von uns entfernt", gab Dira zu bedenken. „Sie haben uns in eine ganz falsche Richtung geschleppt. Wir müssten die ganze Strecke zurückgehen!"

Burno stöhnte, als er das hörte.

Leor, der aufmerksam zugehört hatte, meinte: „Es gibt eine Möglichkeit, dass ihr in drei Tagen am Ziel sein könnt."

Alle blickten ihn begierig an.

„Nun", erklärte der Anführer der Eleten, „Wagio ist nicht der Einzige von uns, der einen Drachen besitzt. Ich könnte mit einigen von ihnen in Verbindung treten

und sie bitten, euch zum Versteck des
Amuletts zu fliegen."

Merler wäre ihm fast um den Hals gefallen.

„Hab vielen Dank! Ja, das wollen wir auf
jeden Fall versuchen!"

„Zera hat uns erzählt, wo das magische
Amulett sein soll, hat er uns die Wahrheit
gesagt oder ist es eine Falle?", fragte
Burno.

„Wie heißt der Ort?", fragte Leor.

„Wir sind auf dem Weg nach RtosWesa,
dort vermuten wir das magische Amulett",
erklärte Merler.

„Ihr findet dort nichts."

Alle Blicke richteten sich schlagartig auf
Leor.

„Woher wisst ihr das?", fragt Wagio.

„Wir wussten von eurer Mission, deshalb
haben wir versucht, das magische Amulett
ausfindig zu machen und es euch gleich zu
vermelden. Euer Hilferuf durch Firor kam
gerade zu einem Zeitpunkt, wo wir den
Standpunkt des Amuletts gefunden hatten."

„Wo liegt es?", fragte Merler aufgeregt.

„Es liegt geschützt im Inneren des großen
Waldes von Pernien. Eine Burgfestung be-
wacht von Untoten. Aber seid gewarnt:
Noch niemand kam je lebend wieder von

dort zurück! Seit langer Zeit wird nicht einmal mehr der große Wald passiert, obgleich er häufig eine gute Abkürzung darstellt. Die Menschen haben Angst vor dem, was dort lauert – und es ist eine begründete Angst!"

„Vielleicht kann Merler mit seinem Schwert sie besänftigen und wir kommen alle lebend durch", frohlockte Burno.

Merler schaute auf sein Zauberschwert herab. Mit seinem Schwert könnten die Verteidiger der Festung sie lebend hereinlassen. Er hoffte es, dass es funktionierte. Vor einer tödlichen Aufgabe wie auf der geheimnisvollen Insel wollte Merler erst gar nicht dran denken.

„Es handelt sich um Untote die magische Fähigkeiten besitzen", fügte ein anderer Elet hinzu.

Leor nickte.

„Mit magischen Untoten wollte ich schon immer Bekanntschaft machen", knurrte Burno.

Die Schlacht.

Das feindliche Heer begann mit der Errichtung seines Lagers. Dieser Vorgang dauerte nicht lange. Menschen hätten für dieselben Aktivitäten wesentlich mehr Zeit benötigt. Das Lager wurde so geschickt gebaut, dass man es von den Mauern aus nicht erreichen konnte mit Geschossen. Die feindlichen Schleudern wurden mit Rädern ausgestattet.
Eine ungewöhnliche Konstruktion. Bisher wurden sie während der Schlacht aufgebaut, mit der Gefahr, dass sie davor zerstört wurden.
Sola, der Hauptmann, gesellte sich zu Tuga, der von oben alles beobachtete.
„Mein Herr", richtete er respektvoll das Wort an ihn, „vielleicht könnten wir mit Geschossen teile des Lagers zerstören. Die Reichweite kann reichen."
Tuga schüttelte den Kopf.
„Die Reichweite unserer Schleudern reichen nicht. Wir treffen bloß mit viel Glück ein paar Truppen vor dem Lager, aber mehr nicht. Unser Schaden ist minimal und dafür Steine zu verschwenden, können wir uns nicht leisten."
Der Feind formierte sich inzwischen zum

Angriff.

Die Schleudern und Katapulte wurden nach vorne geschoben.

Überwiegend Bogenschützen und Armbrustschützen bildeten die Angriffswellen. Die Schützen bestanden überwiegend aus Zimisisten, wegen ihrer Geschwindigkeit zu Fuß. Schwertkämpfer waren nicht zu sehen.

Offenbar wollten sie zuerst die Stadt unter Beschuss nehmen, bevor sie den Ansturm versuchten.

Als Tuga, dessen Augen mühelos die Dämmerung durchdrangen, entsprechende Anzeichen erkannte, hob sein Horn an die Lippen. Seine Schützen, die entsprechend instruiert worden waren, machten sich bereit, und dann erklang der kurze, scharfe Hornstoß als Signal. Riesige Steine flogen von den Wehrtürmen der Stadt hinunter in die Menge der Angreifer, einige prallten nur auf den Boden und bewirkten nicht mehr als ein wenig Angst und Schrecken, andere schlugen große Schneisen in die Reihen der Angreifer und zerstörten auch etliche der feindlichen Schleudern.

Wütendes Gebrüll hob an.

Die Bogenschützen und Armbrustschützen warteten auf der Mauer auf ihr Zeichen.

Langsam kamen die Angreifer in ihre Reichweite.

Tuga gab das Signal mit seinem Horn für die Schützen und ein gewaltiger Pfeilhagel flog durch die Nacht. Der Pfeilhagel war kaum zu erkennen durch die Dunkelheit. Unzählige Kämpfer des Feindes fielen zu Boden.

Doch die Angreifer kamen unaufhaltsam näher.

Die ersten feindlichen Schützen kamen in Reichweite und feuerten ihre Pfeile ab.

Schleudern wurden platziert. Beim Steine laden und abfeuern waren die Gesteinsmonster schnell.

An vielen Stellen brachen große Brocken aus der Stadtmauer heraus.

Einige Schützen auf der Mauer wurden von Pfeilen getroffen oder von Steinen zerschmettert.

Am schwersten konnten sie die Schützen in den Schießscharten der Mauer erwischen. Unaufhörlich feuerten die Armbrustschützen aus der Mauer weiter auf den Feind und dezimierten ihre Anzahl.

Die Verluste machten dem gewaltigen Heer wenig aus. Ständig rückten neue Schützen nach.

Immer wieder fielen Schützen die Mauern

herab.

Schwerverletzte Kameraden brachte man zu den Heilern.

Die ersten Katapulte feuerten ihre Geschosse ab und trafen die Mauer und beschädigten die Schießscharten.

Einige Soldaten hatten Tuga hinauf auf den Glockenturm geleitet, der in der Mitte der Stadt stand und dadurch gut geschützt war. Von dort aus konnte Tuga über sein Horn die nächsten Verteidigungslinien aktivieren und hatte immer noch eine gute Aussicht auf die Schlacht.

Jeder wusste, was er, bei welchem Hornsignal zu tun hatte.

Der König sollte nicht den Kampf scheuen, aber bei einem Fernangriff konnte er nicht viel machen. Wenn der Feind an die Mauern ging, dann würde Tuga sofort wieder da sein.

Auf der Mauer rannten Soldaten umher und empfingen kurze Befehle ihrer Hauptmänner und Generäle. Es herrschte ein kaum vorstellbarer Lärm. Brandgeschosse kamen zum Einsatz und dezimierten die Zahl der Feinde weiterhin beträchtlich, allerdings hatte es den Anschein, als kämen für jeden gefallenen drei frische und gesunde Krieger nach.

Asros Anhängern platzierten immer mehr
Schleudern und erhöhten dadurch die Angriffskraft. Sie begannen nun, mit
Zorndkrach, was hoch explosiv war, zu
schießen. Ein um das andere Mal er-
schütterte die Stadtmauer unter heftigen
Explosionen. Seirum schrak jedes Mal zusammen. Auch auf ihrer Seite gab es nun
die ersten Toten und Verletzten. Steinbrocken und Holzfetzen flogen durch die
Luft und wurden zur tödlichen Gefahr.
Arno weichte knapp einem Steingeschoss
aus, bevor es einen guten Teil der Stadtmauer zerstörte, auf dem er gestanden
hatte.
Seirum feuerte unaufhörlich einen Pfeil
nach dem anderen ab, aber musste immer
wieder in Deckung gehen, um nicht getroffen zu werden.
Arno schoss mit seinem Bogen gleich erneut seine Pfeile ab, als er sich von dem
kurzen Schock erholt hatte.
Arno war als Bogenschütze nie richtig gut
gewesen, aber im Moment gab es keine
Hoffnung auf einen Nahkampf.
Mit Magie mussten sie warten. Tuga
würde das Signal geben, wenn sie Magie
einsetzen durften.
Tuga stieß erneut in sein Horn, diesmal

eine andere Tonfolge. Drachen, die in die Nähe des Osttores gebracht worden waren, schwangen sich in die Lüfte und stießen auf das feindliche Heer herab. Im gleichen Moment wurde das Osttor aufgestoßen, und schwerstbewaffnete Zentauren stürmten nach draußen.

Der Feind merkte von dem Ausfall der Zentauren noch nichts.

Der Angriff von Asro konzentrierte sich lediglich auf das Nordtor.

„Weshalb wagen sie sich jetzt schon hinaus?", schrie Seirum panisch, „Asros Anhänger sind zu zahlreich! Die Drachen und Zentauren werden einfach nieder-gemetzelt werden! Weshalb bleiben sie nicht hinter den schützenden Mauern?"

„Wenn es so weitergeht, schützen uns die Mauern nicht mehr allzu lange", ver-mutete Arno. „Ich denke, Tuga hat ganz richtig gehandelt. Wir müssen versuchen mit frontalen Gegenangriffen den Fern-angriff des Feindes zu reduzieren. Die Stadtmauer hält viel aus, aber hat auch ihre Grenzen. Über das Osttor können die Zentauren einen wirkungsvollen Ausfall machen. Über das nahe Waldstück ist es ihnen möglich sich an den Feind ranzuschleichen und ihn empfindlich angreifen."

Seirum betete darum, dass Tugas Plan sich nicht als großer Fehler erweisen würde. Wie gebannt verfolgte sie mit den Augen den Flug der mächtigen Wesen. Als der Feind merkte, was aus dem Himmel auf ihn zukam, erklang sofort der aufgeregte Befehl, die Drachen unter Beschuss zu nehmen. Der Anführer, der diesen Befehl erteilte, war Argel. Einst im Tal der Toten hatte Merler sein Leben geschont, obwohl Argel ein erbarmungsloser Verräter gewesen war. Merler hatte es einfach nicht über sich gebracht, einen geschlagenen Feind umzubringen. Merlers Ansicht nach verdiente er den Tod nicht, trotz seines Verrats.

Ob es besser gewesen wäre ihn umzubringen? Argel durfte man nicht unterschätzen. Die Niederlage im Tal der Toten, schien ihm einen enormen Motivationsschub zu geben. Er wollte sich Asro beweisen.

Die Drachen flogen über das Heer hinweg, wichen für ihre Größenverhältnisse erstaunlich geschickt aus, wenn auf sie geschossen wurde, und ließen Feuer, Eis und heftigste Sturmböen große Lücken in die dichte Masse des feindlichen Heeres

206

reißen. Deren Schleudern fingen Feuer oder froren ein, je nach dem, wovon sie getroffen wurden. Ähnlich erging es den Zimisisten, Trollmenschen und Gesteinsmonstern.

Während viele der Monster von den Drachen abgelenkt wurden, hatte sich nahezu unbemerkt das Heer aus Zentauren genähert und ging nun zum Angriff über.

Die Schützen konnten die Zentauren kaum unter Beschuss nehmen, da sie bereits zu nahe an sie herangekommen waren. Die feindlichen Schützen traten den Rückzug an, während ein Schwarm Schwertkämpfer hastig nach vorne eilten.

Die Verstärkung hatte mühe voranzukommen, weil die ganzen Bogenschützen ihnen entgegenrannten. Wenn sich der Nahkampf vermeiden lies, ergriffen die Schützengruppen sofort den Rückzug. Der Feindbeschuss auf die Mauer kaum zum Erliegen.

Die Schleudern und Schützen der Stadt stellten den Beschuss ein, um nicht verbündete Kräfte zu treffen.

Argel fluchte, als er sah, welche Verwüstungen Sordors Streitmacht auf der eigenen Seite hinterließ. Rasch erhob er die Hand zum Himmel und murmelte dazu etwas. Aus der Handfläche schoss ein gewaltiger, leuchtend weißer Strahl, und der Himmel schien zu explodieren. Etliche Drachen wurden getroffen und in den Tod gerissen.

Die Zentauren arbeiteten sich durch die Reihen des Feindes. Selbst die ersten Reihen der anstürmenden Zimisisten mit ihren Schwertern und Speeren, konnten sie wenig abbremsen. Doch als die Gesteinsmonster und Trollmenschen, den überforderten Zimisisten halfen, wurden die Verluste bei den Zentauren gewaltig.

Schließlich erklang das Signal für den Rückzug von Tuga.

Die Zentauren und übrigen Drachen zogen sich hinter die Stadt zurück.

Der Feind folgte ihnen nicht und führte seinen Angriff nicht fort.

Eine gespenstische Waffenruhe entstand. Als die Waffenpause bestätigt wurde, stürmten Arno und Seirum, zusammen mit den anderen Schützen hinunter in die Stadt, um sich ein Bild der Lage zu machen. Viele Soldaten waren zu Tode gekommen, etliche Verletzte wurden verbunden und mit heilenden Tränken versorgt.

Merlers Heer, das auf dem großen Hauptplatz positioniert worden war, da es erst später zum Einsatz kommen sollte, war folglich noch vollzählig. Auch die Eleten waren noch nicht zum Zug gekommen. Die Stadtmauern waren gut genug besetzt, noch mehr Bogenschützen hätten nur dafür gesorgt, dass alle einander auf die Füße getreten wären. Tuga hatte die Absicht, den Nahkampf, der früher oder später zu erwarten war, mit frischen Kräften zu führen. Und die Eleten waren sehr erfahren im Umgang mit Schwertern und Bogen.

Arno sein Blick glitt auf Seirum ihrem linken Arm.

Zwei kleine Wunden klafften an ihrem Arm.

„Du solltest dich behandeln lassen", sagte Arno.

Seirum schüttelte den Kopf.

„Es ist nichts Schlimmes, bloß Schürfwunden."

Gara legte seine Hand auf ihre Schulter.

„Du solltest es trotzdem behandeln lassen."

Seirum fuhr erschrocken nach hinten.

„Erschreckt mich nicht so!"

„Tut mir leid", sagte Gara verschmitzt.

„Es ist mein ernst. Wer weiß, ob es nicht

ein giftiger Pfeil war, der euch gestreift hat. Geht sofort zu den Heilern, weil auch Streifschüsse darf man nicht herabspielen."

Gara schien nahezu unverletzt zu sein.

„Wo wart ihr eigentlich?", fragt Seirum.

„Ich war auf einem der Wachtürme und habe von da aus mit einer Armbrust geschossen. Leider war es zu dunkel, um meine Trefferquote festzustellen."

Arno begann zu lachen.

Seirum musste schmunzeln.

„Ich gehe zu den Heilern."

„Gute Wahl", lobte Gara.

Arno hielt Seirum auf.

„Es wäre besser, wenn du dich in das Schloss begibst. Dort wärst du in größerer Sicherheit! Merler würde es mir nie verzeihen, wenn dir etwas geschehen sollte, weil ich nicht auf dich geachtet habe!"

„Bist du verrückt!", protestierte Seirum energisch.

Gara stimmte ihm unerwartet zu: „Daran habe ich überhaupt nicht gedacht, Arno, aber du hast Recht! Sollte Seirum etwas Geschehen und Merler davon erfahren, würde das Merler einen großen Teil seiner Energie rauben, und er benötigt für seine Aufgabe alle Kraft, die er nur bekommen kann!"

„Mir wird nichts passieren!", widersprach
Seirum trotzig. „Und falls doch, wird
Merler nichts davon erfahren. Ich möchte
meinen Teil zur Rettung der Welt bei-
tragen! Ich will nicht sicher auf einem
Türmchen sitzen und zusehen, wie ihr alle
euer Leben opfert! Merler würde so etwas
nie von mir erwarten!"

Arno und Gara verständigten sich durch
einen Blick. Vermutlich hatte Seirum
sogar Recht, doch sie hielten es plötzlich
dennoch beide für zu gewagt, Seirum
weiterhin der Todesgefahr auszusetzen. Zu
viel stand auf dem Spiel.

Nach einer hitzigen Diskussion sah
Seirum ein, dass sie Recht hatten. Wenn
sie starb und es Merler mitbekommt,
könnte es ihn aus der Fassung bringen. Im
finalen Kampf gegen Asro brauchte er
einen klaren Kopf.

Die Heiler versorgten ihre Wunde und
dann ging sie zum Schloss.

Eine Zofe nahm sie in Empfang und führte
sie auf ein schönes Zimmer, das ein
Fenster auf den Hof und Richtung Mauer
hatte. So konnte Seirum immerhin verfolgen, was draußen geschah. Es war nur

ein kleiner Trost, aber alles, was Seirum im Moment hatte.

Vom Schloss aus konnte sie in das Gebirge fliehen, falls die Verteidigung der Stadt fällt.

Ein geheimer Tunnel unter dem Schloss ermöglichte eine sichere Flucht.

In der aktuellen Lage war es bloß eine Frage der zeit, bis die Verteidigung brach.

Zu gerne wäre Seirum optimistischer gewesen, aber im Angesicht der enormen Überzahl des Feindes, konnte sie sich einen Sieg schlecht vorstellen.

Die Waffenruhe währte die Nacht über. Arno, Gara und Tuga versuchten zu schlafen, solange der Feind es einem ermöglichte. Sollte ein neuer Angriff erfolgen, würde man sie sofort alarmieren. Die Zeit wurde teilweise genutzt, um in Wehrtürme, Geschütze und beschädigte Mauern zu reparieren oder zu ersetzen. Der richtige Angriff stand bevor. Rammböcke, Sturmleitern und Belagerungstürme werden folgen.

Viel weiter unten, außen vor den gut bewachten Toren der Stadt Sordor, stand Argel und starrte die hohe, weiße, an vielen Stellen bereits arg mitgenommene Mauer an.

„Früher oder später werden wir siegen", sprach er zu sich selbst. „Es ist nur eine Frage der Zeit, bis wir euch ausgeräuchert haben. Und dann gnade euch der Allmächtige!"

Wenn er ganz ehrlich war, hatte er sich die Gegenwehr weniger gut organisiert und längst nicht so kraftvoll vorgestellt. Die Verluste, die er zu beklagen hatte, waren weit größer als zuvor angenommen. Der neue König verteidigte die Hauptstadt bislang gut. Durch den Tod von König Seo hatten sie gehofft, dass das Land an Angst und Aufständen zerbrach - danach sah es keineswegs aus. Daran wollte Argel aber nicht länger denken. Sie waren in der absoluten Überzahl und würden die Mission zu Ende bringen, koste es, was es wolle.

„Mein General", sprach ihn einer der Heerführer an, „wann greifen wir wieder an?"

„Im Morgengrauen", erwiderte Argel. „Bereitet euch vor."

Argel warf einen Blick auf die Rammböcke und Belagerungstürme, die von den Baumeistern pausenlos errichtet wurden. Die gewaltigen Türme schoben die Trollmenschen und Gesteinsmonster

mühelos in die ausgemachte Position. Die
Räder der Türme knarrten leise.
Argel ging zu dem Anführer der Bau-
meister, der am lautesten seinen
Kameraden die Befehle entgegenrief.
Der Anführer war ein kräftiges Gesteins-
monster.
Es gab wenige Gesteinsmonster, die
intelligent genug waren, um so komplexe
Konstruktionen fertigzustellen. Urdo ge-
hörte zu den wenigen und er war in der
Baumeistergilde hoch angesehen.
Urdo bemerkte Argel schnell.
Selbst wenn er schrie, konnte sich kaum
jemand an ihn unbemerkt heranschleichen.
„Was wünscht Ihr mein Herr?", fragte er
und verbeugte sich.
„Die Belagerungstürme können auch die
Trollmenschen und Gesteinsmonster
tragen?"
„Wir haben jeden Einzelnen ausgetestet
und sie halten. Selbst wenn sich in ihnen
nur Gesteinsmonster befinden, hält er
stand und kann geschoben werden."
Gesteinsmonster waren zehnfach so
schwer wie Trollmenschen und gehörten
zu den schwersten Lebewesen auf der
Welt.
Argel fand seine Frage naiv, denn Urdo

konnte vertrauen. Er verstand sein Hand-
werk ausgezeichnet.

„Verzeiht mir für diese überflüssige Frage.
Ich will nur sicher gehen, dass alles
reibungslos funktioniert."

Urdo schüttelt den Kopf.

„Mein Herr Ihr müsst euch nicht entschuldigen. Meine Werke zu überprüfen
ist euer gutes Recht."

„Danke Urdo. Ich bin überglücklich,
jemanden wie dich als Anführer der Baumeister für diese Schlacht bekommen zu
haben."

Urdo nickte und schien erfreut zu sein
über das Lob.

Die Mimik von Gesteinsmonstern zu
lesen, war eine schwere Angelegenheit.
Bei Freude zogen sich die Mundwinkel
leicht nach unten.

Als unerfahrener Mensch wurde die
Mimik oft falsch verstanden. Zorn hingegen merkte man sofort, wenn ein ohren-
betäubendes Gebrüll folgte.

Argel ging zurück in sein Zelt. Die
Müdigkeit überkam ihn, auch wenn er an
Schlaf nicht denken wollte.

Sie flogen über die ausgedehnten, un-
durchdringlichen Regenwälder hinweg.

Unter ihnen Flüsse, die sich durch die Landschaft schlängelten, und ansonsten unendlich viele Töne von Grün. Die rötliche, helle Morgensonne, die ihnen den Rücken wärmte, brachte die Umgebung zum Glänzen und Strahlen. Wie schön doch die Welt ist, dachte Merler hingerissen. Dass Asro das nicht zu schätzen weiß. Warum dieser junge Mann so besessen von der Weltherrschaft war, konnte Merler nicht verstehen. Auf einen Thron wollte er nicht sitzen.

In seinen wenigen schönen Träumen sah er sich mit Seirum auf einem großen Bauernhof und wie sie ihre Kinder großzogen.

Es hatte nicht lange gedauert, bis Leor zwei Drachen herbeigerufen hatte, die bereit waren, Merler und seine Freunde über die Wälder zu tragen. Firor konnte bis zu zwei Personen aufnehmen und die zwei Drachen von Leor bis zu sechs.

Sie hatten alle Platz.

Merler hoffte insgeheim, dass die Drachen auf sie warten würden, bis sie das Amulett gefunden hatten und den Rückweg antreten konnten. Die Drachen warteten nicht länger als drei Stunden auf einer Stelle.

Nach einer kurzen Diskussion mit Leor und seinen Begleitern mussten sie einsehen, dass es unmöglich war, die Drachen zu überzeugen hierzubleiben. Einer der Drachen, ein Männchen, hieß Nero. Sein Schuppenkleid leuchtete in einem schönen, kräftigen Rot, seine Augen funkelten Gelb. Fast hundert Jahre war er schon alt, informierte Dira ihre Freunde. Sie fügte hinzu, dass manche Drachen bis zu tausend Jahre alt werden könnten. Der Name des Drachenweibchens lautete Nuna, sie hatte blaue Schuppen und aufmerksame, grün leuchtende Augen. Beide legten ein gutes Tempo vor.

Gegen Mittag landeten sie auf einer Lichtung, um ihren Flugtieren eine Rast zu gönnen. So bald wie möglich jedoch drängte Merler wieder zum Aufbruch. Burno, der das lange Fliegen nicht gewohnt war, nörgelte ein wenig.

Im Verhältnis zu früher hatten sich die Beschwerden und Provokationen von Burno drastisch reduziert.

Die wachsende Freundschaft mit Sina besserte ihn.

Wagio konnte selbst nicht fassen, wie schnell sich Burno zum Positiven veränderte.

Merler seine Gedanken schweiften immer wieder ab, obgleich er versuchte, sich ausschließlich auf seine eigene Aufgabe zu konzentrieren. Wagio schien das zu bemerken.

„Merler", sagte er, „in der Schlacht um Sordor könntest du ohnehin nicht viel ausrichten, auch nicht mit deinem Zauberschwert. Ausschlaggebend und entscheidend ist, dass wir dieses Amulett endlich finden! Dann haben wir etwas ganz Wesentliches erreicht! Und du kannst dich aufmachen, um Asro zum Duell herauszufordern."

Merlers Herz zog sich zusammen bei dieser Vorstellung. „Das wird das nächste Problem sein", meinte er aber mit ruhiger Stimme. „Ich denke nicht, dass Asro einfach die Tür öffnen und mich herzlich willkommen heißen wird. Ich weiß überhaupt nicht, wie ich an ihn herankommen soll, Wagio!"

„Darüber machen wir uns Gedanken, wenn es soweit ist", erklärte Wagio entschieden. „Richte deine Aufmerksamkeit auf das, was unmittelbar vor dir liegt. Gestern ist vorbei, morgen noch weit weg, das Einzige, was zählt, ist heute!"

Und Merler wusste, dass Wagio Recht hatte. Wirklich beruhigt war er jedoch nicht.

Des Nachts rasteten sie nur so lange wie nötig. Sobald es hell genug war, um klar sehen zu können, machten sie sich wieder auf den Weg. Einmal mussten sie einen Bogen fliegen, da Merler anhand seiner Karte, die er stets im Blick hatte, eine Stadt unter sich geortet hatte. Von Leor hatten sie erfahren, dass auch diese Stadt belagert werde, und Merler wollte nicht riskieren, dass sie entdeckt und womöglich aufgehalten wurden. Wahrscheinlich wusste Asro wohin sie fliegen.

Wenn Zera wusste, wo das magische Amulett am ehesten ist, dann wusste es sicher auch Asro.

Die Drachen hatten sich rasch als ausgesprochen pflegeleicht erwiesen. Sie nahmen vor dem Abflug eine gewaltige Ration zu sich und benötigten dann im Verlauf des weiteren Tages allenfalls noch etwas Wasser, waren aber ansonsten zufrieden. Somit wurden sie nur selten zu Pausen gezwungen.

„Burno", rief Merler zu seinem Freund

hinüber, nachdem etliche Stunden verstrichen waren, in denen niemand gesprochen hatte, „weshalb machst du eigentlich nicht mehr so viele Witze wie früher? Magst du uns nicht ein wenig unterhalten, damit die Zeit rascher verstreicht? Ein wenig Aufmunterung würde uns gewiss auch guttun!"

„Mir ist gerade nicht so sehr nach Witzen", erklärte Burno kleinlaut. „Ich mache mir seit unserer Gefangenschaft viel mehr Gedanken über die Zukunft und mein bisheriges Verhalten. Ich möchte nicht mehr länger den Hofnarren spielen und alberne Witze machen. Es wird Zeit Erwachsen zu werden."

„Ja", merkte Wagio mit einem leichten Grinsen an, „und dafür sind wir alle ausgesprochen dankbar."

Sie kamen zügig voran und erreichten am Abend bereits eine Wiese in der Nähe besagter Burgfestung. Hier landeten sie. Leor machte klar, dass er gleich weiterfliegen musste, weil sie die Drachen dringend in seiner Heimat benötigten. Sie verabschiedeten sich von Leor. Die zwei Drachen erhoben sich in die Lüfte und waren in wenigen Augenblicken nicht mehr zu sehen.

Firor schaute ihnen traurig nach.
Die Drachendame hatte die beiden
Drachen liebgewonnen.
Wagio tätschelte sie am Hals.
„Wenn der Krieg vorbei ist, findest du
sicher einen Drachen."
Burno wollte etwas anmerken, aber hielt
sich doch zurück.
Merler sah sich um. Sie befanden sich auf
einer grünen Ebene, hinter ihnen erstreckte sich der Wald, vor ihnen erhob
sich die Festung. Sie wirkte in der Tat sehr
düster und unheimlich. Merler spürte, wie
er eine Gänsehaut bekam, und auch seine
Freunde wirkten beklommen. Sie standen
dichter beisammen, als sie es unter
anderen Umständen getan hätten, und
warteten schweigend ab, was Merler entscheiden würde.
„Es wird schon dunkel", meinte dieser
schließlich. „Es hätte keinen Wert, jetzt
gleich aufzubrechen. Wir schlagen hier
unser Lager auf und versuchen morgen
früh, in die Burg einzudringen. Versucht,
möglichst rasch einzuschlafen, um wieder
zu Kräften zu kommen. Der lange Flug
war anstrengend."
Sie zogen sich in den Schutz der ersten
Bäume am Waldrand zurück und lagerten

hier. Die Bäume und wirres Gebüsch standen dicht um sie herum und schützten sie vor fremden Blicken. Nur ein schmaler Pfad, den Burno rein zufällig entdeckt hatte, führte zu der mit weichem Moos bewachsenen Stelle, die sich als perfekter Lagerplatz erwies.

Lediglich Firor hatte keinen Platz, doch Wagio hatte sie ohnehin bereits angewiesen, am Waldrand zu schlafen.

„Da habe ich wirklich einen guten Fund gemacht", verkündete Burno stolz und warf Sina Beifall heischende Blicke zu. „Ohne mich wärt ihr nie auf diesen Platz aufmerksam geworden."

„Ja, das hast du gut gemacht", meinte Dira lachend. „Nun bleibt nur zu hoffen, dass die Bäume einen festen Stand haben und uns nicht im Schlaf unter sich begraben." Worauf Burno zu Wagios Vergnügen sofort umherging und den Stand der Bäume prüfte, die ihr Lager so dicht umstanden.

„Wir stellen Nachtwachen auf, wie gehabt", versicherte Merler. „Sie warnen dich rechtzeitig, wenn ein Baum zu kippen droht, Burno!" Er zwinkerte dem Freund zu, und dieser merkte verschämt, dass er geneckt wurde, und hielt in seinem Tun inne.

Merler wollte den schmalen Durchgang zu ihrem Lagerort durch Magie verschließen und für ungewollte Besucher unsichtbar machen, doch Dira erhob Einspruch.

„Deine Magie müssen wir bestmöglich bewahren!", erklärte sie energisch. „Lass mich den Pfad verschließen!"

Merler ließ sie gewähren. Er wusste, dass noch eine große Aufgabe auf sie zukommen würde und dass es tatsächlich sehr wahrscheinlich war, dass er auf seine Magie angewiesen sein würde. Die Burgfestung würde sich auf keinen Fall leicht einnehmen lassen. Es hatte geheißen, sie werde von Toten bewacht, und Merler hatte nicht die leiseste Vorstellung, wie man gegen Tote vorgehen könne. Sie zu töten würde ja kaum möglich sein.

Sie aßen etwas Brot und Käse. Dann entzündeten sie ein kleines Lagerfeuer, um etwaige Tiere auf Abstand zu halten, und legten sich sofort schlafen. Nur Merler und Burno blieben auf, sie hatten freiwillig die erste Nachtwache übernommen. Sie wickelten sich in ihre Decken und ließen sich dicht neben dem Feuer nieder. Ringsum erklangen die nächtlichen Geräusche des Waldes, Blätterrauschen,

Wasserplätschern, Vogelstimmen und das Knacken kleiner Äste.

Merler dachte nach. Ihm war aufgefallen, dass er schon lange Zeit keine Visionen mehr gehabt hatte. Das beschäftigte ihn sehr. Einerseits hatten die Visionen ihn belastet, andererseits aber auch wertvolle Informationen geliefert. Merler wusste nicht, was dazu geführt hatte, dass es zu keinen Visionen mehr gekommen war. Vielleicht hatte Asro auch hier seine Finger im Spiel, sehr gut möglich wäre es auf jeden Fall.

Burno brach das nachdenkliche Schweigen. Er räusperte sich und druckste ein wenig herum.

„Merler", fragte er schließlich, und trotz der Dunkelheit bemerkte Merler, dass sich seine Ohren rot färbten, „denkst du … denkst du, dass Sina … dass sie mich mag?"

Merler blinzelte überrascht. Dann unterdrückte er ein Grinsen. „Das kann ich nicht sagen. Frag sie doch selbst!"

„Das traue ich mich nicht", gestand Burno verlegen. „Ich dachte, da du und Seirum … du weißt schon … dass du vielleicht ein Gespür bekommen hast für … naja, für solche Dinge eben." Er sprach sehr leise, als befürchte er, dass einer der anderen noch auf sein und ihn hören könne.

„Nun", sagte Merler zögerlich, „verabscheuen tut sie dich gerade nicht, das ist zumindest sicher. Ich hatte schon den Eindruck, dass sie sich ganz gern in deiner Nähe aufhält. Frag sie doch einfach selbst!"

„Ja, und dann spießt mich gleich ihr Bruder auf", sagte Burno gequält.

„Außerdem, wenn sie nein sagt …"

Merler kratzte sich am Hinterkopf. Er war ein wenig belustigt, verstand aber das Dilemma seines Freundes und wusste mittlerweile ja auch selbst, was einem durch den Kopf ging, wenn man ein Auge auf ein Mädchen geworfen hatte.

„Sorgor ist doch die Sanftmut in Person, Burno", sagte er schließlich. „Vor ihm hast du bestimmt nichts zu befürchten. Und außerdem, selbst wenn sie nein sagt – davon geht die Welt nicht unter!"

Burno schwieg. Er legte sich auf den Rücken und blickte hinauf in den Teil des klaren Sternenhimmels, den er durch die Blätter sehen konnte.

„Wer weiß", grummelte er dann.

Merler lachte leise.

„Weißt du was, wenn du weiteren Beistand brauchst, sprich doch mit Wagio oder Dira. Ich habe gehört, Eleten kennen sich mit der Liebe sehr gut aus!"

Burno richtete sich ruckartig auf und sah so entsetzt aus, dass Merler das Lachen verging. „Liebe?", flüsterte er erregt. „Ich bin doch nicht verliebt! Ich … nun ja, ich sehe sie nur einfach gerne an, verstehst du? Und Merler, wenn du auch nur ein Wort davon gegenüber Wagio oder Dira verlierst, ist es aus zwischen uns!"

Merler seufzte tief.

„In Ordnung, Burno", sagte er geduldig, „ich habe es verstanden. Dieses Gespräch hat nie stattgefunden, du kannst ganz beruhigt sein und dich wieder deiner eigentlichen Aufgabe widmen, nämlich der Nachtwache!"

Die Morgensonne tauchte allmählich Osten auf. Für ganz kurze Zeit wurde Sordor in Orangenrotes, magisch anmutendes Licht getaucht. Allerdings enthüllte die Helligkeit auch die grausigen Details des abendlichen Kampfes. Der Schnee, gestern noch rein weiß, schimmerte dort, wo er nicht von unzähligen schweren Stiefeln zum Schmelzen gebracht oder schmutzig braun verfärbt worden war, verräterisch rot von all dem vergossenen Blut.

Die Soldaten von Sordor beachteten den wahrhaft herrlichen Sonnenaufgang nicht. Sie waren nach wie vor damit beschäftigt, die Verteidigung bestmöglich zu stabilisieren und sich auf eine Wiederholung des nächtlichen Albtraums vorzubereiten.

Arno, Gara, König Tuga, dessen vertrauteste Berater und sein General begaben sich beim ersten Morgenlicht zu den Wachen auf der Stadtmauer.

„Nun", wandte sich Tuga an einen der Soldaten, „wie sieht es dort unten aus? Tut sich schon etwas?"

„Mein Herr, sie haben Belagerungstürme, Sturmleitern und Ballisten weiter nach vorn gerückt. Sie werden wahrscheinlich einen Ansturm versuchen", antwortete der Hauptmann des Wachtrupps.

Tuga hatte damit gerechnet und seine Strategie darauf aufgebaut. Ein Überraschungsangriff wie gestern mit Drachen und Zentauren war bei Tag wenig aussichtsreich. Sie mussten abwarten, bis der Angriff begann, und dann entsprechend kontern.

Noch in der Dämmerstunde war im gut

227

bewachten Hafen Sordors eine Handels-
flotte aus Inrud eingelaufen. Bei Inrud
handelte sich um ein neutrales Land auf
dem Kontinent Fola. Inrud war sehr reich
und steckte viel Geld in die Weiter-
entwicklung von Waffen. König Janu
sorgte jedoch dafür, dass nicht nur auf
Waffen gesetzt, sondern auch Handel mit
Rohstoffen, Schiffen, Kutschen und
Werkzeugen getrieben wurden. Die
Bürger seines Landes lebten in Wohlstand.
Inrud war überhaupt bekannt dafür, in
allen Bereichen sehr fortschrittlich, kreativ
und aufgeschlossen zu sein. In der ganzen
Geschichte des Landes hatte noch
niemand es gewagt, Inrud anzugreifen.
Keiner wusste genau, welche Ver-
teidigungsstrategien dort ausgeklügelt
worden waren und worauf man sich für
den Fall eines Angriffs gefasst machen
musste.
Die Handelsschiffe hatten Tharland mit
Waffen, Munition und Zorndkrach versorgt. König Tuga war erleichtert, dass die
Lieferung noch rechtzeitig eingetroffen
war. Er hatte sofort alles bar beglichen, da
Inrud wegen der weltweiten Kriegslage
nicht auf das Geld warten konnte.
Inrud belieferte aber auch Asro. Es lieferte

jedem Waffen unabhängig von der Diplomatie.

Zum einen Teil hasste man Inrud für diese Art des Waffenhandels, aber wenigstens benachteiligte es offiziell keine Seite.

Plötzlich erklang ein Horn aus dem Lager des Feindes, in dem sich während der letzten Minuten rege Betriebsamkeit breitgemacht hatte.

„Angriff", schrie Argel. Und der Ansturm begann. Zimisisten führten die Reihen an und stürmten auf die Mauern zu. Viele von ihnen gingen dabei, wie beabsichtigt, in die längst fertiggestellten Fallen: Der Erdboden gab unter ihrem Gewicht nach, sie stürzten in tiefe Gruben und landeten auf tödlichen, in den Boden gerammten Holzspießen.

Argel stieß einen Schrei aus und befahl umgehend einen Magier herbei, der die Gruben mit Erde auffüllen sollte, um weitere Verluste zu verhindern.

Die Belagerungstürme setzten sich in Bewegung, ebenso die Sturmleiterträger und Rammböcke. In ihrem Schutz näherte sich das Heer.

Oben auf seinem Glockenturm gab Tuga das Zeichen, die Schleudern zu bedienen.

„Die Rammböcke direkt hinüber zum

Stadttor!", brüllte Argel durch den Lärm, den der Hagel aus Geschossen verursachte. „Alle Truppen lockere Formation einnehmen!"
Die lockere Formation sorgte im Normalfall dafür, dass um jeden Kämpfer herum ein gewisser Raum frei blieb, um die Trefferquote des Feindes zu verringern. Allerdings stellten sich viele Zimisisten immer noch sehr ungeschickt an und verursachten Chaos. Taktische Kommandos richtig zu verstehen, viel den Zimisisten am schwersten. Asro vollzog ihnen zwar einen harten Trainingskurs, aber die Fortschritte waren minimal bis gar nicht vorhanden. Im Training hatten sie sich wesentlich besser angestellt, aber in der Praxis schien es wie beim Alten zu sein. Argel grunzte ärgerlich, als ihm dies bewusst wurde und eine gewisse Unruhe sich unter seiner Gefolgschaft breitmachte. Alle traten einander auf die Füße und stießen sich gegenseitig weg, und Argel nahm den Befehl brüllend zurück.
Während der kurzen Zeit, in der all abgelenkt gewesen waren, hatten viele Geschosse Sordors ihre Ziele erreicht. Die Verluste beim Ansturm waren bereits höher als erwartet. Argel verfluchte die

Zimisisten, weil sie der Hauptgrund für dieses Desaster waren. Warum waren sie im Training besser als im echten Kampf? Eine Frage, die wahrscheinlich nicht einmal Asro beantworten konnte.

Die Stadtmauern hatten dem gestrigen Angriff recht gut standgehalten. Zwar hatten sich teils auch große Brocken herausgelöst, doch mithilfe von Baustoffen konnten die Schäden wieder einigermaßen repariert werden.

Oben im Turm betrachtete Tuga die Lage. Die ausgehobenen Fallen waren nun unschädlich gemacht, hatten zuvor jedoch einen guten Dienst erfüllt. Nun gab er den Befehl, sich bereit zum Kampf zu machen.

„Alle Bogenschützen, erwartet mein Signal!"

Als Argels Heer in die Reichweite der Bogenschützen gelangt waren, tönte das Horn. Die ersten Reihen des feindlichen Ansturms gingen fast geschlossen zu Boden, die nächsten Reihen schlossen lückenlos auf. Abermals tönte das Horn. Tugas Akarbolzen befanden sich gut geschützt hinter der Stadtmauer, sie feuerten ihre gewaltigen Bolzen auf Befehl gezielt durch die Schießscharten.

Tuga verzeichnete mit Genugtuung, dass

der obere Teil eines Belagerungsturmes durch Zorndkrachpfeile getroffen wurde, mit Getöse in tausend Einzelteile zerbarst und letztlich auch noch etliche Monster unter sich begrub.

Die Eleten, die nun bereits teilweise mitmischten, schossen mit ruhiger Hand und in unglaublicher Geschwindigkeit einen Pfeil nach dem anderen ab, und viele Pfeil forderte sein Opfer.

Unten näherten sich weitere Belagerungstürme und Leitern. Die gegnerische Infanterie stürmte im Schutz mächtiger Schilder durch den Pfeilhagel heran.

Es herrschte ein unbeschreibliches Geschrei.

„Zielt auf die Belagerungstürme und Geschütze!", brüllte Tuga.

Das Tor würden sie so schnell nicht aufbrechen.

Wenn der Feind erst einmal auf den Mauern sich befand, wurde es schwer ihn wieder herunterzubekommen – davor hatte Tuga am meisten Angst.

Argels Akarbolzen feuerten Zorndkrachbolzen auf die Mauer, manche davon zerfetzten Soldaten Sordors.

Drei riesige Rammböcke hatten das Stadttor erreicht. Zimisisten und

Trollmenschen, die sich darunter befunden hatten, waren vor Pfeilen und anderen Geschossen bislang bewahrt geblieben. Von oben wurden nun die Rammböcke unter Beschuss genommen, und tatsächlich trafen trotz des eher ungünstigen Winkels einige das beabsichtigte Ziel. Unter dem Triumphgeschrei von König Tugas Männern explodierten die Rammböcke und rissen diejenigen, die sich unter ihnen verborgen hielten, in den sicheren Tod. Allerdings wurden bereits die nächsten Rammböcke nach vorn getrieben.

„Es hört einfach nicht auf", flüsterte Arno, „immer wieder kommt Nachschub von hinten!"

Die Baumeister des Feindes bauten wie besessen neue Geschütze und Belagerungswaffen nach.

„Wir werden dennoch nicht aufgeben", sagte Gara, der neben ihm stand, grimmig. „Denk nicht nach! Mach dich stark und gib die Hoffnung nicht auf, sonst haben wir tatsächlich verloren."

Arno richtete sein Schwert auf die Falltür eines Belagerungsturmes, der sich bereits bedrohlich nahe an der Mauer befand. Kurz bevor er die Mauer erreicht hatte, stoppte er. Kurz darauf fiel die Falltür herunter und krachte gegen die Mauer.

„Exolisch!", schrie Arno. Aus dem Schwert schoss ein Lichtstrahl, der die durch die Tür stürmenden Zimisisten sofort zerfetzte. Die Tür selbst zerbarst splitternd, der Turm neigte sich gefährlich zur Seite.

Arno musste sich hinter den Zinnen ducken, um den gefährlichen Splittern auszuweichen, die es durch die Gegend schleuderte.

Einige Zimisisten unternahmen dennoch den Versuch, vom Turm aus auf die Mauer zu gelangen, und dem einen oder anderen gelang es tatsächlich.

Ein weiterer Belagerungsturm in unmittelbarer Nähe, hatte erfolgreich eine Horde Gesteinsmonster auf die Mauer befördert. Sturmleitern kamen nun vermehrt an die Mauer.

Die Verteidiger gerieten in ernste Schwierigkeiten.

Nun begann der Nahkampf.

Arno hielt sich an Garas Ratschlag und prüfte die Schwächen der Gegner mit einem tödlichen Hieb auszunutzen. Bei den Zimisisten gelang es am leichtesten, weil sie primitive Angriffe ausführten. Bei den Gesteinsmonstern und Trollmenschen wurde es allerdings schwer.

Ein Gesteinsmonster schlug wild um sich
und Pfeile machten ihm kaum was aus.

Gara stürmte an Arno vorbei, mit einem
hellroten Schwert.

Die Hitze des Schwertes spürte Arno kurz.

Das Gesteinsmonster merkte den Angreifer erst, als er ihm bereits den Fuß ab-
trennte. Das Monster knickte ein.

Wütend schrie es auf und versuchte mit
seiner Hand auf Gara einzuschlagen, doch
dieser wich dem Schlag knapp aus.

Dann gab Gara mit einem Stich in sein
Kopf, dem Gesteinsmonster den Rest.

Gara stürzte sich sofort auf die nächsten
Gegner.

Ein paar Schrammen hatte er sich bestimmt zugezogen, aber davon ließ er sich
nicht aufhalten.

Ein verbündeter Magier, der in Arnos
Nähe stand, hob die Hand und ließ beide
Belagerungstürme gegeneinander krachen.

Die Splitter ließ der Magier in Richtung
des Feindes fliegen.

Der Angriff über die Belagerungstürme
kam vorerst zum Stillstand.

„Weshalb passt ihr nicht besser auf, ihr
unfähigen Idioten!", brüllte unten Argel
seine eigenen Magier an. „Ihr müsst

schneller sein als die dort oben, ihr müsst voraussehen, was sie vorhaben!"

Argel befand sich nicht weit weg von der Mauer und schützte sich gut vor den Pfeilen und Geschossen.

„Gut gemacht", lobte Gara den Magier.

Arno musterte Gara sein Gesicht. Schürfwunden und Verletzungen an Händen und Beinen hatte er sich in seinem brutalen Angriff gegen die Gesteins-monster eingeholt.

„Wie viele habt ihr erledigt?"

Gara lächelt.

„Zum Zählen hatte ich keine Zeit, aber mussten ein duzend gewesen sein. Gut, ich muss zugeben, die Monster waren fast immer abgelenkt, als ich sie angegriffen habe."

„Ziemlich ehrenlos einen Gegner so niederzustrecken", sagte der Magier neben ihnen.

„Wenn du hier nach einem Ehrenkodex handelst, dann bist du schneller Tod, als es dir lieb ist. Töten oder getötet werden. Die Ehre bringt dich öfters um, anstatt dich zu retten."

Der Magier zuckte mit den Schultern und widmete sich wieder der Schlacht.

Die Verteidiger hatten mittlerweile viele

der Sturmleiterangriffe abgewehrt. Die Gesteinsmonster und Trollmenschen waren zum Glück zu schwer für die Leitern. Bloß über die Belagerungstürme konnten sie auf die Mauer gelangen.

Zwei Rammböcke wurden von oben aus erfolgreich mit einer großen Ladung kochend heißen Pechs außer Gefecht gesetzt. Brennende Pfeile, die gezielt in die schwarze Masse gejagt worden waren, lösten ein Flammeninferno aus. Brennende Monster wälzten sich unter Schmerzgeschrei am Boden.

Arno, der mittlerweile zwei weitere Zimisisten beseitigt hatte und richtig in Schwung kam, wurde von einem Armbrustbolzen erwischt.

Langsam sackte Arno zusammen und schaute ungläubig auf seinen linken Arm. Der Bolzen steckte in der Schulter.

Zum Glück war es nicht die Schulter, mit der er das Schwert führte.

Gara, der dies beobachtet hatte, packte sofort Arnos Hand.

„Lass ihn, wo er ist! Vermutlich hat er einen Widerhaken, du wirst nur unnötig Blut verlieren! Gehe sofort zu den Heilern."

„Ich kann noch kämpfen!"

Gara schüttelte den Kopf.

„Wenn du kollabierst, nützt du niemanden was und bist ein leichtes Opfer für deine Feinde."

Arno, dessen Gesicht schmerzverzerrt war, konnte sich nur mühsam davon abhalten, das Geschoss wütend aus seinem Oberarm zu reißen. Er wusste aber, dass Gara Recht hatte.

Rasch begab er sich zu den Heilern.

Seirum, verbannt in die Sicherheit des königlichen Schlosses, ging unruhig auf und ab und lauschte dem Getöse der Schlacht. Jedes Mal, wenn sie am Fenster vorbeikam, versuchte sie, möglichst viele Details zu erkennen, doch dann musste sie sich wieder abwenden, um nicht in Versuchung zu geraten, einfach gegen das Verbot Tugas nach draußen zu rennen und sich in das Getümmel zu stürzen. Wie gerne hätte sie dazu beigetragen, die Welt vor Asros Boshaftigkeit zu retten! Sie hatte sich so gut vorbereitet, gestern erst hatte Gara ihr die Eletischen Waffen erklärt und sie mit der Magie vertraut gemacht – und heute saß sie hier fest, weil die Herren ihre Meinung geändert hatten! Sicher hatten sie gute Gründe, doch

Seirum war nach wie vor sicher, dass Merler von ihr nichts anderes erwartet hätte, als sich am Krieg zu beteiligen. Schließlich hielt sie es nicht mehr aus. Irgendwie musste sie sich ablenken, sonst würde es sie zerreißen! Also verließ sie raschen Schrittes den Raum, warf die Tür hinter sich zu und machte sich auf in die königliche Bibliothek.

Die Schlossbibliothek war sehr groß und gemütlich, ringsum standen ordentlich aufgereihte Regale. Eine Leiter lehnte daran, damit man auch die oberen Fächer erreichen konnte. Es gab hübsch verzierte Tische mit einem Lederüberzug, an denen man sitzen und lesen konnte. Weiche, teuer aussehende Sessel standen um die Tische.

Zudem gab es hier Bücher, die in öffentlichen Lesesälen nicht zu bekommen waren, das wusste Seirum. Hier fand man auch Bücher über Waffentechnik vor, die der breiten Bevölkerung lieber vorenthalten wurden.

Seirum ging die Reihen ab und studierte die Buchrücken. Sie wusste nicht einmal, was genau sie suchte, sie wollte einfach nur ihrer fürchterlichen inneren Unruhe entgegensetzen.

Auf Geratewohl und rein instinktiv zog sie einige Titel heraus und trug sie zu einem Sessel, in den sie sich sinken ließ. Dann tauchte sie in die Texte ein und erfuhr schon bald die verzweifelt erwünschte Ablenkung.

Merler und seine Freunde bauten nach dem Frühstück ihr Lager rasch wieder ab. Die Nacht war ruhig verlaufen, es hatte keine weiteren Vorfälle gegeben. Dennoch hatte keiner von ihnen gut geschlafen, die Aufregung vor dem, was noch auf sie zukommen würde, hatte sie wach gehalten. Alle sahen müde aus, lediglich Wagio und Dira, die als Eleten weniger Schlaf benötigten, wirkten einigermaßen erholt. Burno war besonders brummig, und Merler konnte sich denken, weshalb. Sicher zerbrach er sich den Kopf darüber, wie es mit Sina weitergehen sollte. Merler würde sich da nicht weiter einmischen. Es lag an Burno, den ersten Schritt zu tun, und früher oder später würde sich zeigen, ob er dazu in der Lage war oder nicht. Firor wartete am Waldrand auf sie und freute sich unbändig, als sie endlich aus dem Schutz der Bäume auftauchten. Übermütig watschelte das Drachenweibchen, das in der Luft so wendig und am Boden ungleich schwerfälliger war, um sie herum und fauchte hoch erfreut.

Merler war nervös und hatte Angst vor dem, was sie in der Burg erwarten würde. Sie überquerten die grasbewachsene Ebene und näherten sich mit bangen Herzen dem finsteren Gemäuer. Als die Distanz sich verringerte, nahmen sie Details wahr. Die Burg war aus schwarzem Stein erbaut und lag auf einem Hügel. Dies bedeutete natürlich, dass, wer auch immer sich darin befand, einen guten Ausblick hatte und sie sicher längst bemerkt hatte.

Merler versuchte sich vorzustellen, wie die lebenden Toten aussahen, die der Legende nach über die Festung herrschten und sie bewachten. Das heraufbeschworene Bild grauste ihn, und er hoffte, dass die Legende nur eben dies war: eine Legende.

In angemessener Entfernung von dem Gemäuer hielten sie an, um nicht zu riskieren, bei einem eventuellen Angriff in die Reichweite von Pfeilen zu geraten. Zwei Bäche schlängelten sich links und rechts an ihnen vorbei und schienen sich hinter der Burg zu vereinigen.

Die Festung thronte imposant über ihnen. Aus der Nähe wirkte sie noch einschüchternder und abweisender. Dira und Wagio hoben gleichzeitig die Hand und wiesen nach vorn. Merler folgte ihrem Blick und machte einige Gestalten aus, die sich über die Mauern zu bewegen schienen.

„Dort auch", meinte Sorgor und wies auf einen Wehrturm an der westlichen Mauer.

„Sie sehen nach Menschen aus", sagte Sina hoffnungsvoll. „Zumindest aus dieser Entfernung."

Jetzt kam es darauf an, ob sie sich ohne Gefahren nähern konnten oder nicht.

„Ich glaube", erklärte Dira ruhig, „die haben uns schon lange gesehen und bereiten sich auf einen Kampf vor."

Dira hatte Recht, die Gestalten stellten sich auf einen Kampf ein. Selbst aus der weiten Entfernung, konnte Merler die Umrisse von Langbogen erkennen. Ein schwarzer Streifen flog blitzschnell durch die Luft.

„Sie haben einen Warnpfeil abgefeuert", sagte Wagio.

Der Pfeil kam wenige hundert Meter vor ihnen auf und bohrte sich in den Boden. Merler dachte nach. Vielleicht konnte er die Wächter mit dem Goldenen Zauberschwert einschüchtern. Und selbst wenn nicht, verschlimmern würde es nichts, wenn er sich als Schwertträger zu erkennen geben würde, angegriffen werden würden sie auch, wenn er es nicht versuchte.

Also zog er das Schwert aus der Scheide, richtete die Spitze gen Himmel und rief: „*HelLins.*" Ein goldener Lichtstrahl schoss aus dem Schwert hervor.

„Weshalb hast du das gemacht, Merler?", fragte Sorgor fassungslos.

Merler, der nun selbst nicht mehr wusste, ob er richtig gehandelt hatte, zuckte verlegen die Achseln. „Ich dachte, vielleicht würden sie uns unterstützen, wenn sie wüssten, dass wir das Zauberschwert bei uns haben."

Im nächsten Augenblick hörten sie Firor kreischen, das Drachenweibchen erhob sich in die Lüfte und drehte über ihnen unruhige Kreise.

„Sie wittert Feinde", erklärte Dira, und Wagio nickte zustimmend. Firor drehte weiter ihre Kreise, die Menschen und Eleten unter ihr standen starr und steif da und warteten, was geschehen würde. Dann hörten sie in der Ferne stampfende

Schritte.

„Sie kommen", sagte Wagio.

Firor kreischte auf, verlor an Höhe, schlug verzweifelt mit den Flügeln und kam ungewohnt tölpelhaft mit einem dumpfen Schlag am Boden auf. Aus ihren Flügeln ragte jeweils ein Pfeil heraus. Dira und Wagio waren sofort an ihrer Seite, Wagio sprach beruhigend auf den aufgeregten Drachen ein, Dira zückte einen Flakon und beträufelte die verwundeten Stellen mit einer durchscheinenden Flüssigkeit, worauf sich die Wunden rasch schlossen.

„Spricht sie zu euch?", fragte Sina angespannt.

Wagio nickte. „Es handelt sich um eine Truppe Asros, die direkt auf uns zuhält. Firor vermutet, es handelt sich um eintausend Krieger. Die Mehrheit der Krieger sind Trollmenschen und Gesteinsmonster. Drachen haben sie keine dabei."

„Eintausend!", wiederholte Sina entsetzt.

„Wenn es bloß Zimisisten wären, könnten wir sie einfach niedermetzeln", sagte Burno.

„Unterschätz Zimisisten nicht!", mahnte Wagio.

„Dann bringt sie Firor um."

Wagio seufzte. „Eintausend sind trotzdem

zu viel und aus größerer Distanz kommen
weitere Kampfgruppen. In der Ferne hat
Firor weitere Banner des Feindes erkennen
können."

Auch Merler fühlte sich alles andere als
zuversichtlich. Der Lichtstrahl seines
Schwertes hatte dem Feind seinen genauen
Standort verraten, die stampfenden
Schritte näherten sich rasch.

Sie mussten irgendwie versuchen, in die
Burg zu gelangen. Ob die Wachen der
Burg ihre Meinung gegenüber ihnen geändert hatten? Der Lichtstrahl muss sie
überzeugt haben und wenn nicht, dann
mussten sie sehen wie sie da heraus
kommen.

„Wir müssen in die Burg", sagte Merler
laut. Burno lachte ungläubig auf. „Willst
du uns alle umbringen? Die nehmen uns
unter Beschuss, sowie wir uns nähern! Ich
fürchte nämlich, dort oben ist es allen
herzlich egal, ob du ein Zauberschwert
besitzt oder nicht. Sie verteidigen diese
Festung mit allem, was drin ist und gegen
jeden, der sie einnehmen will, fertig."

„Wir haben keine andere Wahl!", schrie
Merler ihn an. Burno zuckte zurück.

Wagio mischte sich ein, indem er sagte:
„Merler hat Recht, Burno, wir müssen es

zumindest versuchen. Wenn wir hier aus-
harren und uns von dem Feind überrennen
lassen, haben wir mit Sicherheit verloren
und den Sinn unserer Reise verfehlt.
Flucht können wir uns nicht leisten. Sonst
gelangt Asro in den Besitz des Amulettes
oder zerstört es. Wer weiß was für eine
Angriffskraft da auf die Burg zukommt
und ob sie dieser gewachsen ist."
Dira, Sina und Sorgor nickten zum
Zeichen ihrer Zustimmung. Als Burno
merkte, dass selbst Sina einverstanden
war, gab er nach.
„Merler, Sorgor und ich selbst könnten auf
Firor zur Burg fliegen", schlug Wagio
hastig vor. „Auf diese Art müssen die In-
sassen sich auf zwei Ziele konzentrieren
und werden vielleicht abgelenkt. Ein Teil
von uns könnte es dann schaffen."
„Ich lasse niemanden von euch allein am
Boden zurück!", widersprach Merler
hitzig. „Nimm Sorgor und Sina mit, sie
haben am wenigsten Erfahrung im Kampf
und sind auf Firor noch am besten aufgehoben."
Abermals wollte Burno, der sich nicht von
Sina trennen wollte, Einspruch erheben,
doch Merler fiel ihm ins Wort. Sie hatten
schon zu viel Zeit verloren und konnten

nicht mehr lange diskutieren, wenn sie nicht am Ende doch vom Gegner überrollt werden wollten.

Sina, Sorgor und Wagio bestiegen den Rücken des Drachenweibchens, das sich wieder beruhigt hatte. Sie erhob sich ungeachtet ihrer Last gehorsam in die Lüfte. Merler, Dira, Burno, Rexe und Yera setzten sich in Laufschritt und eilten auf die Burg zu.

Kaum näherten sie sich der Burg, als die ersten Pfeile auf sie niederprasselten. Die meisten verfehlten knapp, da Merler den anderen zugerufen hatte, sie sollten Haken schlagen. Zwei jedoch trafen Rexe und Yera, die, nun verletzt, nur noch in stark vermindertem Tempo vorankamen.

Als sie das Tor schon fast erreicht hatten, sanken beide zugleich zu Boden, wo sie schwer atmend liegenblieben. Burno schrie auf und sank neben ihnen auf die Knie.

„Burno!", schrie Dira, „wir stehen unter Beschuss! Steh sofort wieder auf, du kannst hier nichts für sie tun! Wir müssen sehen, dass wir selbst in Sicherheit kommen!"

„Geh schon", keuchte auch Rexe, „sie hat Recht! Verschwende nicht eure Zeit, macht, dass ihr hineingelangt und das Amulett findet!"

Burno zögerte. Merler, der nur kurz stehengeblieben war, packte ihn am Arm und riss ihn weiter. Mit Tränen in den Augen ließ sich Burno zum Tor ziehen, während rings um sie herum unzählige Pfeile in den Boden gejagt wurden. Wie durch ein Wunder wurden sie jedoch nicht mehr getroffen.

Dennoch rief Merler: „*Frudio Frusra!*"

Ein unsichtbarer Schutzschild legte sich sofort um sie und ließ die Pfeile abprallen. Völlig unerwartet wurde das Feuer dann eingestellt, und das Tor in der Mauer öffnete sich mit einem leisen Knarren. Merler blickte voller Misstrauen hinauf zu den Gestalten, die auf der Mauer standen und ihn an alte Männer erinnerten. Waren es tatsächlich nur einfach Menschen und keine Toten? Welchen Plan verfolgten sie und auf wessen Seite standen sie?

Auch das Feuer auf Firor war eingestellt worden, das Drachenweibchen drehte noch einige Kreise und landete dann neben ihnen auf dem Boden. Wagio, Sorgor und Sina sprangen sofort von ihrem Rücken, und Dira musste abermals kleine, von Pfeilen verursachte Wunden in

der schuppigen, verhornten Haut des
Drachens zum Heilen bringen.

„Träger des Zauberschwertes", rief eine
Stimme von oben sie an, „tretet ein!"

„Nur ich?", fragte Merler ratlos.

„Ihr alle."

„Weshalb habt ihr uns überhaupt angegriffen, wenn ihr uns sowieso eintreten
lasst?", brüllte Merler hervor. Er schirmte
seine Augen gegen die Sonne ab, um
genauer ausmachen zu können, mit wem
er verhandelte. Es war tatsächlich ein alter
Mann, der aber zugleich ungemein vital
und gewandt aussah.

„Schließlich habe ich schon frühzeitig
genug darauf aufmerksam gemacht, dass
ich im Besitz dieses Schwertes bin! Der
Angriff wäre überhaupt nicht nötig gewesen!", setzte Merler nach.

Aus beängstigender Nähe hörten sie die
stampfenden Schritte des feindlichen
Heers. Die Armee würde wohl bald den
Gipfel des Hanges erreicht haben und in
ihr Sichtfeld geraten.

„Unabhängig davon ob jemand der Träger
des Zauberschwertes ist, müssen wir ihn
erst einmal angreifen. Dadurch prüfen wir,
ob er und seine Begleiter die nötige Stärke
und Willenskraft besitzen", antwortete der

alte Mann.

Wagio und Dira nickten als Einzige.

„Es war also eine Prüfung?", fragt Dira.

Der Mann nickte.

„Wenn wegen eurer Prüfung meine zwei
Freunde sterben, dann seid ihr fällig!,
bellte Burno.

Merler und Wagio waren überrascht, dass
Burno zum ersten mal seine Leibwachen
Freunde nannte.

Der alte Mann winkte nun eilig mit der
Hand. „Nun kommt rasch, die Truppen der
Dunklen Seite haben euch fast erreicht.
Wir müssen die Tore wieder schließen!
Eure verwundeten Kameraden können wir
heilen."

Sorgor und Burno rannten zurück zu Rexe
und Yera, die sich mühsam aufgerappelt
und mit gebeugten Schultern,
schleppendem Gang und humpelnd auf sie
zubewegten. Sorgor und Burno griffen
ihnen hilfreich unter die Arme und be-
schleunigten den Schritt der beiden. Die
ganze Gruppe eilte auf das Tor zu und
ging hindurch, worauf es sich sofort
wieder schloss.

„Seid gegrüßt!", wurden sie von dem
Alten empfangen, der bereits mit Merler
gesprochen hatte.

„Wir wissen, was du vorhast und weshalb du hier bist, Junge. Wir stellen uns dir nicht in den Weg, doch wir sind nicht befugt, dir zu helfen. Die Aufgabe, das Amulett zu finden, musst du als der Träger des Schwertes allein bewältigen – andernfalls wird es niemals richtig für dich arbeiten. Ich für meinen Teil wünsche dir viel Erfolg. Wir haben lange auf diesen Tag gewartet."

Einmal gab es eine kurze Waffenpause, bevor die Schlacht weiterging.
Die feindliche Belagerungsarmee hatte den großen Vorteil, dass sie stets mit Material, Waffen und Nahrung versorgt werden konnte. Schiffe, die unablässig anlegten, lieferten Nachschub.
Asro hatte seiner Flotte den Seeweg längst gesichert und dafür gesorgt, dass die Versorgung seiner Belagerer nicht zum Problem wurde.
Es gab ein paar Versuche die feindliche Flotte in ihrem vordringen zu stoppen. Tharlands Flotte war aber längst nicht so gewaltig wie Asros, daher musste hier recht bald zurückgewichen werden, um den Hafen so lang wie möglich verteidigen zu können.

Asros Flotte begann in der Nacht den Hafen anzugreifen.

Eine Seeblockade vor dem Hafen machte unmöglich, dass Handelsschiffe neue Rohstoffe bringen konnten.

Tuga musste zusätzliche Kämpfer und Baumeister zum Hafen schicken.

Immer wieder zerbrachen Mauerstellen, Geschütze und Soldaten fielen.

Im Meer des Hafens schwammen unzählige Tode.

Tuga wusste, dass es fast unmöglich für sie war, dauerhaft die Stellung an zwei Punkten zu halten. Früher oder später würde entweder die Hafenverteidigung fallen oder die Mauern der Stadt. Obwohl sie sich bislang erstaunlich gut geschlagen hatten und die Verluste sich noch in Grenzen hielten, hatte es den Anschein, als würden die Lücken in den Reihen des Feindes, egal wie groß diese ausfielen, stets sofort wieder geschlossen werden. Die Angriffe konzentrierten sich mittlerweile nicht mehr nur auf das Nordtor. Die anderen Seiten wurden genauso intensiv angegriffen.

Ein Horn dröhnte, Argels Kommando hallte über das Feld, dann ging es zum Angriff über. Der Feind rannte mit seiner gesamten Stärke auf die Mauer zu, mit sich führten sie Sturmleitern, Belagerungstürme und Rammböcke. Diesmal trugen sie gewaltige Schutzschilde bei sich, was Tuga gar nicht gefiel, da auf diese Art unzählige Pfeile nutzlos abprallten und keinen Schaden verursachten. Einige Trupps mit Leitern erreichten nahezu mühelos die Mauer.

Lediglich Zornkrach und explosive Zaubersprüche konnte die Schilde zerstören.

Ein Magier namens Ilo schoss einen Feuerball gegen einen Turm, der sich bereits in Reichweite befand. Allerdings führte ein Zimisist rechtzeitig einen Blockzauber durch.

Der Turm wurde wankend weiter herangebracht, und Ilo ärgerte sich fürchterlich. „Dass diese Monster nun auch noch Magie beherrschen müssen!", schrie er zornig. Die Fernkämpfer schossen Zorndkrachpfeile ab, die unter den Türmen für enorme Verluste sorgten.

Einige zerbarsten, andere kamen immerhin zum Stehen. Sofort wurde aber für Nachschub gesorgt. Es war ein aussichtsloser Kampf.

Ein Angriff um den anderen wurde abgewehrt, einer um den anderen gestartet. Das zehrte an den Kräften und konnte auf Dauer nicht gutgehen.

Immer mehr Leitern und Belagerungstürme konnten nicht mehr abgewehrt werden. Die Nahkämpfe auf den Mauern, wurden zum Dauerzustand.

Allmählich gingen Sordors Pechvorräte zur Neige, die gute Dienste erfüllt hatten, was die Rammböcke betraf: Die Angreifer hatten die Tore von außen sozusagen selbst blockiert, da sich dort nun zahllose mit Pech übergossene Rammböcke, vielmehr deren Überreste, stapelten. Nachschub war für die belagerte Stadt kaum zu bekommen, da der Seeweg nicht mehr frei war und zudem sowieso alle eventuell infrage kommenden Lieferanten in ihren eigenen Ländern und Städten gebraucht wurden.

Zu allem Überdruss begannen sich nun feindliche Todesdrachen zu nähern. Tuga hob sein Horn und blies lange hinein. Auf das Signal hin erhoben sich Merlers Drachen aus dem Stadtinneren und griffen an.

Der massive Angriff aus der Luft überraschte den Feind. Die Drachen mähten eine Reihe nach der anderen nieder.

Die Angriffswellen am Boden stoppten.
Die Zeit nutzten die Verteidiger aus, um
die Belagerungstürme und Sturmleitern an
den Mauern zu zerstören.
Als Gegenreaktion kam Merlers Drachen
ein gewaltiges Heer an Todesdrachen entgegen.
Argel grinste, gegen diese Anzahl hatten
die feindlichen Drachen keine Chance.
Trotzdem überraschte ihn die Anzahl der
Drachen, die Sordor hatte. Nach dem
ersten Drachenangriff hatte Argel geglaubt, dass dies alle Drachen gewesen
waren. Jetzt stellte sich heraus, es war
bloß ein kleiner Teil.
Bei diesem Angriff saßen auch Eleten auf
vielen der Drachen.
Ein magischer Angriff wie beim ersten
mal, würde nicht mehr so leicht klappen.
Die Todesdrachen waren zahlreich genug,
um alleine klarzukommen.

Seirum, die sich mit nur wenigen Pausen
beinahe unablässig in der Bibliothek befunden hatte, zog immer weitere Bücher
aus den Regalen und verschlang die
Informationen regelrecht. Sie hatte nicht
nur Wichtiges über die Entstehung der
Welt gelernt, sondern auch historische Zu-

sammenhänge durchschaut und überhaupt vieles begriffen, was Erde und Mensch antrieb und bewegte. Sie konnte nicht einmal sagen, weshalb sie alles so begierig in sich aufsaugte und ob am Ende überhaupt etwas dabei herauskommen würde. Sie folgte nur einfach einem drängenden Instinkt.

Die nächsten Bücher handelten von Magie aller Art und erzählten auch von den Zauberschwertern. Seirum war daran besonders interessiert, hatte es doch direkt mit Merler und seinem Auftrag zu tun. Sie hatte beinahe das Gefühl, ihm durch die Lektüre etwas näherzukommen.

Sie war so ins Lesen vertieft, dass sie zeitweise ganz und gar vergaß, dass sie sich inmitten einer belagerten Stadt befand, die sich verzweifelt gegen einen Feind zur Wehr zu setzen versuchte, der als unbesiegbar galt.

Arno drosch auf einen Zimisisten nach dem anderen ein. Die Wunde am linken Arm schmerzte trotz der Behandlung der Heiler immer noch. Seine Schlagkraft litt ein wenig darunter. Deshalb versuchte er, noch mehr auf die Schwächen der Feinde zu achten und keine gefährlichen direkten

Nahkämpfe mit den schweren Monstern einzugehen.

Gegen die Zimisisten hatte er wenig Probleme. Es gab wenige unter ihnen, die ihm das Wasser im Schwertkampf reichen konnten.

Zwei Türme hatten es wieder bis an die Mauer geschafft, und Zimisisten waren über die Falltüren auf die Stadtmauer gelangt. Einige bahnten sich bereits einen Weg über den Wehrgang, bevor Arno aufmerksam wurde und die Falltür eines der Türme durch einen Feuerzauber zum Brennen brachte. Der Zugang war somit für weitere Zimisisten versperrt.

Ein Magier in Arnos   Nachbarschaft ließ dann den brennenden Turm mit voller Wucht gegen den zweiten Krachen, der nicht weit entfernt stand. Beide stürzten ein und begruben etliche Monster unter ihren Trümmern.

„Das war gut", sagte Arno beeindruckt und wischte sich den Schweiß von der Stirn. Für den Moment kehrte Ruhe ein.

„Sag, wie können Magier bei der Abwehr so gut und ausdauernd reagieren? Ich dachte, irgendwann müsse euer Magievorrat aufgebraucht sein!"

Ohne seine Aufmerksamkeit von dem,

was unten geschah, abzuziehen, erklärte der Magier geduldig: „Wir können einen Schutzwall um uns errichten, der nur wenig Magie abzieht, alle Arten von magischen und nicht magischen Angriffen abwehrt und die Kraft dieser abgeblockten Angriffe aufnimmt und speichert. Allerdings muss man sich stark konzentrieren und immer darauf achten, den Wall stabil zu halten. Gegen Flüche hilft er leider nichts. Deshalb müssen wir aufpassen, dass kein Fluch uns trifft."
„Was ist der Unterschied zwischen einem Fluch und einem magischen Angriff?", fragte Arno weiter.
„Ein Fluch kann deinen Geist und Körper schwer schädigen oder lähmen. Ein magischer Angriff hingegen kann bloß was materielles und organisches zerstören. Ein Fluch ist hinterhältiger und dadurch kaum zu blocken."
„Dann haben die Träger der Zauber- schwerter glück, dass sie es können."
„Eine große Besonderheit", stimmte der Magier ihm zu.
Die nächsten Angriffswellen kamen wieder auf sie zu.
Die Drachen von Merler konnten keine Angriffe mehr auf die Bodentruppen

machen. Trotz der Übermacht an feindlichen Todesdrachen, hielten sie sich erstaunlich zäh.

Der Magier beugte sich ein wenig vor und
wies mit dem Kinn hinab. Arno stellte sich
neben ihn und sah, dass zwei Rammböcke
über die Trümmer zahlreicher anderer
doch noch das Tor erreicht hatten. Er stieß
einen Schrei aus, um die Bogenschützen
zu alarmieren, doch diese waren bereits in
Bereitschaft. Bolzen bohrten sich in die
Trollmenschen, welche die Rammböcke
transportiert hatten und gegen das Tor
stoßen wollten, allerdings war ihre Haut
verhornt und nur schwer verwundbar,
sodass sich der Schaden in Grenzen hielt.
Der Feind hatte offensichtlich dazugelernt
und diesmal keine Zimisisten an vorderste
Front gestellt. Krachend fuhren beide
Rammböcke gegen das Tor.

Der Bolzen eines Zornkrachschützen
drang in die Hüfte eines Trollmenschen
ein und sprengte ihn in zwei Hälften.

Der Platz wurde sofort wieder von einem
neuen Trollmenschen eingenommen.

Die Rammböcke kamen unaufhaltsam
näher und bahnten sich einen Weg, durch
die Trümmer vor dem Tor.

Die ersten zwei Rammböcke hämmerten

gegen das Tor.

Seirum las von den Armeen, die den Zauberschwertern jeweils unterstellt waren. Diejenigen des Goldenen Zauberschwerts hatten einen freiwilligen Schwur geleistet und sich dem Guten verpflichtet. Sie gingen Seite an Seite vor, übten keine unnötige Gewalt aus und wussten, dass man nur gemeinsam etwas erreichen und bewirken konnte. Auch die Gefolgschaft des Dunklen Zauberschwertes hatte einen Schwur geleistet, zumeist war hier zuvor Manipulation betrieben worden. Jeder dachte nur an sich, und sollte das Dunkle Schwert zerstört werden, würde keine Gemeinschaft mehr unter den Kämpfern herrschen. Zimisisten, Trollmenschen, Todesdrachen und Gesteinsmonster würden einander gegenseitig niedermetzeln und abschlachten. Ein Miteinander kannten diese Wesen nicht.

Die Aufgabe.

Merler, Wagio, Sorgor und Burno halfen Rexe und Yera in einen Raum, den der alte Mann ihnen zugewiesen hatte. Die beiden Verletzten hatten ihre letzten Kraftreserven verbraucht und mussten nahezu getragen werden. Man bettete sie auf ein weiches Lager aus Stroh, und der alte Mann, der sich als Kola vorgestellt hatte, versicherte, hier seien sie in besten Händen.

Merler, der sich noch nicht ganz im Klaren war darüber, wie er weiter vorgehen sollte, verweilte noch ein wenig, beobachtete, wie die Wunden gereinigt und verbunden wurden, und lauschte der Unterhaltung. Er hörte heraus, dass Kola und die anderen alten Männer bereits seit Jahrhunderten über das Alte Amulett wachten. Einige Zeit nach der Erschaffung des Dunklen Zauberschwertes – lange, lange war das schon her – hatten Magier und Eleten gemeinsam das Amulett hergestellt, das in der Lage sein würde, dieses todbringende Dunkle Schwert eines Tages zu zerstören. Es hieß nur abzuwarten, bis der wahre Träger des Goldenen Lichtschwertes auftauchen und danach suchen würde. Seit Menschengedenken hatte noch niemand ein Eindringen in die Burg überlebt – da keiner der versuchten Zugriffe durch den Richtigen erfolgt war. Bis dann plötzlich Merler in Erscheinung getreten war.

Nachdem Kola sich davon überzeugt hatte, dass Rexe und Yera bestmöglich versorgt waren, winkte er Merler zu, dass dieser ihm folgte. Schweren Herzens wandte sich dieser von seinen Freunden ab und ging ohne einen Blick zurück hinter dem vitalen alten Mann her. Er wusste nicht, ob er es geschafft hätte, sich von ihnen zu lösen, wenn er sie noch einmal angesehen hätte.

„Komm gesund wieder", hörte er noch Burnos Stimme.

Kola führte Merler in einen kleinen dunklen Raum, in dessen Mitte ein kleiner Tisch mit einer schimmernden Kristallkugel stand.

„Du musst wissen", erklärte der Alte, „dass sich das Amulett sozusagen in einer anderen Welt befindet. Sein Energiefeld ist bereits viel weiter entwickelt als dasjenige der uns umgebenden, als real erscheinenden Welt. Diese neue Realität ist erfüllt von Frieden, Ehrlichkeit und Güte.

Du musst in diese Realität eintauchen, und womöglich wird sie dein Herz so sehr berühren, dass du völlig vergisst, was deine Aufgabe ist und dass du unbedingt wieder hierher zurückkehren musst, wenn du den Wandel herbeiführen möchtest. Deshalb sei gewarnt! Sollte dies geschehen und trittst du nicht innerhalb von vier Wochen mit dem Amulett den Rückweg an, wird sich das Tor zurück für immer verschließen, und die Zukunft unserer Welt wird verloren sein. So höre, Junge: Sobald du das Amulett gefunden hast, musst du zum Ausgangspunkt zurückkehren! Lass dich nicht ablenken, was auch geschieht, bewahre das Wissen in deinem Herzen, dass du allein uns retten kannst."

Merler hatte das Gefühl, einen dicken Kloß im Hals stecken zu haben. Er hatte nicht den Eindruck, seiner Stimme trauen zu können, somit nickte er nur.

„Und noch etwas", fügte Kola hinzu. „Wenn du wieder hier bist, darfst du niemandem gegenüber ein Wort darüber verlieren, was du in der anderen Welt erfahren hast. Das Wissen dieser neuen, guten Welt wird, wenn du Erfolg haben solltest, von selbst hier bei uns Einzug halten, aber im eigenen und genau

richtigen Tempo." Er zögerte. „Merler,
höre. Wenn du durch das Tor hinüber gegangen bist, kann es sein, dass du zunächst
einmal nicht mehr weißt, weshalb du dort
bist und was du zu tun hast. Vertraue
darauf, dass dir alles wieder einfällt, wenn
die Zeit gekommen ist. Folge deinem
Herzen und der inneren Stimme, dann
kannst du nicht irregehen."
Kola räusperte sich und stellte sich Merler
direkt gegenüber. Er forderte den Jungen
auf, die Hand zum Schwur zu erheben,
und ließ ihn einen Eid darauf sprechen,
alles, was er von nun ab erfahren würde,
für sich zu behalten, bis sich alles von
selber zeige. „Ich schwöre", sagte Merler
mit krächzender Stimme. Sein Herz
hämmerte wie wild, und er spürte den
Zauber des Eides, der ihn von nun an für
immer binden würde.
Auf Kolas Ruf hin traten einige andere
uralte Männer mit derselben jugendlichen
Ausstrahlung hinzu und nahmen ihre
Positionen rund um Merler und die
Kristallkugel herum ein. Sie begannen, vor
sich hin zu murmeln, doch Merler verstand nicht was sie sagten. Er lauschte
dem ruhigen Gemurmel, spürte, wie er
träge und schläfrig wurde, wie seine

Ängste von ihm wichen, und plötzlich bekam er einen Schlag, und alles wurde finster.

Jeck war Holzfäller und mittlerweile einundzwanzig Jahre alt. Seine ganze Familie übte seit jeher Handwerksberufe aus, lediglich sein drei Jahre jüngerer Bruder Tom war aus der Tradition ausgetreten. Er hatte damit begonnen eine Fischerei aufzubauen. Von Fisch hielt Jeck nicht viel, denn der Gestank mochte er nicht. Der Geruch von Holz hingegen liebte er.
Nicht jeder musste in der Familie Holzfäller werden. Es blieb die Entscheidung des Einzelnen, wo er seine Fähigkeiten am besten aufgehoben fand.
Jeck und ein Freund waren wie üblich im Wald gewesen und hatten Holz gemacht. Die große Baumsäge, die sich nur zu zweit benutzen ließ, hatte gute Arbeit geleistet, Jeck war mit dem Ergebnis zufrieden. Er schickte seinen Freund, der noch etwas anderes vorhatte, mitsamt der großen Säge nach Hause und widmete sich allein dem Zerkleinern des Holzes mit einer schweren Axt.
Jeck wusste, dass ihm vor Einbruch der Dunkelheit noch genug Zeit blieb, um die

Arbeit zu vollenden. Eine kleine, goldene Uhr, die an seinem Handgelenk befestigt war, wies ihm die genaue Stunde. Es handelte sich um ein Geschenk Toms, das Jeck hütete wie seinen Augapfel. Kaum jemand aus dem normalen Volk besaß eine Uhr, und Jecks Brust schwoll jedes Mal an vor stolz, wenn er einen Blick auf das Prachtstück warf.

Sorgfältig zerkleinerte er das letzte Holz, stapelte es auf, belud einen Wagen, der von einem kleinen, mürrischen Esel gezogen wurde, mit zahlreichen Scheiten und wollte sich soeben auf den Heimweg machen, da vernahm er einen lauten Knall. Das Eselchen scheute und blickte dann unter seinen Stirnfransen hindurch so vorwurfsvoll auf Jeck, als sei nur dieser für den Lärm verantwortlich.

Jeck, der ebenfalls erschrocken war, rannte rasch in die Richtung, aus welcher der Knall ertönt war. Ein wenig orientierungslos lief er unter den Bäume auf und ab und sah plötzlich im diesigen Abendlicht eine schlaffe Gestalt unter einer der alten Buchen liegen. Vorsichtig näherte sich Jeck, jederzeit bereit zur Flucht. Als er näherkam, erkannte er, dass es sich um einen Jungen handelte,

vielleicht vier, fünf Jahre jünger als er
selbst.

Während Jeck noch regungslos dastand
und überlegte, woher dieser Junge wohl
plötzlich kommen mochte, ob der Knall
etwas mit ihm zu tun hatte was er selbst
jetzt am besten unternehmen sollte,
flatterten die Augenlider des Jungen, dann
richtete sich sein verschleierter blick auf
Jeck.

„Hallo", sagte dieser, da ihm nichts
anderes einfallen wollte. „Wer bist du
denn?"

Der Junge erwiderte nichts. Mühsam und
wie in Zeitlupe richtete er sich auf, rieb
sich die Augen, dann den Nacken, reckte
sich stöhnend und fragte letztlich: „Wo
bin ich hier?"

Jeck wunderte sich. Der Kerl wusste nicht,
wo er war? Das fing ja gut an!

„Wir sind hier in den Wäldern der Provinz
von Kalalio", erklärte er dennoch freundlich und musterte die verschmutzte, arg
strapazierte Kleidung des Jungen. „Woher
kommst du denn?"

Die Frage schien den Jungen zu irritieren.
Er dachte angestrengt nach, dann zuckte er
hilflos die Achseln. „Ich weiß es nicht."

Ein Gedankenfetzen durchzuckte ihn, und

er setzte hinzu: „Auf jeden Fall bin ich aus einer anderen Welt."

Jeck nickte verständnisvoll. Aha, sein Gegenüber fantasierte. Womöglich war er krank, hatte Fieber und sah und hörte Dinge.

„Ich werde dich ins Dorf bringen", versicherte er. „Dort sehen wir weiter. Wir finden bestimmt jemanden, der dir helfen kann. Mein Name ist Jeck", setzte er hinzu, da er es für ratsam hielt, den Jungen zunächst zu beruhigen und sein Vertrauen zu gewinnen, damit dieser ihm auch folgen würde. „Und deiner?"

Plötzlich blitzte es in den verschleierten Augen des Jungen auf. „Ich bin Merler!", rief er, und für Jeck hörte es sich an, als sei er enorm froh über die Tatsache, dass ihm der rechte Name eingefallen sei. Jeck sah sich darin bestätigt, dass dieser Merler fieberte.

Gemeinsam gingen sie zurück zu der Stelle, wo das Eselchen mit dem beladenen Karren wartete. Jeck beobachtete unauffällig, wie müde und unsicher sich Merler voranschleppte. Somit machte er kurzen Prozess, bugsierte ihn oben auf den Karren, wo Merler auf dem Holz gewiss unbequem saß, aber immerhin sicher aufbewahrt war, und trieb den widerwilligen Esel an.

Schließlich ließen sie die letzten Bäume des Waldes hinter sich. In der Försterei, wo trotz der vorgerückten Stunde noch gearbeitet wurde, hielt Jeck kurz an, um seinen Kollegen einen guten Abend zu wünschen. Bei dieser Gelegenheit erzählte er rasch von seinem Erlebnis im Wald. Die Freunde reagierten aufgeregt und mit wilden Vermutungen.

„Gewiss ist es ein Forscher, der einen Unfall hatte", meinte Born, einer der ältesten Holzfäller. „Oder ein Entdeckungslustiger, der sich im Wald verwirrt hat, einen Unfall erlitt und auf den Kopf gefallen ist."

„Ja, so etwas vermute ich auch", stimmte Jeck ihm zu. Er warf einen Blick nach draußen. Merler saß geduldig auf dem Karren, sah sich milde erstaunt um, kratzte sich immer wieder am Kopf und wirkte sehr verloren und überfordert.

„Ich muss mich um ihn kümmern", erklärte Jeck. „Morgen erzähle ich dann, was es mit ihm auf sich hat, vorausgesetzt, ich finde es heraus."

Auf der sehr unbequemen, holprigen Fahrt durch den Wald hatte Merler Bäume,

Pflanzen und auch Tiere gesehen, die ihm bekannt vorgekommen waren. An ihre Namen vermochte er sich jedoch nicht zu erinnern. Sein ganzer Kopf schien sich zu drehen. Die Holzscheite drückten in seine Haut, doch er muckte nicht auf, da er seinen Beinen nicht traute und die Befürchtung hegte, zusammenzubrechen, wenn er selbst laufen würde. Er war sehr dankbar dafür, dass Jeck ihn gefunden und mitgenommen hatte.

Plötzlich grummelte es in seinem Bauch, und er wurde sich bewusst, dass er großen Hunger und fürchterlichen Durst hatte. „Jeck", wandte er sich vorsichtig an den anderen, „ob wir uns wohl zuerst ein wenig Wasser und Brot besorgen könnten? Ich habe kein Geld bei mir, aber sobald es geht, begleiche ich meine Schulden bei dir."

Jack schaute ihn mitfühlend an. „Natürlich sollst du etwas zu essen haben. Du, wie alt bist du denn eigentlich?"

„Ich bin siebzehn", erwiderte Merler, nachdem er kurz nachgedacht hatte.

Allmählich und wenn er sich scharf konzentrierte, kamen einige Wissensfetzen und Erinnerungen zurück. Sein Kopf, anfangs wie leer gefegt, begann ganz, ganz langsam, sich wieder etwas zu füllen.

„Nun, das ist doch ein Anfang", sagte Jeck befriedigt. „Sicher wirst du bald wieder wissen, woher du kommst und wie du in den Wald gelangt bist."

Der Esel zuckelte gemütlich auf holprigen Feldwegen entlang und zog seine Last schließlich über eine schmale Straße ins Dorf ein. Wobei „Dorf" in Merlers Augen nicht recht zutreffend war, er hätte es schon eher als eine Stadt bezeichnet. Auf einem Areal etwas abseits der ersten Häuser standen große Gebäude in ver-schiedenen seltsamen Formen, die Rauch ausstießen. Eine breite Straße verband dieses Areal mit der Stadt. Merler wunderte sich sehr und konnte sich nicht sattsehen an allem. Bunte Gebäude standen völlig im freien und Leute gingen ein und aus. Weshalb umgab die Stadt keine sichernde Mauer?

„Sag, Jeck", fragte er deshalb sofort nach, „wo ist eure Stadtmauer? Dieser Anblick ist wirklich ungewohnt, findest du nicht? Ihr könnt ja auch jederzeit angegriffen und belagert werden."

Jeck wirkte abermals irritiert. „Eine Stadtmauer, meinst du? Stadtmauern gibt es doch seit vielen Jahrhunderten nicht mehr!" Und weil er merkte, dass Merler nichts verstand, und weil er ohnehin das Gefühl hatte, dass die Situation immer absurder wurde und es nun auch nicht mehr darauf ankam, ob er sich vollends zum Idioten machte, hielt er Merler einen Vortrag, dessen Inhalte eigentlich jedem kleinen Kind hätten bekannt sein müssen: „Damals wehrten sich die Völker gegen ihre Herrscher und die ständigen Kriege, die sie gegeneinander führten. Sie wollten eine freie, soziale und verantwortungsvolle Gesellschaft. Nach und nach wurden dann andere Regierungsformen entwickelt, und die Mauern   brach man ab." Merlers Augen weiteten sich ungläubig. „Nun ja", fuhr Jeck fort, „das Recht zu herrschen wurde eben nicht mehr als Erbschaft weitergegeben, sondern die Regierenden wurden vom Volk gewählt. Schließlich ist es das Recht eines jeden, mitsprechen zu können, wenn es um so etwas geht! Und da ein Volk in der Regel niemanden wählt, der nur Tod und Verderben bringt und an seinem eigenen Geldtäschchen interessiert ist, dabei über Leichen geht und nichts als leere Versprechungen macht, wurden irgendwann auch Kriege unbekannt."

„Es gibt hier keine Kriege?", wiederholte Merler ungläubig.

„Es gibt nirgendwo mehr Kriege", verbesserte Jeck. „Seit Jahrhunderten nicht mehr, genau das sagte ich doch. Sag nur, woher kommst du bloß? Was ist mit dir geschehen, dass du solche Dinge fragst?" Merler schüttelte langsam den Kopf. Wenn Jeck wüsste, wie gerne er selbst auch eine Antwort auf diese Frage gehabt hätte!

„Wenn es keine Kriege gibt", wollte Merler nach einer Pause wissen, „was tut ihr dann den ganzen Tag? Ich meine, niemand muss die Stadt verteidigen, niemand den Feind ausspähen oder Waffen herstellen …"

„Ja, denkst du denn, unser einziger Daseinszweck sind Kriegsspielchen?", fragte Jeck, der nun langsam die Fassung verlor. „Glaubst du, alles, was die Erde uns bietet, hat mit Waffen, Blut und Gemetzel zu tun? Ich weiß aus Büchern, dass es einst sehr viele Waffen und andere schreckliche Dinge gab. Doch das ist schon Jahrhunderte her! Hast du nicht zugehört? Es gibt keine Verbrecher mehr. Wir leben alle friedlich miteinander und

Konflikte untereinander können wir über den Dialog regeln. Niemand betrügt den anderen, weil einen guten Ruf zu haben allen wichtig ist."

Die Stadt war voller Leben. Durch die Gassen und Straßen fuhren Kutschen und gingen bunt gekleidete Männer, Frauen und Kinder. Hier und dort hatten Händler kleine Stände aufgebaut und boten ihre Ware an.

Der Duft von verschiedenen Gewürzen und Speisen drang in Merler seine Nase ein. Viele davon waren ihm unbekannt. Die Häuser sahen hell, geräumig und sauber aus. Merler spürte, dass er ver-wunderte Blicke auf sich zog, und konnte sich denken, dass es an seiner zerrissenen Kleidung lag. Er passte, daran bestand auch für ihn nun kein Zweifel mehr, ein-fach nicht hierher. Was war nur ge-schehen?

„Nanu, Jeck", rief ein Mann, der etwa in Jecks Alter war und soeben aus einem der Häuser getreten war. „Wen hast du denn da aufgegabelt?"

„Das ist Merler, Leo", stellte Jeck die beiden vor. „Ich habe Merler im Wald ge-funden. Er ist etwas … nun, sagen wir, orientierungslos?" Fragend sah er Merler an, der nickte. „Er weiß nicht genau, woher er kommt und wer er ist."

„Hört, hört", sagte Leo und zwinkerte Merler fröhlich zu. „Das klingt vertraut! Weißt du noch, Jeck, wie ich damals auf dem Heimweg vom Wirtshaus von diesem Kutscher überrollt wurde? Drei Tage lang konnte ich mich im Anschluss an nichts mehr erinnern! So ähnlich wird es dir wohl auch ergangen sein, was?"

Wieder zwinkerte er Merler verschwörerisch zu. „Bist wohl auch im Wirtshaus gewesen, was?"

Merler konnte das nicht sicher widerlegen, hatte aber das dumpfe Gefühl, dass sein Zustand nichts mit einem Besuch im Wirtshaus zu tun hatte. Immer wieder tauchten das runzlige Gesicht und die leuchtenden Augen eines alten Mannes vor seinem inneren Auge auf. Er spürte, dass dieser Alte etwas mit den Geschehnissen zu tun haben musste. Er konnte nur hoffen, dass ihm nach und nach alles wieder einfallen würde.

„Na, das wird schon wieder, das wird wieder!", rief Leo fröhlich und klatschte Merler aufmunternd auf die Schulter.

„Jeck, wir sehen uns! Lass uns einmal wieder die Kegelbahn unsicher machen!

Und grüß deine Frau!"
Jeck grüßte zurück und zerrte am Zügel
des störrischen Esels, der nur widerwillig
wieder anzog. An einer Kreuzung bogen
sie ab und kamen dann vor einem kleinen
Fachwerkhaus zum Stehen.
„Hier wohne ich", erklärte Jeck.
„Eigentlich wollte ich dich auf das Rathaus bringen, dort kann dir gewiss geholfen werden. Für heute ist jedoch schon
geschlossen. Wir müssen uns bis morgen
früh gedulden. Du kannst in unserem
Fremdenzimmer schlafen, wenn es dir
recht ist."
Merler, der schon befürchtet hatte, Jeck
würde ihn seinem Schicksal überlassen,
sprang rasch vom Karren und stimmte
dankbar zu. Zwar wusste er nicht, was
dieses Rathaus war, von dem Jeck gesprochen hatte, doch er hatte Vertrauen zu
ihm gefasst und hatte die Hoffnung, dass
Jeck schon das Richtige machen würde.
„Hat deine Frau auch nichts dagegen,
wenn du mich mitbringst?"
Jeck lächelte. „Gewiss nicht. Sie wird sich
freuen über Besuch. Manchmal langweilt
sie sich ein wenig. Das wird sich aber
ändern in fünf Monaten." Seine Wangen
färbten sich leicht rosa. „Dann kommt

nämlich unser erstes Kind zur Welt!"
„Das freut mich sehr für euch!"
„Vielen Dank, Merler."
Während Jeck Karren und Esel versorgte,
blickte Merler die Straße auf und ab.
Seltsam, wie sauber hier alles war.
Nirgendwo lag Abfall herum, alles war so
gepflegt und reinlich. Merler kannte es so,
dass man Abfälle einfach aus dem Fenster
warf. Entsprechend hatten die Gassen aus-
gesehen und gerochen. Hier schien man
davon nichts zu halten und gänzlich
anders vorzugehen.
Als Jeck aus dem kleinen Anbau kam, in
dem der Esel nun genüsslich seinen Hafer
zermalmte, erklärte er Merler, dass man
darauf achte, möglichst wenige Rohstoffe
zu vergeuden und auf Abfälle weitgehend
zu verzichten. Was sich dennoch nicht
ganz vermeiden ließ, wurde in extra dafür
vorgesehenen Tonnen gesammelt und an
bestimmten Tagen von städtischen
Arbeitern eingesammelt. Dann würden
andere Arbeiter alles Durchsehen und entscheiden, was verrotten würde und was
man reinigen, aufbereiten und noch einmal
verwenden könne. Auf diese Weise
blieben die Straßen natürlich sauber und
die Menschen gesund. Mit den merk-

würdigen Fragen Merlers hatte Jeck sich recht schnell abgefunden.

„Nun komm in unser bescheidenes Heim", forderte er ihn dann auf und öffnete die Türe.

„Ihr habt eure Türen nicht abgeschlossen?"

„Wozu sollten wir?", entgegnete Jeck.

Sie gelangten in einen kleinen Hausflur und von dort in die Wohnstube. Das Haus war offenbar errichtet aus einer Mischung aus Holz und Stein.

„Hallo!", rief Jeck fröhlich in den warmen Raum hinein. „Schatz, bin wieder zurück und habe einen Gast dabei!"

Leichte Schritte waren zu hören und eine junge Frau mit langem, braunem Haar und grünen Augen kam durch eine Tür am anderen Ende des Raumes. Strahlend begrüßte sie ihren Gatten und reichte dann Merler die Hand.

„Guten Tag! Ich freue mich sehr, dass du uns besuchen kommst! Wer bist du denn?"

„Ja, das wäre jetzt spannend zu wissen", meinte Jeck. In kurzen Sätzen unterrichtete er seine Frau über die Lage.

„Sein Name lautet Merler, und ich fand ihn im Wald, als er gerade aus einer Bewusstlosigkeit erwachte.

Seltsamerweise kann er sich an nichts erinnern. Zeitweise hat es den Anschein, als
sei er vor hunderten von Jahren unver-
sehens in unsere Zeit versetzt worden.
Nicht wahr, Merler? Leo, den wir auf dem
Weg getroffen haben, fühlte sich an seinen
eigenen kleinen Unfall erinnert. Du weißt
schon, nach dem lustigen Abend im
Wirtshaus damals."
Jecks Frau Anna hatte eine sehr liebevolle,
warmherzige Art. Sie äußerte ihr tiefes
Mitgefühl mit Merlers Situation und hieß
ihn in ihrem Heim willkommen.
„Du kannst sehr gerne bei uns bleiben, bis
wir wissen, was mit dir geschehen ist und
wohin du gehörst", versicherte sie. „Ich
richte gleich das Fremdenzimmer für dich
her." Sie überlegte kurz. „Sag, hast du
auch einen Familiennamen?"
Und ohne zu überlegen fiel ihm dieser
wieder ein: „Mein Familienname lautet
Norderka!"
Im nächsten Moment wusste Merler nicht,
ob sein Familienname wirklich so geheißen hat. Der Name kam ihm spontan
aus einer Erinnerung. Vielleicht hieß ein
Freund so, aber wichtig war es sowieso
nicht.
Das Ehepaar schaute sich verwirrt an. Der

Name klang sehr fremd, nahezu fantastisch in ihren Ohren. Vielleicht fantasierte der Junge, der sonst jedoch recht klar, wenn auch verwirrt wirkte, nach wie vor.

Kurz herrschte Stille, eine Fliege rumste bummend wieder und wieder gegen das Glas eines Fensters.

„Nun, diesen Namen habe ich hier noch nie gehört", sagte Jeck schließlich. „Aber man kann ja nicht alle Namen jedes Menschen des ganzen Dorfes kennen, nicht wahr. Anna! Ich glaube, unser Gast hat Hunger. Können wir gleich essen?"

Die Schlacht um Sordor tobte weiterhin. Jeder Versuch, diese unablässige Versorgung mit allem Nötigen dauerhaft zu sabotieren, war bisher fehlgeschlagen. Hin und wieder hatten Schiffe der Verbündeten von außerhalb es gewagt, kleine Angriffe auf Asros Flotte zu unternehmen, und tatsächlich auch einige wichtige Ladungen versenkt. Der Zustrom an Nachschub nahm jedoch nicht ab, sodass die kleinen Siege kaum ins Gewicht fielen. Die Stadtmauer bekam immer mehr Schäden ab und zerbröckelte langsam. Viele Wehrtürme waren nicht mehr voll

passierbar, weil Geschosse sie zer-
trümmert hatten.

Trotzdem hatte sie sich außergewöhnlich
lange gegen die Übermacht behaupten
können.

Tugas Strategien, Vorgehensweisen und
teilweise auch eher unkonventionelle Reaktionen hatten sich fast immer als Vorteil
erwiesen und nicht nur gute Gegenschläge
ermöglicht, sondern auch die Verluste in
Grenzen gehalten. Dass allerdings die
Kräfte des Feindes so rein gar nicht nach-
ließen und immer neue Unterstützer nach-
zukommen schienen, machte die Lage
langsam, aber sicher fatal.

Bislang war es den Drachen aus Merlers
Armee immerhin noch erfolgreich gelungen, die Todesdrachen in Schach zu
halten. Die Eleten hatten sich als sehr
nützlich und gut positioniert an den
Wällen erwiesen, mit ihren schnellen
Pfeilen, beeindruckenden Reaktionen und
lang anhaltenden Kräften machten sie dem
Gegner ordentlich zu schaffen.

Arno war mittlerweile sozusagen mit
seinem Schwert verwachsen. Manchmal
hatte er das Gefühl, dass er nicht mehr
selbst handelte, sondern von innen heraus
irgendwie gelenkt wurde und dadurch

perfekt funktionierte. Seine Müdigkeit, die von Tag zu Tag größer wurde, da er nur wenig Schlaf bekam, wurde ihm zu seinem Erstaunen nicht zum Verhängnis, im Gegenteil: Je müder Arno sich fühlte, desto stärker schien diese Macht in seinem Inneren zu werden und umso wirkungsvoller die Zauber, die er sprach.

„Onduja!", schrie er. Sein Schwert glühte orangerot auf und feuerte einen Blitz ab inmitten eines Belagerungsturms. Seine Räder gingen in einer heftigen Explosion auf. Zimisisten, Trollmenschen und Gesteinsmonster, die in der Nähe oder darauf gestanden hatten, wurden dabei getroffen. Und so ging es Schlag auf Schlag.

Die Trümmer, die bereits das ganze Gebiet um Stadtmauer und Tore herum blockiert hatten, waren auf den Befehl Argels hin in einer gewaltigen Hauruck-Aktion zur Seite geräumt worden, um den Weg für weitere Rammböcke frei zu machen. Während der Feind mit der Trümmerbeseitigung beschäftigt gewesen war, hatten Soldaten Sordors dafür gesorgt, dass die arg mitgenommenen Tore von innen her weiter abgesichert und stabilisiert wurden. Alle hatten das Gefühl, dass sich ständig alles wiederholte. Jeder kleine Sieg, jeder winzige Triumph wurde sofort zunichtegemacht, weil der Feind sofort jede Lücke stopfte und alle Verluste ersetzte. Keiner wusste, wie lange das noch so weitergehen würde, doch langsam machten sich Erschöpfung und Hoffnungslosigkeit breit.

Seirum wusste längst nicht mehr, wie viele Bücher sie gelesen oder überblättert hatte. Langsam hatte sie das Gefühl, verrückt zu werden. Draußen tobte der Krieg, sie wusste nicht einmal, wie viele ihrer Freunde überhaupt noch am Leben waren, und dennoch hielt sie irgendetwas hier in diesem Raum fest, der ihr bisher noch nicht die geringste Hilfe geboten hatte. Sicher, sie hatte Interessantes erfahren, Zusammenhänge begriffen, sie wusste so viel wie noch nie zuvor, doch in der akuten Notsituation war nichts davon brauchbar.

Und dann, als sie einen weiteren dicken Schmöker aus einem der alleroberersten Fächer zog, geschah es: Der Stütze des dicken Buches beraubt, kippten zwei dünnere Bändchen zur Seite weg und offenbarten ein weiteres Buch, das dahinter verborgen gewesen war. Seirum starrte es an. Schließlich legte sie das dicke Buch vorsichtig zur Seite, griff nach dem, das soeben zum Vorschein gekommen war, und trug es die Leiter nach unten. Es handelte sich um ein offenbar sehr altes, vielmals gelesenes Buch über Alte, vergessene Magie.

Seirum konnte hinterher nicht mehr sagen, wie es dazu gekommen war; vermutlich war sie einfach erschöpft und hatte keine Kraft mehr in den Fingern, womöglich hatten aber auch andere Mächte mitgewirkt, wie auch immer, das schwere Buch entglitt ihren müden Fingern und schlug hart auf dem Boden auf. Als Seirum sich mit schlechtem Gewissen danach bückte, um es rasch wieder aufzuheben und die zerknitterten Seiten zu glätten, bemerkte sie, dass eine Lasche an der Innenseite des rückwärtigen Buchdeckels sich geöffnet hatte. Das uralte, marode Leder hatte beim Sturz offenbar nachgegeben und war aufgebrochen. Ein kleiner Zwischenraum wurde nun sichtbar, und etwas steckte darin. Seirum schob einen Finger hinein und tastete behutsam nach dem mehrmals gefalteten Stück Papier. Aufgeregt und mit fliegendem Atem strich sie das Pergament glatt und drehte es herum, um die Schrift entziffern zu können. Ganz oben stand:

Wie das Dunkle Zauberschwert arbeitet,

und wie es vernichtet werden kann.

Seirum schnappte nach Luft. Hastig las sie weiter:

Um nachfolgende Offenbarung wirklich be-
greifen zu können, ist die Voraussetzung
geboten, dass der werte Leser Kenntnisse
hat über die Entstehung des Dunklen
Zauberschwertes. Darauf wird hier nicht
mehr eingegangen.
Die Dunklen Armeen, die besagtem Schwert
unterworfen sind, stellen keinen freiwilligen
Zusammenschluss dar, den etwas Starkes
und Gutes verbindet. Sobald das Schwert
zerstört ist, wird ein jeder seiner Anhänger
sich gegen die anderen wenden und zum
Einzelkämpfer werden. Ist die Macht des
Schwertes gebrochen, schwindet auch die
der Armeen. Die Zimisisten sind keine
natürlichen Wesen, diese werden sich ein-
fach auflösen. Alle anderen werden sich
gegenseitig auslöschen.
Wie nun kann das Schwert besiegt werden?
Zwei Wege gibt es. Alle Magiekristalle ver-
eint und die Bereitschaft eines Einzigen,
sein Leben für die Sache zu opfern, beenden
die Herrschaft des Dunklen Schwertes. Dies
ist der Weg, den wohl niemand je be-

schreiten wird, da die Kristalle überall verteilt sind und es als nahezu unmöglich gilt, sie alle zu finden und in den eigenen Besitz zu bringen.

Viel wahrscheinlicher ist es, dass dem Schwert durch das Magier Amulett zu vernichten. Hier kann derjenige, dem es als Träger des Goldenen Zauberschwertes rechtmäßig zusteht, auch mit seinem Überleben rechnen.

Allerdings kann auch der Gegenpart des Dunklen Schwertes – das Goldene Schwert – auf besagte Arten zerstört werden. Sollte dies je geschehen, so hat die Finstere Seite auf ewig gewonnen, und niemals wird es wieder Hoffnung geben. Dann hat der Besitzer des Dunklen Schwertes, der Anführer von Gevatter Todes Schergen (kurz GTS) auf ewig die Herrschaft über alles, was ist. Und nun, Leser, hab Acht: Besitzer und Träger des Dunklen Schwertes sind nicht ein und dieselbe Person! Geschaffen wurde das Schwert von Gevatter Todes Schergen, ihrem Anführer wird es immer gehören. Der Träger des Schwertes spielt nur eine ganz kleine Rolle in diesem Spiel, wird das jedoch erst erfahren, wenn die Macht des Goldenen Schwertes gebrochen sein sollte und die Schergen keine Verwendung mehr *für ihn haben.*

Seirum las den Text noch einmal und noch
einmal. Asro und eine kleine Rolle spielen?
Die eigentlich Bösen saßen irgendwo im
Verborgenen, ließen Asro sozusagen den
Weg freiräumen und würden sich erst zu
erkennen geben, wenn Merler und das
Goldene Schwert besiegt und die Macht des
Dunklen Schwertes endgültig besiegelt
wäre? Sollte diese unglaubliche Information
zu Asro durchdringen, wie würde er wohl
reagieren?
Warum hat man die Botschaft in einen
Zwischenraum versteckt?
Fieberhaft schritt Seirum die Regale ab. Sie
spürte, dass es nun in die richtige Richtung
mit ihren Nachforschungen ging und dass
sie genau hier sein musste, wo sie war. Die
Bibliothek würde ihr helfen, und irgendein
kleiner Teil von ihr hatte dies gewusst. Sie
musste unbedingt mehr über diese Schergen
herausfinden und dann entscheiden, wie sie
vorgehen sollte. Vielleicht hatte sie den
Punkt gefunden, um den sich alles drehte
und wo man endlich ansetzen konnte.

Arno streckte einen Zimisisten nieder, der
über eine Sturmleiter auf die Mauer gelangt

war. Die Situation hatte sich abermals verschärft, etliche Belagerungstürme und Rammböcke hatten, da der Weg nicht länger von Bergen aus Trümmern blockiert war, die Mauer erreicht. Zudem war nun das eingetreten, was Tuga von Anfang an befürchtet hatte und bislang zu seiner Verwunderung ausgeblieben war: Die Flotten Asros hatten sich in Bewegung gesetzt, um den Hafen anzugreifen, der im Verhältnis zur gegnerischen Masse geradezu lächerlich bewacht war.

Zu viele Soldaten starben im Hafen und ständig mussten neue von der Mauer abgezogen werden. Die Niederlage kam langsam aber sicher.

Plötzlich ertönte ein Hornsignal aus der Ferne. Es wiederholte sich einige Male. Aller Augen richteten sich dorthin, woher der Klang kam: aus offener See. Beide Seiten meinten zunächst, es gelte der jeweils anderen, und alle Bewegung kam zum Erliegen, als langsam die Erkenntnis um sich griff, dass dies nicht zutraf.

Argel hatte sich bereits aus dem Lager Richtung Küste begeben, als das Horn erklang, und blieb beim ersten Ton wie erstarrt stehen. Er wusste nicht, was dies zu bedeuten hatte, doch er erkannte als Einziger sofort, dass etwas Außergewöhnliches geschehen würde. Von seinem etwas erhöhten Standpunkt aus sah er dann als einer der Ersten, dass sich am Horizont eine gewaltige Flotte heranschob. Erstaunlich schnell kamen die unzähligen Schiffe näher. Während bei Sordor jeder und alles wie gelähmt in absolute Tatlosigkeit verfiel, segelte die Flotte zügig heran, und langsam kristallisierten sich Ozeanriesen aus allen Ländern der Kontinente Aros, Fola und Nedia heraus. Argel spürte, wie sich etwas in ihm zusammenzog. Asro hatte ihm nicht mitgeteilt, dass weitere Verbündete erwartet würden. Diese Flotte kam völlig unerwartet. Nahm Asro etwa an, er, Argel, sei nicht in der Lage, Sordor höchstselbst einzunehmen? Wie konnte sein Herr es wagen, auf diese Art zu demonstrieren, dass er Argel nicht vertraute! Er war kurz davor gewesen, Sordor aus eigener Kraft heraus in den Boden zu stampfen. Argel kochte vor Zorn.

Merler hatte gut geschlafen in der Nacht. Er wachte erst auf, als Anna an die Tür seines Zimmers klopfte. „Merler! Merler, bist du wach? Das Frühstück ist fertig!"

Langsam quälte er sich aus dem Bett, trotz des totenähnlichen Schlafes fühlte Merler sich wie zerschlagen. Allerdings hatte er im Traum wieder mehrmals das zerfurchte Gesicht des Alten erblickt und seine erstaunlich jugendliche Stimme vernommen, die ihm immer wieder dasselbe mitgeteilt hatte: er solle vertrauen.

Merler schlüpfte in die Kleider, die Anna ihm gegeben hatte und die von Jeck stammten. Sie waren sauber und sahen aus wie neu. Heute würde er nicht die mitleidigen Blicke der Passanten auf sich ziehen.

Merler lief die Treppe hinab und nahm am Esstisch Platz. Anna hatte schon aufgetischt. Jeck legte bei Merlers Erscheinen noch eine Serviette neben jeden Teller, dann wurde – wie auch am Abend zuvor – ein kurzes Gebet gesprochen, bevor die Mahlzeit eingenommen wurde. Das Brot war noch ganz warm, Jeck hatte es frisch vom Bäcker gekauft. Zudem gab es wunderbare Milch.

„Die Milch holen wir uns immer ganz frisch von Freunden", erklärte Anna freundlich. „Sie haben einen Bauernhof."

„Ich kann mich erinnern", meinte Merler nachdenklich, „dass auch ich einst einmal auf einem Bauernhof lebte. Wir gingen

jagen und bewirtschafteten ein kleines
Ackerland. Davon konnten wir uns er-
nähren."

Schweigend beendeten sie ihr Mahl. Jeck
stellte das benutzte Geschirr zusammen,
dann breitete er einen Stapel Papier vor sich
aus und beugte sich darüber.

„Was tust du da?", fragte Merler verlegen.

„Das ist ein seltsames Buch, so groß, und es
hat gar keinen Deckel …"

Jeck lachte laut auf. „Hörst du es, Anna?
Der Kerl ist wirklich etwas Besonderes! Ich
würde zu gerne wissen, was mit dir passiert
ist! Ich lese eine Zeitung, siehst du, darin
werden täglich aktuelle Geschehnisse aus
Region, Land und Welt gedruckt. Jeder
kann sich eine Zeitung kaufen und dann
über alles, was Wichtig ist, informieren."

Merler zeigte sich beeindruckt. Es gab hier
so vieles, was ihn faszinierte und auch über-
forderte.

„Wann gehen wir denn zu diesem – *Rathaus*, von dem du gestern gesprochen hast
und das mir vielleicht helfen kann?", fragte
er Jeck. Dieser guckte ihn reumütig an.

„Ich hatte es gestern ganz vergessen, Anna
musste mich erst wieder daran erinnern: Das
Rathaus hat heute geschlossen, heute muss
auch niemand zur Arbeit gehen. Wir haben

heute einen Feiertag."

„Welche Art Feiertag ist das?"

„Nun", erklärte Jeck, „siehst du, vor vielen hundert Jahren gab es doch diese weltweite Bewegung, als die Völker sich von ihren herrschenden Tyrannen befreiten. Dieser Tag wird jedes Jahr erneut gefeiert, weil er der Beginn in ein friedliches Zeitalter war." Merler hörte Jeck gerne über seine Welt sprechen. Er hatte zunehmend den Eindruck, dass es eine gute, friedliche Welt war, in der niemand ständig um sein Leben fürchten und es mit Waffengewalt verteidigen musste.

„Morgen gehe ich dann mit dir auf das Amt", versprach Anna ihm. „Jeck wird wieder arbeiten müssen, aber ich habe ja viel Zeit." Sie klopfte lachend auf ihr rundliches Bäuchlein. „Ich habe nichts zu tun, als auf unser Kind zu warten."

Merler lächelte über ihre stille Freude.

„Wir haben uns auch schon Namen überlegt", fuhr Anna stolz fort. „Jonas, wenn es ein Junge wird, und Nina bei einem Mädchen."

Nachdem sie gemeinsam das Geschirr gespült hatten, nahmen Anna und Jeck Merler mit ins Dorf – für Merler war es nach wie vor eine größere Stadt – um an den Feierlichkeiten teilzunehmen. Besseres Wetter hätten sie sich für den besonderen Tag nicht wünschen können, die Sonne lachte von einem klarblauen Himmel und es war angenehm warm.

Die Menschen, die sie zuhauf trafen, waren in fröhliche, bunte Stoffe gekleidet. Aus vielen Fenstern hingen Fahnen, die einen großen Adler zeigten, der aus einem beeindruckenden Sonnenaufgang heraus auf den Betrachter zugeflogen kam. Anna erklärte Merler, dass dieses Symbol die Farbe der Freiheit und des Friedens sei.

Die Menschenmassen strömten alle in dieselbe Richtung, und Jeck erklärte Merler, dass es einen Festumzug gebe. So etwas hatte Merler noch nie gesehen. Große Gruppen mit Musikern, die in Trompeten bliesen und Trommeln anschlugen, marschierten durch die Straßen und wurden dabei von den Zuschauern bejubelt. Merler hatte plötzlich das Bild von marschierenden Soldaten im Kopf, die den Signalen eines Horns folgten und der Bevölkerung die Stärke ihres Herrschers demonstrierten. Er schüttelte sich wie ein Hund. Wo kamen diese Bilder plötzlich her? Waren wieder Teile seiner Erinnerung zurückgekommen? Hier war der Grundgedanke jedoch nicht,

Militärstärke oder Überlegenheit auszudrücken. Es war einfach ein fröhliches Beisammensein innerhalb einer friedliebenden Gemeinschaft. Merler beobachtete gespannt den Zug verschiedener Gruppen und lauschte der Musik. Jeck und Anna gaben sich Mühe, ihm weitere Erklärungen zu liefern, doch es waren einfach zu viele Informationen.

Im Anschluss an den Festzug zogen die Menschenmassen gemeinsam weiter.

„An normalen Tagen ist der Festplatz leer", teilte Anna mit. „Wir bauen nur Tische und Bänke auf, wenn es etwas zu feiern gibt – wie heute. Siehst du?"

Auf dem weitläufigen Platz hatte man Verkaufsstände aufgebaut und ein großes Zelt. Es gab auch Stände mit verschiedenen Spielen, an denen man sich beteiligen konnte. Im Zelt gab es zu essen und zu trinken. Jeck verkündete, er freue sich schon sehr auf sein Bier.

Das Zelt war groß und geräumig, der Lärmpegel stieg schnell stark an. Es herrschte eine sehr nette Atmosphäre, man aß und trank und sang miteinander. Merler beobachtete mit Unbehagen, dass sehr viel Bier getrunken wurde. Das erinnerte ihn an sein vorheriges Leben.

„Gibt es keine Prügeleien, wenn die Männer zu viel Bier trinken?", fragte er.

„Ach nein", sagte Anna überrascht. „Es ist doch unangenehm, wenn man so viel Bier trinkt, dass man nicht mehr weiß, was man tut. Davon hätte doch nur jeder einen Schaden. Nein, alle wissen ja, wie viel Bier sie trinken können, ohne dass sich ihr Charakter verändert. Bevor es so weit ist, hört man auf. Das ist doch nicht schwer."

„Nun, manche gibt es, die den Punkt hin und wieder verpassen", warf Jeck lachend ein. „Denk nur an Leo!"

Jeck und Anna kannten viele der Feiernden und wurden von allen Seiten begrüßt und angesprochen. Da er sich in ihrer Gesellschaft befand, wude er automatisch mit hineingezogen und ebenfalls sehr herzlich behandelt. Alles wirkte sehr schön, entspannt, offen und friedlich.

Merler lauschte aufmerksam den Gesprächen und beteiligte sich manchmal auch selbst daran. Als zur Sprache kam, wie er Jeck und Anna kennengelernt hatte, erntete er viel Mitgefühl und Anteilnahme. Alle wollten ihn beruhigen und machten ihm Mut.

„Hab keine Sorge!", sagten sie, „gewiss kommt die Erinnerung bald zurück!"

Torsten, ein kräftiger Mann von etwa dreißig Jahren, bot Merler eine Arbeit an.
„Wenn du Geld verdienen möchtest und
tüchtig schaffen kannst, werde ich dir gerne
helfen! Ich bin Bauarbeiter, und wir suchen
ständig gute Leute!"
An manchen Gesprächen konnte Merler
sich nicht mehr beteiligen, da ihm die
Themen nichts sagten. Keiner schien sich
davon aber unangenehm berührt zu zeigen,
alle gingen ganz normal mit ihm um und
gestatteten ihm auch ohne scheele Blicke,
einfach einmal zuzuhören und sich zurück-
zuhalten. Merler fühlte sich sehr wohl und
bekam allmählich das Gefühl, dass er hier
gut leben könne. Es kam ihm auch so vor,
als sei er schon lange hier und gehöre
eigentlich in diese Welt, die ihm andererseits auch noch so fremd war.
Sie kamen erst spät nach Hause. Merler war
angenehm erschöpft und sehr zufrieden.
Allmählich hatte sich der Eindruck in ihm
breitgemacht, dass er tatsächlich einen Unfall gehabt haben und in der Folge vorübergehend das Gedächtnis verloren haben
müsse. Seine anfängliche Aussage, er
stamme aus einer anderen Welt, war ja
geradezu verrückt, wenn man genauer
darüber nachdachte. Wie sollte das denn

zugegangen sein? Er gehörte natürlich hierher, daran würde er sich bald wieder erinnern. Und dann wäre alles gut.

Gevatter Tods Schergen.

Eine sternenklare Nacht lag über dem kleinen Dorf Kalas im Lande Kimo, an der Grenze zu Asros Imperium. Asro hatte dieses Land bisher in Frieden gelassen und eigentlich kaum beachtet, da er von einem so kleinen Land nichts zu befürchten glaubte.

Kimo war jedoch nicht neutral, sondern leistete erbitterten Widerstand gegen Asros angestrebte Weltherrschaft. Gut ausgebildete Spione waren auf allen Kontinenten unterwegs und sammelten Informationen über Asros Pläne und Verbündete, die dann zügig an Gleichgesinnte weitergegeben wurden.

Asro, der Kimo ohnehin nie ernst genommen hatte, bekam von diesen Vorgängen wenig mit. Wurde einmal einer der Spione ertappt, was selten genug vorkam, wurde er selbstverständlich genauso bestraft wie jeder andere auch, der Asro in die Quere kam. Ansonsten geschah jedoch nichts. Asro verstand insgesamt wenig von Spionage. Sicher verfügte auch er über viele Späher und setzte diese auch auf die allgemein bekannte Art ein, allerdings hatte er keine Vorstellung darüber, wo sich wirklich

gut ausgebildete Spione überall ein-
schleichen und was sie alles in Erfahrung
bringen konnten.

Die Könige von Kimo und Tharland
standen in ständigem Kontakt miteinander.
Tharlands König war der einzige Mensch
außerhalb Kimos, der perfekte Kenntnis
darüber besaß, wo überall Spione Kimos
aktiv waren. Deren Tätigkeiten sollten weitgehend geheim bleiben, um keine Ent-
hüllung zu riskieren, und außer Tharlands
König konnte sich niemand genau erklären,
wie Kimo an all die brisanten Informationen
über Asro gelangte.

Ruhig lag das kleine Dorf Kalas nun da, es
begann ein wenig zu nieseln, und in einer so
unwirtlichen Nacht trieb sich niemand mehr
auf den Gassen herum, wenn es nicht unbedingt sein musste. So blieb das Eintreffen
von zwölf Reitern in schwarzen Umhängen
von den Bewohnern Kalas unbeobachtet.
Die Rappen, auf denen sie in die Dorfstraße
einbogen, schienen sich nahezu lautlos zu
bewegen.

Ein Stallbursche, der noch auf war, da er
sich um die Pferde der Gäste eines Wirtshauses kümmern musste, wollte seine
Arbeit soeben beenden. Er zog gähnend die
Stalltür hinter sich zu und schlurfte hinüber

zum Wirtshaus, als er plötzlich mitten im Schritt verharrte. Vor ihm, seiner Meinung nach aus dem Nichts aufgetaucht, standen zwölf dunkel gekleidete Reiter, die soeben von ihren Pferden sprangen.

Anton, der Stallbursche, erschrak fast zu Tode. Unter den schwarzen Kapuzen lugten die schimmernden Augen menschlicher Gesichter hervor, doch etwas sagte Anton, dass die Männer gefährlich waren. Es konnten keine gewöhnlichen Menschen sein, dessen war Anton sich gewiss. Woher der Gedanke kam, konnte er nicht sagen.

„Junge", rief einer der Reiter ihn an, „bekommen wir in diesem Wirtshaus eine Mahlzeit? Zimmer benötigen wir nicht, wir machen nur eine kurze Rast."

Anton räusperte sich und gab sich Mühe, seine Stimme ruhig und fest klingen zu lassen. „Natürlich, Herr! Ihr habt Glück. Dies ist das einzige Wirtshaus im Ort, wo bei Bedarf rund um die Uhr gutes Essen ausgegeben wird. Außerdem ..."

„Schwafel nicht", unterbrach ihn sein Gegenüber rüde, „so viel wollte ich nicht wissen. Pass auf unsere Pferde auf, während wir essen."

„Natürlich, Herr", wiederholte Anton eingeschüchtert. Jeder der schwarzen Gestalten drückte ihm im Vorübergehend wortlos eine Münze in die Hand. Anton konnte es kaum fassen. Zwölf Goldmünzen waren für den Stallburschen ein wahres Vermögen, so viel Geld hatte er noch nie im Leben besessen. Dennoch kam keine rechte Freude in ihm auf. Die Angst, die das Erscheinen der zwölf schwarzen Reiter in ihm geweckt hatte, war stärker.

Lusia war zwanzig Jahre alt, eine zart gebaute, hübsche junge Frau, die überall als fleißig und verlässlich galt. So hatte der Wirt des Gasthauses ihr voll Vertrauen die Nachtarbeit im Hause überlassen. Es geschah recht häufig, dass müde Reisende mitten in der Nacht noch um eine Mahlzeit baten, denn, wie Anton den schwarzen Reitern erklärt hatte, es handelte sich um das einzige Wirtshaus des Dorfes, das nächtliche Versorgung anbot.
Lusia liebte diese Arbeit, wenn das Dorf schlief und man nie wusste, was die Nacht an Ereignissen mit sich bringen würde. Häufig waren die Gespräche, die bei Nacht einkehrende Gäste führten, sehr interessant. Lusia hörte geduldig zu, tischte nahrhaftes Essen auf und war zu jedem gleich liebreizend, sodass sie auch nicht selten fürst-

lich mit Trinkgeldern belohnt wurde.

Kalo, der Bukaner, teilte die Nachtschicht mit Lusia. Bukaner war der Begriff in diesem Land für Angestellte, die wussten, wie man Getränke richtig zusammen- mischte. Kalo war einer der besten. Für die köstlichen alkoholischen Getränke war das Wirtshaus bekannt. Nachts gab es für Reisende lediglich Brot, Käse oder Wurst. Manche beschwerten sich, dass es nichts Warmes gab, weil es in anderen Ländern üblich war, dass es auch nachts warme Speisen gab. Die guten Getränke ließen die Reisenden schnell ihre Kritik vergessen und am Ende wurden Kalo und Lusia mit Lob- gesängen überschüttet.

In dieser Nacht war bislang nichts von Be- deutung geschehen, alles war ruhig ge- blieben und Kalo und Lusia hatten sich nett unterhalten.

Plötzlich aber ging die Tür auf und zwölf schwarz gekleidete Gestalten traten ein. Sie grüßten knapp und nahmen alle miteinander am größten Tisch in der Ecke Platz. Lusia registrierte mit großen Augen die Schwerter, die an den Gürteln hingen. Plötzlich hatten Kalo und Lusia das Gefühl, die Wärme im Gastraum werde förmlich aufgesaugt, beide fröstelten und wurden von einem unguten Gefühl überfallen. Lusia, auf deren Gesicht normalerweise immer ein Lächeln lag, sah ungewöhnlich ernst aus und warf Kalo einen hilfesuchenden Blick zu. Doch Kalo starrte reglos die Gestalten an. Er wusste mit einem Mal und absoluter Gewissheit, um wen es sich handelte. Dies mussten Mitglieder der mächtigsten dunklen Magiergruppe überhaupt sein, Gevatter Tods Schergen nannten sie sich und hatten den Legenden zufolge das Dunkle Zauberschwert erschaffen. Kalos Urgroßvater war ein sehr belesener Mann gewesen und hatte Kalo, der schon als kleines Kind wissbegierig und an allem interessiert gewesen war, die alten Legenden erzählt. Der Urgroßvater hatte Stein und Bein geschworen, dass an allen Legenden etwas Wahres sei und die Schergen seiner Meinung nach tatsächlich existieren und im Hintergrund ihr Unwesen treiben würden. Meist war er verlacht worden, wenn er darüber gesprochen hatte, doch Kalo hatte die Bilder und Geschichten niemals vergessen.

Der unscheinbare, zurückhaltende Bukaner war ein passiver Magier, der sich im Dorf versteckt hielt und nicht in den Krieg einmischen wollte. Während seiner Ausbildungszeit war er mit vielen anderen Magiern in Kontakt gekommen, und auch diese waren überzeugt gewesen von der Existenz der Schergen.

Da Kalo schwieg und fieberhaft nachdachte, was nun zu tun sei, übernahm Lusia trotz ihrer großen Angst die Bedienung der Gäste. Dabei bemerkte sie, dass es sich nicht, wie sie zuerst angenommen hatte, um zwölf Männer handelte. Drei Frauen befanden sich unter ihnen, doch ihre Gesichtszüge waren nicht weniger grausam als die der Männer.

Sie verlangten Brot, Käse und Bier, und Kalo, aus seiner Starre erwacht, gab Lusia zu verstehen, dass er sich um die Zubereitung kümmern wolle. Da Lusia jedoch nicht im Traum daran dachte, mit ihren neuen Gästen allein im Wirtsraum zurückzubleiben, folgte sie ihm nach in die hinteren Räumlichkeiten.

In der Küche öffnete Kalo das Fenster, pfiff leise, und im nächsten Augenblick kam ein Falke hereingeflogen. Kalo kritzelte blitzschnell eine Nachricht auf ein Stück Pergament, reichte dieses Pergament dem Falken und schickte ihn sogleich damit los. Lusia fragte flüsternd, was das alles bedeuten solle, doch er deutete ihr an, ihn machen zu lassen und Ruhe zu bewahren. Gemeinsam richteten sie rasch die Brotzeit für die Reiter und begaben sich wieder hinüber.

Die finsteren Gestalten unterhielten sich beim Essen im Flüsterton, kein Wort drang zu Kalo und Lusia hinüber. Beide meinten aber unabhängig voneinander zu erkennen, dass es sich um eine fremde Sprache handelte, die gesprochen wurde. Lusia beunruhigte dies nicht im Übermaße, kamen doch häufig Fremde hier vorbei. Kalo jedoch, der weit mehr wusste als sie, schnappte die Betonung einzelner Wortfetzen auf und musste zu seinem Schrecken feststellen, dass sie ihn an die Sprache der Magier erinnerte. Sollten diese Reiter Magier sein, bestand die Gefahr, dass Kalo von ihnen als Magier enttarnt werden würde. Die meisten Magier erkannten Gleichgesinnte recht schnell. Es war wie ein eingebauter Kompass, der sie informierte. Kalo wusste jedoch, dass es nun ungemein wichtig war, möglichst viele weitere Informationen zu sammeln. Also unterdrückte er sein schlechtes Gefühl, griff sich ein feuchtes Tuch und begann damit, die Tischplatten zu polieren. So arbeitete er sich unauffällig in die Nähe der Reiter vor.

Recht schnell merkte er, dass es sich tatsächlich um die Sprache der Magier handelte, und etwas später schnappte er die ersten Satzfetzen auf: „Asro ist ein nützlicher Narr!", „In drei Tagen sind wir bei ihm!", „… können ihn vor Angriffen beschützen, solange wir ihn noch brauchen …" „… darf niemand davon erfahren!".

Kalo spitzte die Ohren, um möglichst viel aufzuschnappen. Plötzlich sagte einer der schwarzen Männer: „Ruhig! Spürt ihr das auch?" Dann hörte Kalo Gemurmel, anschließend die Worte „… vielleicht anderer Magier in der Nähe?".

Nun wurde ihm das Eis unter den Füßen zu dünn. Scheinbar gelassen ging er zurück zur Bar und von dort aus in die Küche, wo er abermals eine Nachricht niederschrieb, die er einem Falken übergab.

Kalo musste davon ausgehen, dass die Reiter ihn mittlerweile als ihresgleichen erkannt hatten. Die Wahrscheinlichkeit, dass sie ihn nicht direkt angreifen würden, war jedoch recht groß; es war allgemein bekannt, dass im Lande Komo ein vorzügliches Verteidigungssystem bestand. Innerhalb kürzester Zeit konnte die Bevölkerung eines ganzen Dorfes alarmiert und innerhalb von Minuten bewaffnet auf die Straße geholt werden. In Kimo besaß nämlich jeder Bürger, Männer wie Frauen, eine Waffe, und von Kindesbeinen an wurde gelernt, wie man sie einsetzte und sich verteidigte. Es gab regelmäßig Übungskämpfe, um das Volk auf den Ernstfall vorzubereiten.

Zudem verfügte Kalo auch über seine magischen Kräfte und hätte sich durchaus eine Weile lang zur Wehr setzen können. Allerdings war ihm klar, dass diese sehr gefährliche Gruppe von Gevatter Todes Schergen ihm haushoch überlegen sein und auch zu Mitteln greifen würde, die einem Mann der Ehre unbekannt waren.

Kalo atmete einmal tief durch und begab sich wieder an die Theke. Er konnte Lusia nicht länger allein lassen.

Sie stand, das Unbehagen war ihr ins Gesicht geschrieben, möglichst weit hinten an der Wand. Vor ihr hatten sich die zwölf Reiter aufgestellt, die Kalo mit dunklen, drohenden Augen entgegensahen.

„Gibt es Probleme?", fragte Kalo gelassen.

„Die Herren wünschen Zimmer für heute Nacht", sagte Lusia leise. „Sie bräuchten zwölf Betten, sagen sie."

„Leider sind wir ausgebucht", erklärte Kalo knapp. Das entsprach nicht der Wahrheit, allerdings würde er den Teufel tun und diese Gestalten über Nacht im Hause einquartieren. Wenn sie es auf ihn abgesehen hatten, sollten sie sich gleich dazu durchringen, ihn auszulöschen – oder es zumindest zu versuchen.

Dass die Gruppe ernsthaft hier übernachten wollte, glaubte Kalo nicht.

Es ging darum mit einem Gespräch herauszufinden, ob er der Magier war, denn sie verspürt hatten.

Kalo konnte schwer sich auf ein Gespräch konzentrieren und gleichzeitig seine magischen Kräfte unterdrücken. Die wenigsten Magier konnten es. Jeder hatte einen Punkt, ab dem die Tarnung zerbrach.

„Wie schade", sagte derjenige, der offenbar als Wortführer galt, mit sanfter Stimme.

„Wir haben die Gastfreundschaft in diesem Hause sehr genossen. Dafür würden wir uns gerne erkenntlich zeigen."

Ein kaltes Lächeln enthüllte faulige, gelbe Zähne. Kalo überlief eine Gänsehaut.

Unauffällig bedeutete er Lusia, nach hinten in die Küche zu gehen, und sie ließ sich nicht zweimal auffordern.

Im gleichen Moment wurde die Tür von außen aufgestoßen. Die dunklen Reiter fuhren herum und sahen sich einem halben Dutzend Soldaten gegenüber. Ihr Anführer war hoch gewachsen und machte einen ruhigen, sehr selbstbewussten Eindruck.

Die Gruppe nahm an einem Tisch Platz und musterte dabei kritisch die Situation an der Theke. Kalo grüßte freundlich hinüber und fixierte dabei intensiv den Anführer. Dieser fing den Blick auf. Er wusste, dass hier etwas nicht mit rechten Dingen zuging. Er erhob sich, und seine Männer folgten ihm hinüber zur Bar.

„Haben wir hier ein kleines Problem?", fragte er höflich.

Der Wortführer der Schwarzen Magier, Nova lautete sein Name, starrte die Soldaten hasserfüllt an. Nun konnten sie hier nicht mehr viel bewirken, ohne das ganze Dorf in Alarm zu versetzen, so viel war klar. Allerdings hätte es vermutlich ohnehin nichts benützt, diesen als Bukaner getarnten Magier auszuschalten. Er war mit Sicherheit nicht nur in die Küche gegangen, um seinen Lappen auszuspülen; man konnte davon ausgehen, dass er beim Polieren der Tischplatten einige Sätze aufgeschnappt und sofort Meldung gemacht hatte. Somit war zumindest an entsprechender Stelle bekannt, dass schwarze Magier in Kalas unterwegs waren; wer sich entsprechend gebildet und nicht auf die allgemeine Meinung, die Gevatter Todes Schergen seien nur eine Legende, gehört hatte, konnte sich dann seinen Teil denken. Die bisher neutral geblieben Magier auf der Welt, könnte die Meldung zum Bruch ihrer Neutralität bringen. Den Bruch wollten die Schergen so lange wie möglich herauszögern, doch durch den verdammten   Bukaner wusste es bald die ganze Welt. Der beste und einzige Weg aus diesem unvorhergesehenen Missgeschick lag darin, alle Schergen zu informieren und mobil zu machen. Der Anführer kochte vor Wut. Dass sie auch ausgerechnet in diesem verlassenen Dörfchen auf einen Magier stoßen mussten, war ärgerlich.

„Ein Problem haben wir nicht", sagte Nova.

„Bukaner für wenn arbeitest du?", fragte eine Frau der Schergen.

Ihre Stimme war viel zu tief für eine Frau. Kalo seufzte.

„Verheimlichen bringt jetzt nichts mehr. Ich arbeite für den Orden des Gleichgewichts."

Nova und seine Leute zogen die Luft ein. Ihren Zorn konnten sie nicht verbergen. Der Orden des Gleichgewichts würde alle Magier der Welt über den Vorfall informieren. Das Überraschungsmoment

der Schergen war vorbei. Der Orden des
Gleichgewichts kämpfte nicht offen gegen
Asro, aber es überwachte die Aktivitäten
der Magier.

Die Schergen hatten sich bislang als neutral
bezeichnet und dadurch haben die Magier
des Goldenen Zauberschwertes, sich ebenfalls neutral im Hintergrund gehalten. Die
Neutralität gab es ab morgen nicht mehr.

„Ihr wisst, dass ich Eure Anwesenheit
bereits bekannt gemacht habe", sagte Kalo
gelassen. „Was unternehmt ihr nun mit mir?
Es hilft euch nicht, mich zu töten; vorausgesetzt natürlich, es würde euch überhaupt
gelingen." Er wies mit dem Kinn auf die
Soldaten, die wortlos abwartend im Hintergrund standen.

„Überschätzt euch nicht", zischte Nova.
„Der Gastfreundschaft zuliebe, fechten wir
hier keinen Kampf aus."

Mit einem letzten kalten Blick auf sein
Gegenüber drehte er sich um und führte die
anderen Schergen aus dem Wirtshaus. Kalo
und die Soldaten sahen ihnen nach. Allen
war klar, dass der scheinbar harmlose Abgang sehr täuschen konnte und das letzte
Wort wohl noch nicht gesprochen war.

Anton, der Stahlbursche, hatte derweil die

Pferde versorgt und stand nun bereit, um sie ihren Besitzern zu übergeben. Anton konnte es kaum erwarten, endlich auf sein Zimmer zu gelangen und die schwarzen Reiter vergessen zu können.

„Danke, mein Junge", sagte einer von ihnen und drückte ihm abermals einige Münzen in die Faust. Anton machte einen Diener, wie es erwartet wurde.

Die Reiter bestiegen ihre Pferde. Es nieselte nach wie vor, doch darum kümmerten sie sich nicht. Sie galoppierten aus dem Galopp an, und im gleichen Moment, als Anton sich erleichtert kalten Schweiß von der Stirn wischen wollte, hoben alle zwölf wie auf Kommando je eine Hand, Feuerbälle schossen daraus hervor und setzten innerhalb eines kurzen Moments das ganze Wirtshaus in Brand.

Anton schrie auf, in einem benachbarten Haus wurde ein Fenster aufgerissen, wenig später läutete die Dorfglocke, und die ganze Ortschaft war auf den Beinen. Die schwarzen Reiter waren noch nicht einmal zu den Toren hinaus, da wusste ein jedes Kind, was geschehen war. Einer der Magier wurde von mehreren Pfeilen getroffen und stürzte zu Boden.

Auf dem Boden noch feuerte der Verwundete Kamerad einen explosiven Zauberspruch ab und brachte ein Mehrfamilienhaus zum Einsturz, aus dem mehrere Menschen mit Pfeilen auf sie schossen.

Um ihren toten Kameraden kümmerten sich die Schergen nicht weiter. Hilfsbereitschaft, Anteilnahme, Trauer oder einfach nur Menschlichkeit wurden in ihren Reihen als Schwäche ausgelegt. Sie verschwendeten keinen weiteren Gedanken an den Toten.

Der Bukaner hatte seine Strafe erhalten, mit dem Brand des Wirtshauses.

Einen direkten Kampf hätten sie zwar auch geschafft, aber es hätte mehreren seiner Leute das Leben gekostet. Das Risiko wollte Nova nicht eingehen. So wertvoll war der feindliche Magier nicht.

Es sah schlecht aus um Sordor. Fast unbemerkt von den Verteidigern, die im Westen abgelenkt und angegriffen wurden, war eine große Gruppe von Zimisisten auf die Mauern im Osten gelangt. Ein Soldat merkte, was vor sich ging, und schlug Alarm, worauf die Zimisisten zurückgedrängt wurden. Allerdings kamen immer Neue nach.

Zugleich blies Argel nun zum vollen Angriff.

Tuga wusste, dass die Mauern nun nicht mehr zu halten waren. Die gewaltige Flotte, die sich so unerwartet auf der See genähert hatte, wäre gar nicht mehr nötig gewesen, Asros Armee hatte alles im Griff und benötigte keine Verstärkung. Tuga schnaubte erbittert durch die Nase. Dieses Gelump! Diese verdammten Seelen! Musste er ihnen nun wirklich seine Stadt überlassen?

Im Hafen gab es keine Verteidigung mehr. Die feindlichen Schiffe luden ihre Kämpfer ab und stürmten den Hafen.

Dann tönte das Signal zum Angriff, und Tuga dachte bei sich, dass es durch diese nun wohl doch eingreifende feindliche Verstärkung immerhin schneller zum Ende dieses ganzen Wahnsinns kommen würde.

Argel hielt sich etwas zurück. Er ärgerte sich nach wie vor über die Flotte, die Asro ihm einfach unaufgefordert zur Unterstützung geschickt hatte. Seine Armee hatte alles im Griff, Sordor würde nun fallen, daran war nicht mehr zu zweifeln. Er konnte befriedigt der Dinge harren, die da kamen, und Asro später erklären, dass die Verstärkung nicht nur unerwünscht gekommen war, sondern auch zu spät.

Das Signal zum Angriff versetzte ihn erneut

in bodenlosen Zorn. Sahen diese arroganten Kreaturen nicht, dass er, Argel, bereits den Sieg einfuhr?

Deshalb hatte Argel das Signal zum vollen Angriff gegeben. Seine Kämpfer sollten die Ersten sein, die den Hauptsitz des Königs von Sordor in Besitz nahmen.

Die Schlacht war geschlagen, was mischten sie sich nun noch ein? Vermutlich gedachten sie die Einnahme Sordors auf ihre eigenen Flaggen zu schreiben! Das würde Argel niemals zulassen. Das Lob Asros stand ihm zu, ihm allein!

Er sah, wie die Besatzungen der Schiffe an Land kamen, vorrückten und auf Sordor zumarschierten. Argel wedelte wild mit den Armen, um zu signalisieren, dass sie sich zurückziehen sollten.

„Wir brauchen eure Hilfe nicht!", brüllte er. „Geht zurück auf eure Schiffe! Ich bin hier der Anführer! Wie könnt ihr es nur wagen …" Weiter kam er nicht. Vier Pfeile fuhren zugleich in seinen Oberkörper. Argel taumelte und sank auf die Knie. Einen kurzen Moment lang dachte er ungläubig, dass diese Idioten ihn tatsächlich mit dem Feind verwechselt hätten. Dann kam ein Moment der Stille. Und in dem Augenblick, als Argel nach hinten kippte und krachend auf den Rücken fiel, wurde ihm klar, dass die vermeintlich Verbündeten keine Verbündeten mehr waren.

„Nun, Argel", sagte einer der Anführer und kam vor dem Schwerverletzten zum Stehen. „Bist du überrascht? Im Gegensatz zu dir haben wir, zugegebenermaßen arg verspätet, immerhin gemerkt, dass unser feiner Herr ein Lügner und Betrüger ist, dem nichts, aber auch gar nichts an uns liegt. Wir haben noch rechtzeitig die Seiten gewechselt, bevor das Schlimmste eintreten konnte! Wie ich sehe, ist Sordor noch nicht gefallen!"

Damit schritt er weiter und ließ Argel einfach liegen.

Argel atmete schwer. Er begriff überhaupt nichts mehr. Fast alle Verbündeten Asros waren auf die andere Seite übergetreten? Wie war das geschehen? Und Asro hatte ihn, Argel, nicht einmal gewarnt! Oder wusste er womöglich selbst noch gar nichts davon?

Argel versuchte sich aufzurichten und wollte dem Herranführer des unerwarteten Feindes einen tödlichen Zauberspruch verpassen.

Er konnte keinen Zauber formen.

Argel sein Blick glitt zu den Pfeilen in

seinem Brustkörper.

Diese Mistkerle hatten ihn mit magischen Pfeilen seine Zauberkraft beraubt.

Er könnte sich die Pfeile rausziehen, aber wahrscheinlich hatten sie Widerhaken und würden seine Wunden stark verschlimmern. Argel versuchte, sein Schwert zu ziehen, aber der Schmerz der Wunden war zu groß. Den Anführer konnte er nicht mehr ausfindig machen. Er konnte bloß zusehen, wie sein sicherer Sieg die Niederlage fand. Dies war eine Wende, die Argel sich nie hätte erträumen lassen und die er in seinem Leben auch nicht mehr begriff.

Auch Tuga traute seinen Augen nicht, als ihm klar wurde, dass die Besatzung der Schiffe, die er als verbündete Asros erkannt hatte, nicht Sordor angriff, sondern in der Tat auf Sordors Angreifer losging. Doch Verständnislosigkeit und Verwunderung wurden sehr schnell von ungläubiger Freude und einer nahezu schmerzhaften Erleichterung verdrängt. Sie waren gerettet! Asros Armee registrierte nach und nach schockiert, dass etwas vollkommen Unerwartetes eingetreten war. Sie erwarteten Kommandos seitens ihres Anführers, doch Argel konnte keine Kommandos mehr geben. Das Heer quirlte zunächst orientierungslos durcheinander, dann machte sich Panik breit, als der geschlossene Angriff kam. Nun ging alles ganz schnell. Der Kamp war entschieden. Sordor hatte gewonnen.

Asro ging auf und ab. Er konnte es kaum erwarten, endlich Meldung zu bekommen über den Sieg seiner Armeen und die Eroberung von Tharlands Hauptstadt. Er suhlte sich bereits jetzt in dem Ruhm und in der Macht, die er bald besitzen würde, und malte sich in schillernden Farben aus, wie seine Zukunft als absoluter Weltherrscher aussehen könne.

Die letzte Meldung Argels, die ihn heute erreicht hatte, war äußerst vielversprechend und positiv gewesen. Argel hatte für die kommenden Stunden einen sicheren Sieg vorhergesagt, Sordor würde endlich fallen. Asro war zufrieden mit Argel.

Nun blieb nur noch Riegland, das jedoch auch bald fallen würde. Die wenigen kleinen oder allenfalls mittelgroßen Länder, die es wagten, sich ihm zu widersetzen, waren militärisch ohnehin unterlegen und konnte bei Bedarf anschließend überrollt und bekehrt werden; das würde keine große

Herausforderung mehr darstellen.

Plötzlich flog ein Brieffalke durch ein Fenster und war eine Pergamentrolle ab. Sofort stürzte Asro sich darauf. Es musste die Meldung vom Sieg sein.

Als er das Pergament aufrollte, bekam er einen Schock.

Die Botschaft war von Seirum.

Es handelte sich um einen alten Text, denn sie übertragen hatte.

Asro laß mit Skepsis die Informationen und konnte nicht glauben, was sie da gefunden hatte – wenn es so stimmte.

Was wollte Seirum damit erreichen? Ihm Angst machen vor einer nicht existierenden Bedrohung?

Die Tür ging auf. Elf Gestalten in schwarzen Umhängen traten ein. Asro war zunächst zornig, da er es auf den Tod nicht leiden konnte, ohne vorherige Absprache einfach in seinen heiligen Hallen aufgesucht zu werden. Rasch spürte er jedoch, dass von den Neuankömmlingen eine unglaubliche Aura ausging. Asros Leibwächter, ein rundes Dutzend Gesteinsmonster, wichen unwillkürlich an die Wände zurück.

„Wer seid ihr und was wollt ihr?", fragte Asro. Seine Angst verwandelte sich in Furcht, und das war etwas Neues für Asro.

„Wir sind Gevatter Todes Schergen", stellte sich der Anführer vor, „ich bin Nova. Wir waren es, die dein Zauberschwert einst erschaffen haben."

Asro schwieg. Von Gevatter Todes Schergen hatte er gehört, es gab einige Legenden über diesen Verbund. Wenn Seirum ihre Informationen stimmten, dann waren sie gekommen, um ihm seine Macht zu rauben.

Es war unklug einen unbekannten Feind gleich anzugreifen und dazu waren es elf Gestalten. Jeder von ihnen sah aus, dass er über große magische Fähigkeiten verfügte und den Nahkampf sicher beherrschte.

Seine Leibwächter würden ihm nicht helfen. Diese Leute schienen wesentlich mehr Macht zu besitzen als er.

Die Tatsache gefiel Asro nicht.

Erst einmal musste er sich dumm stellen.

Er steckte das Pergament in eine seiner Manteltaschen.

„Willkommen in meinem Reich. Was wollt ihr?", fragte Asro bedacht.

Nova lächelte kalt. „Dein Reich nennst du es? Tja nun, ich dachte mir bereits, dass es da ein kleines Missverständnis geben könnte. Denn sieh, ohne die Macht des Schwertes, die diesem von uns und unseren

Urahnen verliehen wurde, hättest du überhaupt nichts erreicht. Du warst eine ganz kleine Figur in einem Spiel, dessen Regeln du niemals kanntest, da sie von uns erstellt wurden. Du hast genau das erreicht, was wir dich erreichen lassen wollten; genau genommen standest du all die Jahre über in unserem Dienst. Selbstverständlich soll dir dafür ein kleiner dank gebühren, doch ‚dein Reich ist dies hier sicher nicht!'"

Asro schluckte hart. Er hatte in den vergangenen Jahren das strikte Ziel verfolgt, der Herrscher über alles und jeden zu werden. Nun, da er schon geglaubt hatte, seinem Ziel zum Greifen nahe gekommen zu sein, kamen diese Figuren daher und erzählten ihm, er solle nur benutzt worden sein, ein eigentlich ganz kleines Licht am Leuchter, das keine weitere Rolle spielte? Seirum ihr Text stimmte. Die Wahrheit war ein Schlag ins Gesicht.

Warum hatte er erst jetzt darüber erfahren? Ausgerechnet heute mussten diese Leute kommen. Er hatte sich gar nicht darauf vorbereiten können.

Jetzt war es dummerweise so und er müsste sehen, wie er sich da wieder herauswinden kann.

„Soll das heißen", würgte Asro hervor, „ich

werde in der neuen Welt nicht die absolute Macht besitzen?"

„Genau das", sagte Nova. „Wir stehen immer über dir."

Nun konnte Asro seine Wut nicht mehr beherrschen. Dies war einfach zu viel.

„Was glaubt Ihr eigentlich, wer Ihr seid?", brüllte er. „Nachdem ich die schwere Arbeit geleistet und mir alle Völker untertan gemacht habe, kommt Ihr daher und behauptet, der Sieg gebühre Euch und ich sei Euer Untertan! Ha! Das habt Ihr euch so gedacht!"

„Und es wird so sein", sagte Nova, der ihn nicht aus den Augen ließ, gefährlich leise. „Wir verleihen dir eine nicht unbeträchtliche Handlungsfreiheit, du kannst nach wie vor mit den Völkern umgehen, wie dir beliebt, du kannst dich an ihrer Qual und ihrem Leid laben, wie du es seit jeher getan hast – die endgültige Macht aber liegt, wie ich mehrfach sagte, bei uns. Es liegt an dir, ob du dich unterordnen und ein recht gutes, ebenfalls einflussreiches Leben führen möchtest bis an dein Lebensende – oder ob du dich lieber widersetzt."

Wie zufällig und fast liebevoll strich seine Hand über den Griff seines Schwertes.

Asro schluckte.

„Stellst du dich gut an", meldete sich eine
weibliche Stimme zu Wort, und Asro erkannte verblüfft, dass eine der schwarzen
Gestalten – nein, zwei, sogar drei von ihnen
– Frauen sein mussten, „dann können wir
dein Leben verlängern auf bis zu zweihundert Jahre. Das ist ein gutes Angebot,
wie wir finden."
Die Frau hatte ein junges Gesicht, doch
ihren Augen und dem harten Zug um den
Mund sah man an, dass sie viel älter sein
musste, als der erste Blick vermuten ließ.
Für eine Weile herrschte Schweigen. Asro
glaubte, in seinem ganzen Leben noch nie
so viel nachgedacht zu haben und sich noch
nie dermaßen überfordert und überrollt ge-
fühlt zu haben. Er hatte das Gefühl, die
Dinge entglitten ihm, und Asro konnte wie
alle schwachen Menschen nicht damit umgehen, wenn klar wurde, dass die Welt sich
nicht um sie drehte und sie nicht der Ur-
heber aller Dinge waren.
Dies war ein sehr harter Schlag für ihn, er
spürte abermals Zorn in sich hochkochen.
Die Schergen warteten ab und schienen alle
Zeit der Welt zu haben, was Asro noch
mehr ärgerte.
„Was ist, wenn ich mich weigere, mit Euch
gemeinsame Sache zu machen und mich zu

unterwerfen?"

Nova lächelte. „Dann könnte es sein, dass sich das Zauberschwert, das du als das deine betrachten möchtest, selbstständig macht und dir an die Kehle fährt. Es wird dir nichts nützen, deine lächerlichen Wachen auf uns zu hetzen", fuhr er fort, die Blicke, die Asro auf seine Gesteinsmonster warf, richtig deutend. „Es sind unsere Schöpfungen, sie werden uns gehorchen."

Asro – obwohl sich alles in ihm dagegen sträubte – musste sich allmählich eingestehen, dass diese Leute die Oberhand hatten. Er brüllte wütend auf.

„Wachen", sagte Nova beinahe träge, „geht zum Haupttor!"

Die Gesteinsmonster, die nach wie vor tatenlos und sichtbar eingeschüchtert an den Wänden gestanden hatten, richteten sich gerade auf und gehorchten sofort.

„Zurück!", brüllte Asro außer sich. „Sofort zurück auf eure Positionen!" Niemand reagierte, nur Nova lachte leise. Asro konnte es nicht fassen, er bekam kaum noch Luft. Seine eigenen Einheiten gehorchten ihm nicht mehr. Tatsächlich standen Gevatters Todes Schergen über ihnen, daran gab es nichts mehr zu zweifeln. In Asros Innerem krampfte sich etwas zusammen, und wenn er nicht alle menschlichen Gefühle schon so lange und perfekt unterdrückt hätte, dass sie ihm völlig fremd geworden waren, hätte er darin einen tiefen Schmerz erkannt, und dahinter Angst.

Er wusste, er hatte keine Wahl.

„Ich werde Euch dienen", murmelte Asro. Sterben wollte er auf keinen Fall, blieb somit für den Moment nur, sich scheinbar zu unterwerfen und dann abzuwarten. Eine gewisse Macht war besser als gar keine, und vielleicht entwickelte sich ja alles so, dass er doch noch auf die eine oder andere Art die absolute Herrschaft erreichen könnte.

Nova blickte ihn intensiv und durchdringend an.

„Wenn jemand versucht, uns zu hintergehen", flüsterte er, „wissen wir darüber Bescheid, bevor der Betroffene sich selbst darüber gewahr wird. Ich befürchtete von Anfang an, dass auf deine Loyalität kein Verlass sein würde. Du willst alle Macht für dich haben und bist nicht bereit, dich denen unterzuordnen, die stärker sind als du."

Kaum hatte er die letzten Worte ausgesprochen, richtete er rasch die Handfläche auf Asros Brust. Für Asro fühlte es sich an, als werde er erbarmungslos in einen unsichtbaren Schraubstock gepresst. Der

Schmerz war unerträglich, hart fiel er auf die Knie. Er versuchte zu schreien, doch kein Laut entwich seiner Kehle. Er bekam kaum noch Luft und befürchtete, zu ersticken.

So schnell, wie es begonnen hatte, hörte es wieder auf. Die unsichtbare Klammer um seinen Brustkorb löste sich, die Schmerzen verschwanden, Asro konnte wieder durchatmend. Dennoch blieb er keuchend auf dem Boden liegen.

Nova trat zu ihm und nahm das Dunkle Zauberschwert an sich.

„Ein sehr schönes Stück, muss ich sagen", murmelte er. „Ich habe es schon sehr lange nicht mehr in den Händen gehalten. Asro, dies war deine erste Warnung und auch die letzte. Beim nächsten Mal endet es nicht mehr so harmlos, wenn du verstehst, was ich meine."

Asro keuchte. „Ich verstehe."

Nova nickte. „Es freut mich, das zu hören. Vorübergehend lassen wir es darauf beruhen. Das Schwert werde ich an mich nehmen, da du es ab jetzt nicht mehr benötigst. Du bekommst dieses Schwert hier."

Er legte sanft ein Schwert in einer schwarzen Scheide neben Asro auf den Boden. Der Knauf war mit funkelnden roten

Steinen verziert. Asro nahm es frustriert an sich. Er konnte nicht glauben, was hier vor sich ging.

„Du solltest stolz auf dich sein", sagte Nova plötzlich unerwartet. „Du hast es weiter geschafft, als irgendwer dir zugetraut hätte. Dein einziger, aber schwerwiegender Fehler war, diesen Jungen zu unterschätzen, den Träger des Goldenen Schwertes, das für uns die größte Gefahr darstellt. Immer wieder hast du ihn in deine Gedanken eingelassen und ihm somit wertvolle Tipps gegeben, die zu unserem Nachteil gereichten. Diese Verbindung muss unterbrochen werden, wir müssen jedes Risiko vermeiden. So kurz vor dem Ziel lass ich nicht zu, dass uns irgendetwas in die Quere kommt, schon gar nicht ein dummer kleiner Junge." Er machte eine rasche Handbewegung.

Merler fuhr mit einem Ruck nach oben. Er schwitzte am ganzen Körper. Er wusste, es war nur ein Traum gewesen, es musste ein Traum gewesen sein, doch auf einen Schlag waren all seine Erinnerungen wieder da. Er wusste, weshalb und wie er hierhergekommen war und was er zu tun hatte. Er hätte schon lange den Rückweg antreten müssen!

Hastig zog er sich an und lief eilig die
Treppe herunter.

Anna war wohl eben erst aufgestanden, sie
schürte das Feuer im Ofen an und war sehr
überrascht darüber, Merler schon so früh
wach zu sehen.

„Guten Morgen, Merler", begrüßte sie ihn.
„So früh heute? Du musst dich noch etwas
gedulden, es dauert noch ein wenig, bis ich
das Frühstück vorbereitet habe!"

Merler schaute sie an und spürte einen
tiefen Schmerz in seinem Inneren. Es würde
nicht leicht sein, Jeck, Anna und diese
ganze friedvolle Welt wieder zu verlassen.
Doch es ging nicht anders.

„Anna", sagte er mit rauer Stimme, „es tut
mir sehr leid, aber ich muss gehen. Ich weiß
wieder, warum ich hier bin und woher ich
komme. Du würdest mir die Geschichte
nicht glauben, ich kann sie nicht erzählen.
Ihr habt mir jedoch sehr geholfen, dafür
werde ich ewig dankbar sein."

Anna wurde plötzlich sehr ernst. Sie nickte.
„Ich habe schon mit so etwas gerechnet,
Merler. Es freut mich, dass du dich wieder
erinnern kannst."

Sie strich über ihren rundlichen Bauch und
seufzte.

„Auch wenn ich dich natürlich sehr gerne

noch hierbehalten hätte."

„Ich danke herzlich für alles, Anna!"

„Es gibt nichts zu danken. Sag, wohin musst du nun gehen? Wir könnten dir behilflich sein, dort hinzugelangen. Vielleicht benötigst du auch noch etwas für die Reise?" Plötzlich lächelte sie. „Und ohne ein nahrhaftes Frühstück lasse ich dich ohnehin nicht gehen!"

Merler gelang ebenfalls ein Lächeln. „In Ordnung", sagte er, „zum Frühstück bleibe ich noch."

Eine halbe Stunde später kam Jeck herunter. Er erfuhr von Anna, dass Merler im Begriff war, sie zu verlassen, und schien darüber ebenso wenig überrascht zu sein wie seine Frau. Im Gegensatz zu ihr verlangte er jedoch, Einzelheiten zu erfahren, und Merler berichtete ein wenig stockend einige Dinge, die er für wenig brisant hielt. Bald stellte sich jedoch heraus, dass alles in der Tat reichlich unglaubwürdig wirkte und dass Jeck und Anna mit den Informationen überfordert waren.

„Es fällt mir sehr schwer, das zu glauben", gab Jeck auch ehrlich zu. „Allerdings werden wir dich natürlich dennoch unterstützen und auf keinen Fall aufhalten."

„Dieses Amulett, das du suchen sollst",

warf Anna ein, „wie sieht es aus?"

Merler beschrieb, was er wusste, und Anna und Jeck sahen sich bedeutungsschwer an.

„Was?", rief Merler aufgeregt. „Ihr wollt nicht etwa andeuten, dass ihr dieses Amulett schon gesehen habt?"

„Ich glaube tatsächlich, dass wir wissen, wo es sich befindet!", antwortete Anna. Auch sie wurde nun aufgeregt. „Nicht weit von hier gibt es ein Museum, in dem ein solch außergewöhnliches Amulett, wie du es uns beschrieben hast, zu sehen ist. Das Museum nennt sich Kalind-Museum und befindet sich in der Stadt Dilong."

Merler konnte es kaum glauben, war aber nach wie vor misstrauisch.

„Was ist ein Museum?"

„Ein Gebäude, in dem alte Schätze und Kunstwerke aufbewahrt werden", erklärte Anna.

„Wieso wird es dort ausgestellt, was ist das Außergewöhnliche an ihm?"

„Die Art, wie es hergestellt wurde, kann bis heute nicht kopiert werden", sagte Jack.

„Bis heute wurde kein zweites Schmuckstück seinesgleichen gefunden. Des Nachts leuchtet es aus unerklärlichen Gründen und ohne äußere Impulse rot. Es ist unheimlich."

Merler schluckte. So leicht war es also am

Ende. Irgendwie hatte er es geschafft, ausgerechnet bei Menschen zu landen, denen er genug vertraut hatte, um ihnen die wichtigsten Eckpunkte seiner Reise anzuvertrauen – und sie konnten ihm nun dazu verhelfen, seine Aufgabe noch zu erfüllen. Ungeduldig beendete er seine Mahlzeit, nahm den Proviant entgegen, den Anna ihm gerichtet hatte, ließ sich von Jeck eine Karte mit dem eingezeichneten Weg geben und brach dann auf. Die Verabschiedung war herzlich und innig, und alle drei wusste, dass sie sich nicht wieder sehen würden.

Er folgte genau den Angaben auf der Karte und erreichte bis zum Abend die Stadt. Zu seinem Glück hatte ein Kutscher ihn ein Stück weit mitgenommen.
Als er es schließlich vor dem großen Museumsgebäude stand, musste er feststellen, dass die Tore geschlossen waren.
Ein schönes Gebäude war es, vier Stockwerke hoch und aus feinem Marmor erbaut.
In der Dämmerung schien es zu schimmern und war über eine weite Strecke hinweg zu sehen.
Obwohl Merler heftig an den Toren rüttelte, blieben sie geschlossen.
„Das Museum ist geschlossen", rief ihm

jemand zu, „das sehen Sie doch! Kommen
Sie am besten morgen wieder!"
Merler drehte sich um.
Nachdem er ein gutes Stück vom Museum
entfernt war, blieb Merler stehen. Morgen
zu den Öffnungszeiten würden gewiss
Menschen ins Museum kommen. Wie sollte
er dann nur unbemerkt das Amulett aus
seiner Vitrine nehmen? Das war unmöglich!
Es blieb ihm nichts anderes übrig, als heute
Nacht noch etwas zu unternehmen. Die
Dunkelheit würde ihn schützen.
Er schaute sich unauffällig um, ob jemand
in der Nähe war, konnte aber niemanden
sehen. Er wusste nicht, wie lange er im
Schutz eines Busches vor dem großen Ge-
bäude verharrt hatte, als dort eine seitliche
Tür aufging und ein Mann herauskam. An
seinem Gürtel hing gut sichtbar ein großes
Schlüsselbund.
Merler witterte seine Chance.
Langsam bewegte er sich auf den Mann zu.
„Entschuldigen Sie bitte vielmals", sprach
Merler ihn an. Kurz erschrak der ältere
Mann, als er so unerwartet aus der Dunkel-
heit angesprochen wurde. Dann lächelte er
aber zuvorkommend und fragte: „Wie kann
ich behilflich sein?"
Merler schloss kurz die Augen. Hier waren

einfach alle freundlich, gutgläubig und hilfsbereit. Alles in ihm sträubte sich dagegen, diesem netten Alten Gewalt anzutun, doch er sah keinen anderen Ausweg.

„Dort hinten, was ist das für ein Gebäude?", fragte er und wies in die entgegengesetzte Richtung. Der Mann drehte sich wie erhofft um. Im gleichen Moment bekam er einen heftigen Schlag auf den Hinterkopf und sackte in sich zusammen. Merler fing ihn auf und verhinderte, dass sein Kopf am Boden aufschlug.

„Verzeihen Sie bitte", flüsterte er dem Bewusstlosen verzweifelt zu, „es musste sein."

Er schnappte sich den Schlüsselbund und rannte zur Eingangstür. Drei Versuche benötigte er, bis er den richtigen Schlüssel gefunden hatte. Dann endlich klackte das Schloss, die Tür schwang auf und Merler stürzte hindurch. Hinter sich verriegelte er die Tür sofort wieder. Mit Sicherheit würde es nicht lange dauern, bis der arme Alte wieder zu sich kommen und Alarm schlagen würde. Alles musste nun schnell gehen.

Anna und Jeck hatten sich leider nicht mehr daran erinnert, wo genau das Amulett sich im Museum befunden hatte. Es gebe Ausstellungen für Antikes, Geschichtliches, Naturkunde und Technik, hatten sie erklärt, und Jeck war sich sicher gewesen, dass das Amulett in einem der beiden erstgenannten Bereiche zu finden gewesen sei. Mehr hatte er nicht gewusst.

Es soll ein münzförmiges Amulett sein, mit einem goldenen Schwert das über einem goldenen zerbrochenen Strahl liegt. Der Innenteil soll rot sein und der Rand mit Goldverzierung.

Merler flitzte einen schmalen Gang entlang, der in eine große Halle mündete. Hier fand er zu seiner Erleichterung einen Lageplan vor und verschaffte sich einen Überblick. Ein Stockwerk weiter oben befand sich die antike Ausstellung, im dritten Stockwerk die geschichtliche. Es würde Zeit kosten, beide Etagen zu durchsuchen. Seine einzige Hoffnung bestand darin, dass das Glück ihm hold sein und er gleich fündig werden würde.

Er rannte die Treppen hinauf. Ein Blick aus dem Fenster beunruhigte ihn, Menschen mit Laternen gingen deutlich suchend und auf-geregt umher. Der bewusstlose Alte war schon gefunden worden.

In aller Eile lief Merler die Gänge der ersten Etage ab und warf einen Blick in jede

Vitrine. Bei jedem Stück, das an ein Amulett erinnerte, blieb er kurz stehen, sah sich jedoch jedes Mal enttäuscht. Keines davon leuchtete rot, und sowieso hatte keines davon absolut der Beschreibung entsprochen.

Fast hatte er das Ende des riesigen Raumes erreicht, als im Treppenhaus Schritte erklangen. Damit war ihm der Weg ins dritte Stockwerk abgeschnitten. Merler geriet in Panik.

Er bemerkte eine schmale Tür, die in einen kleinen Raum abging, und huschte hinein. Viel zu sehen gab es hier nicht, einige antike Textstücke wurden präsentiert. Allerdings gab es noch eine weitere Tür, auf der zwar stand, der Zutritt sei verboten, doch Merler kümmerte sich nicht darum. Er zog die Tür auf, zwängte sich durch den Spalt und ließ sie leise wieder ins Schloss fallen.

Es dauerte ein wenig, bis sich seine Augen an die Dunkelheit hier gewöhnt hatten. Dann erkannte er, dass er sich in einem weiteren, viel kleineren Treppenhaus befand, und konnte sein Glück kaum fassen. Zwei Stufen auf einmal nehmend, mehrmals in der Dunkelheit fast aus dem Schritt geratend, rannte er nach oben. Im dritten

Stockwerk verließ er das Treppenhaus und rannte auch hier die Ausstellung ab.

Dort stand in der Mitte des Raumes in einem Schaukasten aus dickem Glas, das Amulett. Nirgendwo stand geschrieben, wie das Amulett genau aussah, aber Merler spürte es an der Macht, die der Gegenstand ausstrahlte.

Es war aus einfachem Eisen und sah viel zu schlicht aus, für die Macht, die es beinhalten sollte. Eine münzförmige Fläche, mit der genannten Verzierung.

Ein kleines Loch in der Münze ermöglichte, das Amulett am Oberkörper zu tragen mit einer Halskette. Merler konnte seine Ausstrahlung spüren.

Seine Hände begannen zu kribbeln.

„Hallo ist hier jemand?", hallte es.

Die Stimme klang keineswegs aggressiv, sondern freundlich.

Im nächsten Moment stand ein junger Mann in der Türe.

„Kann ich Ihnen helfen?", fragte der Mann.

Merler war überrascht über die Freundlichkeit und brachte erst kein Wort heraus. Die normale Reaktion von Menschen gegenüber einen Eindringling, wäre Gewalt gewesen.

„Tut mir leid, dass ich hier eingebrochen ..."

„Den Mann hätten Sie nicht niederschlagen

müssen. Er hätte genauso weiterhelfen können."

Merler schüttelte den Kopf.

„Er hätte mir geholfen?"

„Du scheinst nicht von dieser Welt zu sein."

„Bin ich auch nicht. Ich brauche dieses Amulett."

Merler zeigte auf das Amulett in dem Schaukasten.

Der Mann nickte knapp und holte einen Schlüsselbund heraus.

Er steckte einen der Schlüssel in das Schloss des Schaukastens und öffnete ihn.

„Was hast du mit dem Amulett vor?"

Merler wusste nicht, was er mit dem Amulett tun sollte.

Er fasste es an und spürte eine Hitzewelle durch seinen Arm in den Kopf hinauffahren. Um sicherzugehen, dass das Amulett nicht seinen Händen entglitt zog er es sich über den Kopf. Die dünne eiserne Kette brannte ebenfalls auf seiner Haut, doch es schmerzte nicht.

Der Raum war plötzlich von Licht durchflutet.

Der Mann grinste bloß und winkte.

„Machs gut und komme bald wieder. Das Nächste mal musst du keinen von uns niederschlagen. Wir sind alle hilfsbereit."

Die Freundlichkeit, Hilfsbereitschaft und die nicht Existenz von Hass, verwirrten ihn. Eine tolle Welt, in der ein harmonisches Zusammenleben herrschte.
Die Umgebung um ihn herum verschwamm.

Der letzte Kampf.

Der Sieg für Sordor war gesichert, dank den unerwarteten Verbündeten. König Tuga ließ sich genau erklären, weshalb Asros einstige Bündnispartner sich von ihm abgewandt hatten. Ein ausschlaggebender Punkt, war der Tod von König Hundras. Asro hatte einmal zu oft das Vertrauen seiner Leute missbraucht.

König Tuga war außer sich vor Freude. Durch diese Wende bekamen sie die Möglichkeit Asro die Stirn zu bieten. Alle Führungskräfte kamen darin überein, dass sie alle Kräfte mobilisieren müssten, um einen Großangriff auf Asros Imperium zu planen und ihn damit endgültig zu schlagen.

Scharen von Brieffalken wurden losgeschickt, um Absprachen zu halten, weitere Streitkräfte zu informieren und einen gemeinsamen Angriffsplan zu erstellen. Zahlreiche andere Falken trafen dann mit den Antworten ein.

„Eines muss Euch klar sein", meinte König Dasa aus Nigora, einem Land des Kontinents Fola, „wir können nicht auf Merler warten. Asro würde die Zeit umgehend nutzen, um uns in den Rücken zu fallen, und ohnehin wissen wir nicht einmal, ob der Junge noch am Leben ist und wiederkommen wird. Wir müssen jetzt handeln."

Tuga nickte zustimmend. „Unsere Chance liegt wirklich in einem schnellen Groß-angriff, darin stimme ich Euch zu. An Merler habe ich eine Botschaft geschickt mit den aktuellsten Nachrichten. Selbstverständlich lebt er noch und kehrt mit dem Amulett zurück, daran solltet Ihr nicht zweifeln! Vielleicht stößt er recht-zeitig zu uns, wenn wir gegen Asro los-ziehen."

Obwohl ihre Truppenstärke sich um ein Vielfaches vermehrt hatte, sah Tuga einer letzten großen Schlacht, die unmittelbar gegen Asro selbst geführt werden sollte, mit Bangen entgegen. Asro durfte, trotz allem, was geschehen war, nach wie vor nicht unterschätzt werden.

„Wir brechen morgen auf und werden ihm die Stirn bieten", sagte Dasa. „Bis dahin werden die meisten, die auf unserer Seite sind oder die wir noch zu überzeugen ver-mögen, eingetroffen sein."

Seirum eilte herbei.

„Ich muss euch was gestehen", sagte sie außer Atem.

Tuga wandte sich ihr zu.

„Ich habe Asro einen Brieffalken gesendet", sprach sie weiter.

Dasa sah sie ebenso entsetzt an. Tuga hatte mühe Worte zu formen.

„Warum? Was hast du ihm geschickt?"
Arno und Gara standen nicht weit weg und hatten es mitbekommen.

„Ich habe ihm diese Information gegeben", sagte Seirum und reichte Tuga ein altes Pergament.

„Wo hast du das her?", fragte Gara.

„Ein Holraum eines alten Buches hat sich mir offenbart, als es mir versehentlich heruntergeflogen ist. Ich war während der Schlacht in der Bibliothek des Schlosses."

„Wer versteckt eine Information so aufwändig?", fragte Arno.

Tuga gab wortlos Gara das Pergament weiter.

„Warum wussten wir davon nichts vorher?", fragte Tuga langsam.

Gara las das Schriftstück innerhalb von Sekunden herunter und gab es Arno weiter.

„Der Autor wird seine Gründe gehabt haben, dass er diese Information so gut versteckt hat", sagte Gara.

„Über Gevater Tods Schergen gab es viele Gerüchte, aber keines hat jemals so einen

Zusammenhang gedeutet", sagte Tuga.

„Woher habt ihr das Buch?", fragte Dasa.

„Die Schlossbibliothek erhält Bücher aus der ganzen Welt", erklärte Tuga. „Manche werden hereingeschmuggelt, weil es Informationen enthalten kann, die in anderen Ländern verboten sind oder der Lüge bezichtigt werden."

„Das Buch kann also überall herkommen", stellte Dasa fest.

„Was hat Asro von der Information?", fragte Arno. „Wird er sich dadurch zum Guten bekehren?"

Seirum schüttelte den Kopf.

„Er wird sich sicher nicht so plötzlich ändern, aber vielleicht gibt es ihm zu denken. Vor allem wenn die Schergen bei ihm auftauchen, kann er ihr Spiel schnell durchschauen und wird mir glauben."

„Brauchen die Schergen noch Asro?", fragte Tuga.

Gara zuckte mit den Schultern.

„Ich habe ausnahmsweise keine Ahnung, obwohl ich sonst viel weiß. Sobald die Schergen auftauchen kann es sein, dass sie Asro seine Macht nehmen. Eine zweite Möglichkeit wäre, dass sie vorher ihm die Macht nehmen, um sicherzugehen, dass er doch nicht zu mächtig wird."

„Wie kann er noch mächtiger werden?",
fragte Dasa.

„In dem er den Träger des Goldenen
Zauberschwerts umbringt und das Amulett
gegen das Goldene Zauberschwert ver-
wendet. Dann überträgt sich die Macht des
Goldenen Zauberschwerts auf das Dunkle
Zauberschwert."

„Dann hoffen wir mal, dass Merler es
schafft", sagte Arno beängstigt.

Seirum stieß ihn mit dem Elenbogen in die
Hüfte.

„Er schafft es! Stark genug ist er für diesen
Kampf."

Merler kam zu sich. Für einen kurzen
Moment begriff er gar nicht, was geschehen
war und wo er sich befand. Erst allmählich
kamen alle Erinnerungen zurück. Er
rappelte sich in eine sitzende Position auf,
vergewisserte sich, dass sich das Amulett
fest und sicher in seiner Faust befand, rieb
sich die Stirn und bemerkte dann, dass
jemand vor ihm stand. Als er den Blick hob,
erkannte er Kola. Sein runzeliges Gesicht
strahlte ihn förmlich an.

„Du hast es tatsächlich geschafft, Merler!
Du hast es geschafft! Nun kannst du das
Dunkle Zauberschwert zerstören, und wir

alle haben wieder Hoffnung auf eine gute Zukunft!"

Merler konnte es selbst nicht fassen. Hier war er, hatte die Aufgabe bestanden und konnte sich nun endlich daran machen, dem Dunklen Schwert tatsächlich den Kampf anzusagen.

„Merler", ermahnte ihn Kola, „denk immer daran, du darfst mit niemandem über die Welt sprechen, die du kennengelernt hast. Mit niemandem!"

Merler nickte.

Die Tür des Raumes wurde geöffnet, seine Freunde stürmten herein. Burno, Wagio, Dira, Sorgor und Sina scharten sich um ihn, alle redeten aufgeregt durcheinander. Erfreut nahm Merler zur Kenntnis, dass auch Rexe und Yera dabei und zweifelsfrei genesen waren.

„Du hast es geschafft, du hast es geschafft!", wiederholte Burno jubelnd wieder und wieder, während er die Arme um Merler schlang. „Du hast das Amulett! Ha! Nun geht es Asro an den Kragen!"

„Brechen wir gleich auf?", fragte Rexe gespannt.

Wagio sah Merler an und musterte ihn.

„Gönnt ihm doch zuerst eine Pause", meinte er.

„Ich brauche keine Pause", widersprach
Merler, „die Zeit haben wir überhaupt nicht.
Wir gehen sofort los!"

„Höre, Merler", rief Sorgor aufgeregt, „wir
erhielten eine Meldung von König Tuga!
Sordor hat die Schlacht gewonnen!"

„Die meisten von Asros großen Verbündeten haben sich von ihm abgewandt",
warf Sina freudestrahlend ein. „Niemand
hätte damit gerechnet!"

„Ja, tatsächlich", ergänzte Burno, „keiner
hätte gedacht, dass diese Dummköpfe noch
rechtzeitig zu Sinnen kommen!"

„Es sind keine Dummköpfe", widersprach
Dira, „sie handelten aus Not und Angst
heraus, sie wussten es nicht besser. Worauf
es ankommt, ist einzig ihre jetzige Entscheidung!"

Merler sah von einem zum anderen und ver-
suchte, alles aufzunehmen und zu begreifen.
Zurück in eine Welt, die von Krieg und
Hass beherrscht wurde, viel Merler schwer.

„Sordor ist nicht gefallen? Asro hat seine
Verbündeten verloren? Aber das ist ja groß-
artig!", rief er ungläubig und voller Erleichterung aus.

„Ja, jetzt wird ein Großangriff geplant auf
das Imperium", informierte ihn Wagio.

„Tuga teilte uns alles mit. Vermutlich

werden wir nicht rechtzeitig vor Ort sein, sie wollten am Tag, nachdem der Brief geschrieben wurde, aufbrechen. Wir werden lange bis zu Asros Schloss brauchen."

„Ihr könntet es rechtzeitig schaffen", meldete sich Kola zu Wort, der bisher schweigend gelauscht und still gelächelt hatte.

„Und wie, wenn man fragen darf?", wollte Burno geringschätzig wissen. Doch dann begriff er bereits. „Ihr wollt uns hinzaubern!"

„Nun, das wäre zumindest möglich."
Wagio blickte Kola verwirrt an. „Ihr seid aber doch Magier und damit neutral?"

„Wir waren bis vor wenigen Tagen neutral, bis uns die Meldung erreicht hat, dass die Schergen wieder aktiv sind."

„Wer sind die Schergen?", fragte Merler. Alle Blicke waren auf Kola geheftet.

„Sie nennen sich Gevatter Tods Schergen und haben das Dunkle Zauberschwert geschmiedet. Bei den ersten Schlachten zwischen den Trägern des Zauberschwerts starben Unmengen an Magiern. Als kein Ende in Sicht war, vereinbarten unsere alten Magierclans einen Waffenstillstand untereinander, um uns nicht gegenseitig auszulöschen. Wir versprachen uns neutral zu halten. Dieses Versprechen haben die Schergen nun gebrochen."

„Warum habt ihr euch Feige verkrochen, während unzählige Menschen starben?", fragte Burno zornig.

Kola seufzte.

„Eine schwere und nicht für alle nachvollziehbare Entscheidung, doch wir mussten so handeln, um unsere Existenz zu sichern. Unser kleiner Clan kann nun sich frei entscheiden, nachdem Merler das Amulett gefunden hat. Dadurch wird unser ewiger Schwur gegenüber diesem Ort aufgelöst. Wir sind nicht die einzigen Clans, die gegen die Schergen ihre Kräfte mobilisieren. Hunderte anderer Magierclans folgen nun."

„Wieso machen die Schergen so etwas ausgerechnet jetzt?", fragte Wagio.

„Die Schergen können nicht mehr abwarten und wollen unbedingt sich den sicheren Sieg gönnen. Ihre Überheblichkeit kann nun ihr Ende bedeuten oder unser."

„Das letzte Wort hättest du dir sparen können", knurrte Burno.

Rasch wurde beschlossen, dass sie das Angebot des Alten annehmen wollten. Es war das Beste, was ihnen passieren konnte. Kola rief fast zwei Dutzend weitere alte Magier herbei, die ihn unterstützten, sollten. Es wurde viel Zauberkraft benötigt, um so viele Menschen und einen Drachen transportieren zu können.

„Was ist mit Asros Truppen? Belagern sie den Ort nicht mehr?", fragte Merler.

Kola schüttelte den Kopf.

„Nach wenigen Tagen haben sie sich zurückgezogen, als sie merkten, dass ihre Angriffe gegen uns wirkungslos waren. Wir können an diesem Ort nicht sterben, weder durch Krankheiten, Alter noch durch Waffen."

Merler nickte und seine Fragen waren vorerst beantwortet.

Die alten Magier bildeten einen Kreis um Merlers Truppe. Kola schloss die Augen und murmelte vor sich hin. Merler hatte die Sprache noch nie zuvor gehört.

„*Bree gor a Fine kole tas!*", riefen plötzlich alle Magier gemeinsam.

Die Welt begann sich aufzulösen. Merler hatte das Gefühl, von einer gewaltigen Kraft erfasst und weggerissen zu werden. Seine Augen sahen nicht mehr, er schloss sie und hob schützend die Hände über den Kopf. Das Amulett befand sich nach wie vor sicher in seiner Faust.

Hinterher konnte Merler nicht mehr sagen,

wie lange dieser Zustand des Weggerissenwerdens angehalten hatte. Es kam ihm eine Ewigkeit vor. Er wollte schreien, doch seine Ohren fingen keinen Laut auf und er war sich nicht sicher, ob er überhaupt noch die Gewalt über seine Stimme besaß.

Dann plötzlich wurde es hinter seinen geschlossenen Augenlidern hell, er riss die Augen auf und sah ein grelles Licht, das ihn blendete und blinzeln ließ. Erst allmählich konnte er Konturen erkennen und schließlich eine Burg vor sich ausmachen. Im nächsten Augenblick begriff er, dass diese Burg soeben angegriffen wurde und in Flammen stand. Die Sonne stand tief am Himmel, es musste somit früher Abend sein.

„Asros Burg!", vernahm er Wagios Stimme. Merler sah sich um. Seine Freunde standen, alle etwas verwirrt und zerknittert aussehend, neben ihm und Wagio wies mit dem Finger hinauf zur Burg. Über den Flammen zerrten in der Hitze des Feuers Flaggen an ihren Masten, die Asros Imperium anpriesen.

Die Armee, die die Burg angriff, war gewaltig, übermächtig. „Offenbar kommen wir schon zu spät", bemerkte Kola. „Asro wird bald fallen."

Merler begab sich hastig zum Belagerungscamp. Seine Freunde hatten mühe ihm zu folgen. Die Magier folgten ihnen gemächlich. Die Wachen wiesen schon von weitem auf ihn und machten einander auf das Goldene Schwert aufmerksam, das er aus der Scheide gezogen hatte.

„Wer hat hier das Kommando?", fragte Merler.

„Das werde ich sein", antwortete ein recht kleiner Mann.

Merler hätte ihn beinahe übersehen.

Der Heeresanführer verbeugte sich.

„Darf ich mich vorstellen? Mein Name ist Ingo aus Riegland." Merler spürte, wie Burno sich neben ihm regte. Sein Freund verband mit Riegland viele negative Erinnerungen und Erfahrungen.

„Wo ist König Tuga?", fragte Merler weiter, bevor Burno ausfallend werden konnte.

„Sein Lager befindet sich etwas entfernt von hier, seine Armee ist noch nicht hier eingetroffen. Morgen werden wir uns mit ihm vereinigen, um das letzte Ziel anzupeilen, den Angriff auf Asros Hauptstadt. Die Burg ist bereits eingenommen."

„Seid ihr euch sicher, dass Asro in der Hauptstadt ist?", fragte Wagio.

„Absolut sicher", antwortete Ingo.

Um Merler schien sich alles zu drehen. So schnell war nun alles gegangen, so weit waren sie gekommen! Was vor einiger Zeit noch unerreichbar erschienen war, wurde nun Wirklichkeit, unerwartete Wendepunkte waren aufgetreten und ganz allmählich sah es so aus, als dürfe man wieder hoffen, dass die Zukunft nicht verloren war.

„Wie lange war ich Weg?", fragte Merler seine Freunde.

„Einen Monat", sagte Wagio. „Wir hatten schon Angst, dass du niemals wiedererwachst."

Einen Monat! Merler konnte nicht fassen, wie viel Zeit er in der anderen Welt verloren hatte. Ihm kam es viel weniger vor.

„Wie sieht es aus", fragte Merler, „was glaubt Ihr, wird die Hauptstadt einzunehmen sein?"

Ingo wiegte zweifelnd den Kopf. „Es wird auf jeden Fall nicht leicht werden. Zwar sind wir erstaunlich weit gekommen – noch vor einer Woche hätte ich gelacht, wenn mir jemand so etwas prophezeit hätte! Doch die Hauptstadt ist sehr groß und bestens gesichert, zudem befindet sich dort Asros Hauptarmee."

Es dunkelte, die Sonne verschwand hinter den Bäumen. Die Truppen kehrten ins Belagerungscamp zurück, Asros Gefolgschaft war entweder gefallen oder wurde gefesselt mitgeführt. Die Leichen aus den eigenen Reihen wurden verbrannt, um den Toten auch die letzte Ehre zu erweisen. Die Verletzten wurden in dafür vorgesehenen Zelten versorgt.

Merler und seine Freunde wurden Schlafzelte zugewiesen.

Die Nacht brach an und sie legten sich hin. Merler war sehr müde, aber konnte trotzdem nicht schlafen. Seinen Freunden ging es ähnlich. Alle wälzten sich von einer Seite zur anderen, doch keiner sprach, und so verging die Nacht.

Asro ging in einem dunklen Gang seines Schlosses auf und ab. Er war außer sich. Dass sich nun seine Verbündeten massenhaft von ihm abgewandt hatten, hatte ihm den Rest gegeben. Kam diese Wende durch zu viel Arroganz seinerseits? Er hat seine Verbündete allzugern wie Untertanen behandelt. Anfangs mag es gewirkt haben, aber nun scheint es zu zerbrechen. Durch leere Versprechen und Angst kann man keine loyalen Verbündeten gewinnen. Asro stierte weiter hin und her. Der Machtverlust kam zu einem äußerst günstigen Zeitpunkt, da die Schergen immerhin hier waren und sicher nach seinem Thron lechzen.

Nova, der ihn beobachtete, seufzte. „Asro, es ist nun einmal, wie es jetzt ist. Am Ende hätten wir deine Verbündeten sowieso vernichtet; nun vernichten wir sie eben als Gegner, darauf kommt es wahrlich nicht an. Die Zahl unserer Streitkräfte in der Hauptstadt übersteigt die der anderen immer noch um ein Vielfaches. Weshalb sorgst du dich?"

„Sie haben mir zu gehorchen!", tobte Asro. „Es sind meine Untergebenen. Meine! Ich bin ihr Anführer! Sie haben zu tun, was ich sage, und sich nicht gegen mich aufzulehnen. Was fällt ihnen ein!"

„Du verkraftest es wohl immer noch nicht, dass du nicht der Alleinherrscher sein wirst, sondern deinerseits uns zu dienen hat", stellte Nova sachlich fest.

Asro schnaubte. „Ihr kommt einfach hier hereinspaziert und beansprucht meinen Erfolg für euch! Natürlich macht mich das wütend! Ich war nur ein nützlicher Idiot, und ich denke nicht daran …"

Er hatte sich in Rage geredet, kam jedoch nicht weiter. Ein Schmerzschrei entfuhr seiner Kehle. Mit einem Blick auf Nova erkannte er, dass dieser erneut einen unsichtbaren Schlag gegen ihn gelandet hatte. Nova seufzte, während Asro sich vor Qual wand. „Du bist offensichtlich so fixiert auf die Alleinherrschaft, dass wir wohl oder übel ganz ohne dich auskommen müssen. Den Kampf gegen diesen Jungen mit dem Schwert werde ich selbst austragen. Du hast deine Chance auf ein gutes Leben verspielt, mein Lieber. Ach, nur falls du dich wunderst: Es ist ein langsamer Todeszauber, den du abbekommen hast. Diesmal wird es nicht wieder aufhören, das sagte ich dir bereits bei unserer letzten kleinen Auseinandersetzung."

Asro schrie und schrie. Wenn er gekonnt hätte, hätte er sich nun auf seinen Peiniger gestürzt, doch die Schmerzen zwangen ihn zu Boden, hielten ihn dort fest, verhinderten, dass er wieder auf die Beine kam, und nahmen stetig zu. Nie hätte er gedacht, dass Schmerzen so groß und allumfassend werden könnten.

„Asro, Asro", sagte Nova Milde. „Ich muss merken, dass du nach wie vor unfähig bist, deinen Geist zu kontrollieren und vor diesem Jungen zu verschließen. Mit dir hätten wir nicht viel Freude gehabt. Es ist besser so, glaube mir!"

Im Angesicht des Todes liefen Asro zum ersten mal seit Jahren Tränen über sein Gesicht. Auf einmal wurde im bewusst, dass sein Weg falsch war. Warum hatte er sich von Hass und Gier leiten lassen? Auf die Fragen vielen ihm keine Antworten ein. Er wuchs damit auf und seine Familie, die ihn wie Dreck behandelt hatte, stärkte diese Eigenschaft.

Seine Errungenschaft, mit der er sich allen beweisen wollte, starb mit ihm.

Er wollte allen zeigen, dass er kein Schwächling und Nichtsnutz war, wie ihm das ganze Dorf und Familie täglich einredete. Er wollte Akzeptanz, Liebe und glaubte, sie in seinem streben nach Macht zu bekommen.

Welch ein Irrtum!", schrie Asro innerlich.

Merler wachte schweißgebadet auf. Er brauchte eine Weile, bis er sich erholt und den Traum verarbeitet hatte. Nur, dass der Traum kein Traum gewesen war, sondern erneut eine Vision. Er war Zeuge geworden von Asros grausamem Tod.

Einerseits hätte er sich nun erleichtert fühlen müssen. Sein bislang größter Widersacher war aus dem Spiel! Allerdings war ihm lange Zeit gar nicht bewusst gewesen, dass Asro nicht sein größter Feind war. Die Kräfte im Hintergrund spielten eine viel größere Rolle – und die Auseinandersetzung mit diesen stand ihm noch bevor.

Als Asro starb, konnte er in dem Moment seine Gedanken lesen.

Trotz seiner Grausamkeit verspürte er Mitleid mit ihm.

Seine Taten rechtfertigte es nicht, aber es machte eines deutlich: Letztendlich resultierte ein guter Teil seine Boshaftigkeit aus der Gesellschaft in der er, ohne es zu wollen, hineingeboren war.

Langsam dämmerte der Morgen herauf, die ersten Sonnenstrahlen fielen durch die Öffnung des Zeltes. Der Tag würde klar und sonnig werden. Dennoch empfand Merler keine Freude. Heute oder spätestens morgen würde die finale Schlacht vor Asros Hauptstadt ausgefochten werden, und dann würde sich alles entscheiden. Entweder er selbst stirbt oder dieser Nova. Merler wusste nichts von ihm. Asro konnte er einigermaßen einschätzen, durch die Visionen von seinen Handlungen.

Langsam stand er auf und verließ das Zelt. Erstaunt bemerkte er, dass seine Freunde schon um ein kleines Feuer saßen und offenbar bereits gefrühstückt hatten.

„So früh auf?", fragte Merler und setzte sich dazu.

„Wir konnten alle nicht gut schlafen", erklärte Wagio, und Burno ergänzte: „Du offenbar auch nicht. Du siehst so aus, als hättest du einen Geist gesehen."

„Asro ist tot", sagte Merler tonlos. „Ich hatte wieder eine Vision."

Alle reagierten überrascht, ungläubig und auch schockiert.

„Wie kann das sein?", fragte Dira.

„Der Anführer von Gevatter Todes Schergen war es", erläuterte Merler, während er sich ein Stück geröstetes Brot nahm. „Er tritt nun in Asros Fußstapfen und soll mich erledigen. Offenbar wollte Asro sich nicht damit abfinden, dass er im Falle einer Überlegenheit der Dunklen Seite im letzten Kampf doch nicht die alleinige Herrschaft übernehmen würde. Die absolute Macht wird an Nova und seine Kumpane gehen."

Die ungläubigen Blicke aller richteten sich auf Merler. „Das kann doch gar nicht gehen, dass einfach ein anderer für Asro einspringt", warf Dira ein. „Ich meine – das Dunkle Zauberschwert gehört doch Asro?"

„Nein", sagte Merler müde, „es gehört den

Schergen. Und für sie wird es auch arbeiten."

Kola mischte sich ein. „Die Schöpfer des Dunklen Schwertes haben Asro nie wirklich die Macht darüber verliehen. Es hatte immer nur den Anschein. In Wahrheit warteten sie einfach ab, bis er ihnen den Weg weitgehend freigeräumt hatte; nun kommen sie aus dem Hintergrund hervor und übernehmen wieder. Und das macht mir Sorgen. Denn wenn die Schergen sich zeigen, wähnen sie sich sehr sicher."

„Wie stark ist Nova? Kennst du ihn?", fragte Merler.

Kola verzog sein Gesicht.

„Er ist ein richtig harter Gegner. Er beherrscht die Magie exzellent. Das Einzige worin er seine Schwächen hat, ist der Schwertkampf."

„Ein Schwerttod in Ehren kann keiner verwehren", sagte Burno.

Wagio gab Burno einen Schlag auf den Hinterkopf.

„Lass wenigstens bis nach der Schlacht deine Witze bleiben!"

„Kannst du auch freundlicher sagen", knurrte Burno.

Die Zelte wurden abgebaut, und dann ging

es los in Richtung der Hauptstadt. Die meisten gingen zu Fuß, einige waren beritten. Der letzte Kampf nahte. Für Merler zogen sich die Sekunden endlos in die Länge, und zugleich rasten die Stunden. Er wollte einfach nur, dass glückliche Ende und mit Seirum eine schöne Zukunft haben. Gegen Mittag rasteten sie kurz und tränkten die Pferde. Dann ging es schon wieder weiter.

Gegen Abend trafen sie auf das Belagerungscamp vor Asros Hauptstadt. Es war gewaltig, Zelt stand an Zelt, das Lager erstreckte sich über Meilen. So viele Menschen auf einem Fleck hatte Merler bisher noch nie gesehen. Sie mussten sich förmlich einen Weg hindurchbahnen. Überall herrschte Betriebsamkeit, Schmiede, Pfeilmacher und Baumeister arbeiteten fieberhaft. Befehle und Diskussionen in unzählig verschiedenen Sprachen hallten pausenlos durch das Lager. Plötzlich, während Merler noch gedankenverloren von hier nach dort sah, wurde er fast umgerannt. Verwirrt sah er nach unten und bemerkte einen zerzausten Haarschopf, der ihm vage vertraut vorkam. Es durchzuckte schmerzlich sein Herz. Seirum hob den Kopf, küsste ihn unwillkürlich mitten auf den Mund und begann zu weinen.

„Oh Merler, Merler, du bist wieder hier, du hast es bis hierher geschafft!", schluchzte sie immer wieder. „Ich habe dich so vermisst!"

Merler drückte sie fest an sich. Obwohl er dagegen ankämpfte, kamen auch ihm die Tränen. „Du hast mir auch gefehlt. Ich habe mir solche Sorgen um dich gemacht! Wie bist du ihnen nur entkommen? Wohin haben sie …"

Jemand klopfte ihm auf die Schulter, und peinlich berührt registrierte Merler, dass all seine Freunde um ihn und Seirum versammelt standen und das Schauspiel vergnügt beobachteten. „Wir gehen ein Stück weiter", sagte Burno ungewohnt ernsthaft. „Ihr habt euch bestimmt viel zu erzählen." Er winkte den anderen zu, und sie schlenderten grinsend davon.

Seirum zog Merler hinter sich her in eins der Zelte, das man ihr zugewiesen hatte. Dort setzten sie sich dicht nebeneinander hin. Zunächst schwiegen sie, dann redeten beide zugleich los. Es dauerte lange, bis jeder genau darüber im Bilde war, was der jeweils andere in der Zeit ihrer Trennung erlebt hatte.

„Ich bin so, so froh, dass dir nichts passiert

ist", wiederholte Seirum zwischendurch immer wieder. Und Merler dasselbe zurückgeben.

„Irgendwie hatte ich immer Hoffnung", versuchte er zu erklären. „Ein Teil von mir wusste, dass du es allein schaffen würdest, sonst wäre ich sofort zurückgekommen und hätte versucht, dich zu retten. Aber trotzdem, der Gedanke war immer da, dass ich dich vielleicht nie wiedersehen würde."

Seirum stimmte zu. „Ich hatte ebenfalls Angst davor, dass die Trennung für immer sein würde. Aber nun schau, wie sich alles zum Guten für uns gewendet hat! Du bist hier! Ich bin hier! Asro ist tot! Du hast das Amulett! Es könnte schlimmer sein, Merler, findest du nicht auch?"

Merler spürte, wie die Euphorie über das Wiedersehen allmählich wich. Er wurde bedrückt. „Morgen wird es sich entscheiden, ob alles gut wird oder nicht."

„Es wird gut werden", beharrte Seirum. Sie legte ihre Hände auf seine Wangen und zwang ihn, sie direkt anzusehen. „Hast du gehört? Du wirst es schaffen! Und dann ist alles vorbei! Ich glaube fest an dich!"

Merler überkam wieder das Gefühl der Wärme, und er zog Seirum in seine Arme. „Lass uns nicht an morgen denken", murmelte er in ihr Haar. „Wir müssen den Moment genießen, er wird niemals wiederkommen."

Seirum lächelte. Sie legte sich auf ihre Matratze und zog Merler neben sich. Dann begann sie vorsichtig, ihn auszuziehen.

Die Nacht verging schneller, als es Merler lieb war. Seirum war kurz vor Morgengrauen eingeschlafen, er selbst lag wach, strich mit den Fingern über ihre Schulter und versuchte mit aller Kraft, dieses Gefühl von Nähe, Glück und Vertrauen festzuhalten.

Dann läutete eine Glocke, und Seirum fuhr erschrocken aus dem Schlaf. Sie wusste sofort, wo sie sich befand und was nun kommen würde.

„Es beginnt also", sagte sie traurig.

„Ja", bestätigte Merler.

„Merler, versprich mir, alles zu tun, dass du am Leben bleibst. Denk an mich und an unsere Zukunft! Du musst zu mir zurückkehren, ohne dich mag ich nicht leben!"

Merler stand auf und zog sich an. Bevor er ging, sah er ihr lange in die Augen. „Ich werde alles tun, um zurückzukommen", versprach er ernst. „Doch was auch geschieht, du bist das Beste, was mir je passiert ist. Ich werde dich niemals vergessen." Er gab ihr einen letzten Kuss und verließ dann ohne einen Blick zurück hastig das Zelt.

Dort blieb er mit einem Ruck stehen. Burno, Wagio, Dira, Rexe, Yera und Dira standen vor dem Zelt und hatten offensichtlich auf ihn gewartet.

„Wie geht es dir?", fragte Dira leise.

Merler wurde rot, doch dann merkte er, dass sie gar nicht auf seine Nacht mit Seirum anspielte. Darüber schienen ohnehin alle Bescheid zu wissen.

„Ich habe Angst, vor dem, was jetzt kommt."

„Uns allen geht es gleich", sagte Wagio bekümmert. „Selbst Firor hat Angst. Hoffentlich kommen wir alle heil raus."

„Wenn wir keine Angst hätten, müsste mit uns was nicht stimmen", verkündete Burno. Alle stimmten Burno stumm zu.

In dem Moment ertönte das Horn. Plötzlich brach Lärm los, als Hunderttausende in Stellung gingen und sich dann zeitgleich in ein und dieselbe Richtung zu bewegen begannen.

Der Erdboden schien unter den Hufen und Stiefeln förmlich zu erbeben. Es war ein gigantisches Heer, dennoch sollte das gegnerische unvorstellbar viel größer sein, so hatten es Spione berichtet. Merler konnte das kaum glauben, wenn er sich umsah. Plötzlich tauchte König Tuga beritten neben Merler auf. Zwar hatte Merler ihn noch nicht persönlich kennengelernt, doch er erkannte sogleich Seos Züge. Eindeutig der Sohn von Seo. Genauso selbstbewusst und bereit im Kampf gegen den Feind zu sterben.

Wieso er Seo seinen Sohn die ganze Zeit über nicht zu Gesicht bekommen hat, wusste Merler nicht. Seo hat kein Wort über seinen Sohn erwähnt.

„Hallo Merler ich bin erfreut dich zu persönlich kennenzulernen. Wir konnten uns leider davor nie treffen, weil ich als Stadtherr im Auftrag meines Vaters gedient habe. Die Stadt befindet sich zweihundert Kilometer östlich von Sordor."

Ein kräftiger Händedruck erfolgte.

„Hast du erfahren, wie unsere Strategie ist?" Merler nickte. Seirum hatte ihm in der Nacht noch das Wichtigste erklärt.

„Gut, dann kann alles beginnen", sagte Tuga. „Los! Zeigen wir es ihnen! Auch wenn wir verlieren sollten, wir werden zumindest ehrenvoll und stolz untergehen!"

Alles bebte unter der Erwiderung des Rufes.

Und so begann die letzte Schlacht, die alles entscheiden sollte.

Merler und seine Freunde bekamen Pferde zugewiesen und saßen auf. Das Amulett hatte Merler sich um den Hals gehängt. Es ruhte sicher auf seiner Brust.

Die Schleudern feuerten Geschosse auf die Festung ab. Von der Festung aus wurde das Feuer erwidert. Das Horn des Angriffs ertönte. Sturmleitern und Belagerungstürme wurden nach vorn geschoben, begleitet von der leichten Infanterie. Die zweite Angriffswelle bestand aus schwerer Infanterie. Ihre glänzenden Rüstungen funkelten in der Sonne. Die Kavallerie würde ganz zuletzt in Angriff gehen, wenn die Tore der Festung gestürmt wären.

Als die erste Angriffswelle beinah die Mauern erreicht hatte, wurde zur Sicherheit das Feuer der Schleudern eingestellt, um nicht eigene Soldaten zu treffen.

Die Sturmleitern wurden angelehnt und die leichte Infanterie kletterte hinauf. Der ständige Beschuss von oben sorgte dafür, dass viele in den Tod stürzten. Immer wieder fielen ganze Leitern um, doch neue wurden nachgerückt. Alle, die in der Schlacht um Sordor dabei gewesen waren, fühlten sich zeitlich zurückversetzt – nur, dass diesmal sie diejenigen waren, die angriffen.

Merler und seine Freunde hätten, wenn es nach ihnen gegangen wäre, bereits jetzt aktiv mitgemischt. König Tugas Plan lautete jedoch anders. Er wollte sie möglichst lange im Hintergrund und aus allem heraushalten. Erst wenn die Tore geöffnet waren, sollte Merler mit in den Kampf kommen. Nur er konnte den Kampf gegen den Träger des Dunklen Zauberschwerts führen, niemand würde ihn ersetzen können. Die Belagerungstürme erreichten die Mauern und verstärkten den Ansturm. Ein Belagerungsturm zersplitterte gleich durch einen gut gezielten Explosionszauber eines gegnerischen Magiers. Trotz alldem kam die Mauerbesatzung schwer unter Druck und verlor immer weiter an Raum. Zwar war das gegnerische Heer sehr viel größer, doch oben auf den Mauern war nur beschränkt Platz. Den ersten Mauerring würden sie zügig schaffen, allerdings gab es einen zweiten Ring, der den Hauptsitz schützte.

Das Tor glitt auf, da das Haupttor erfolgreich eingenommen wurde. Tugas Strategie war aufgegangen, für den ersten Mauerring

hatten sie keine Rammböcke benötigt.
Diese wollte Tuga sich für den zweiten
Ring aufsparen.

Das Horn ertönte und verkündete den Angriff auf den zweiten Ring. Dieser stellte
eine sehr viel größere Herausforderung dar.
Vermutlich, so kam es Merler in den Sinn,
steckte Absicht dahinter, dass der erste Teil
der Schlacht so rasch zu ihren Gunsten ausgegangen war; eventuell sollten sie in ihrer
Euphorie am zweiten Ring zermürbt
werden. Die Hauptkräfte hatte dieser Nova
gewiss zur Verteidigung des zweiten
Mauerrings eingeteilt.

Merler und seine Freunde ritten durch das
Tor. Die Pferde scheuten häufig, da sie
Trümmer und Tote oder Verletzte passieren
mussten. Merler wurde nachdenklich, als er
die Zerstörung ringsum sah. All das nur
wegen dieser Zauberschwerter? Waren sie
das wirklich wert? Wer hatte sich diesen
Wahnsinn nur ausgedacht?

Dieses ganze Elend musste einfach ein
Ende finden, wie auch immer!

Die Fläche hinter dem ersten Mauerring war
unglaublich groß, zahlreiche Gebäude
standen darin. Fünf Meilen dauerte es, bis
sie die eigentliche Festung erreicht hatten.
Rammböcke und Sturmleitern wurden

abermals nach vorn gebracht. Feinde kamen ihnen keine in den Weg. Der Feind wollte sie offenbar am zweiten Ring schlagen.

Erneut wurde versucht, die Sturmleitern in Position zu bringen und so viele Soldaten wie möglich nach oben klettern zu lassen. Diesesmal waren Merler und seine Freunde aktiv dabei. Merler feuerte vorerst nur aus sicherer Entfernungen Zaubersprüche auf die Monster.

Wagio, Dira und Seirum schafften es auf den Wehrgang und mähten einige Zimisten nieder. Wagio feuerte einen Pfeil nach dem anderem ab. Seirum und Dira kämpften mit ihren Schwertern, wie sie noch nie gekämpft hatten, und gaben Wagio Rückendeckung. Dennoch mussten sie sich bald wieder etwas zurückziehen, da sowohl von der Festung selbst als auch unterhalb vom Wehrgang aus Bolzen und Pfeile auf sie abgeschossen wurden. Es war fast unmöglich, diese Menge abzuwehren und wieder und wieder auszuweichen. Links und rechts fielen Soldaten. Dira bekam einen Bolzen in den rechten Unterarm. Sie versuchte, sich keinen Schmerz anmerken zu lassen, und kämpfte weiter. Wagio konnte sie aber nichts vormachen.

„Du musst dich sofort heilen lassen!", rief

er ihr zu.

„Nein!", schrie Dira zornig. „Ihr braucht mich! Und so schlimm ist die Verletzung nicht." Ihre Miene offenbarte Wut, aber auch Schmerz. Wagio kannte Dira jedoch gut genug, um zu wissen, dass es zwecklos war, nun mit ihr zu diskutieren. Sie würde weitermachen, bis sie nicht mehr konnte.

Immer mehr Soldaten erreichten die obere Mauer und unterstützten sie. Die Rammböcke wurden auf das Tor zugefahren.

Merler begab sich dorthin. Trotz Tugas ausdrücklicher Warnung wollte er sich nicht länger zurückhalten. Er konnte es einfach nicht.

Gewaltige Steine flogen hinter die Mauern des zweiten Rings.

Die ersten Schleudern hatten Verbündete in den Straßen aufgebaut.

Was für einen Schaden die Steine anrichteten, konnte man nur von der Luft aus sehen oder spätestens, wenn sie auf den Wehrgängen der Mauer waren.

Tuga befand sich bereits auf den Mauern und kämpfte aktiv mit, so wie jeder es von einem guten König erwartete. Dies war die Endschlacht, hier ging es um alles. Würde der König sterben – jeder wüsste, wie er sich zu verhalten hätte, und jeder würde weitermachen.

Ein Gruppe Zimisisten feuerte Pfeile in ihre Richtung. Merler schütze sich mit seinem Schild. Sie kamen langsam, aber unaufhaltsam voran. Selbst Feuerpfeile halfen nicht gegen diese ganz besonderen Rammböcke, die aus schwerem Metall gefertigt waren. Zorndkrach fügte zwar hier und dort kleine Schäden zu, doch vorläufig hielten die Rammböcke stand. Allerdings bemerkte der Feind, dass mit Zorndkrach am ehesten etwas bewirkt werden konnte, und ging verstärkt dazu über. Nun aber waren zwei Rammböcke schon so weit vorangekommen, dass sie nicht mehr zu stoppen so waren. Mit aller Kraft wurden sie gegen das Haupttor der Festung getrieben. Merler half mit, indem er Magie einsetzte und den Stößen mehr Kraft verlieh. Das Tor war einem so hohen Druck ausgesetzt, dass es tatsächlich rasch nachgab. Oben versuchten die Zimisisten, sie mit Pech zu übergießen. Merler bemerkte es noch rechtzeitig, hob schützend eine Hand und schrie: „*Garier!*" Ein Schutzzauber umhüllte alle, die in einem Umkreis von einigen Metern standen. Das Pech prallte wirkungslos daran ab und verpuffte einfach. Übrig blieb nichts außer etwas Asche, die zu Boden fiel.

Das Tor ächzte, die Pfähle bogen sich, in der Mitte klaffte bereits ein Loch. Noch ein letzter Schlag, und es war durchdrungen. Hinter dem Tor erwartete sie eine Reihe Zimisten mit Armbrüsten. „*Micro!*", schrie Merler riss sein Schwert aus der Scheide. Die Armbrustschützen feuerten in diesem Moment ihre Bolzen ab, doch sie sollten nie ihr Ziel erreichen. Der Zauber schleuderte die Bolzen heftig zurück, jagte sie in die Körper ihrer Absender und brachte sie zu Fall.

„Das Haupttor ist frei!", schrie Merler nach hinten. „Wir können hinein! Kommt alle hierher!"

Hinter dem Haupttor tauchte ein riesiger Platz auf. Hier war eine gewaltige Armee des Feindes aufgestellt. Und wiederum dahinter erhob sich Asros Festung. Merler wusste, dass Asro nicht mehr lebte, doch für ihn blieb dies die Festung Asros.

Die Festung sah näher aus, als sie es war. Es mussten mindestens fünf Meilen sein.

Es war unmöglich, hier innerhalb der Stadt einen endgültigen Sieg über den Feind zu erringen, das sollten sie rasch merken. Die eigene Armee war auf knapp hundert-tausend Mann dezimiert worden, der Feind brachte deutlich mehr Kämpfer auf.

Dennoch dachte keiner daran, aufzugeben.
Plötzlich vernahmen sie schrilles Kreischen.
Todesdrachen. Es mussten Tausende sein,
die vom Himmel herabstürzten.

König Tuga hatte damit gerechnet und blies
das Horn. Nun tauchten auch seine Drachen
auf und nahmen dem Ansturm der Todesdrachen die Kraft. Firor befand sich unter
ihnen.

Merler rannte zu Wagio, der mittlerweile
vom Wehrgang heruntergerannt war, um
auf dem großen Platz mitzukämpfen.

„Wagio, wir schaffen das nicht!", schrie
Merler ihm zu. „Es sind zu viele! Und
diesen Nova kann ich nirgendwo sehen!
Wir könnten es abkürzen, wenn es gleich
zum Duell kommen würde!"

Wagio lachte grimmig auf. „Denkst du,
dieser Hund wagt sich ins Getümmel und
kämpft wie ein Mann an der Seite seiner
Krieger? Ha! In der Festung wird er sich
verschanzt haben und kommt erst heraus,
wenn es für ihn sicher ist! Ich denke nicht,
dass du ihn frühzeitig zum Zweikampf
herausfordern kannst; er weiß von deiner
Stärke und wird hoffen, dass du fällst, bevor
es für ihn ernst wird!"

„Ich muss gegen ihn kämpfen!", schrie
Merler verzweifelt. „Wir werden alle unter-

gehen! Es sind einfach zu viele!"

„Etwas anderes behaupte ich gar nicht", erwiderte Wagio rasch. „Komm mit!" Er zog Merler etwas zur Seite, schoss aber unablässig Pfeil um Pfeil ab. „Firor soll dich zu ihm bringen. Es ist wirklich das Beste, was wir tun können."

Auf dem Platz herrschte ein regelrechtes Gemetzel. Und der Ausgang des Kampfes lag klar auf der Hand: Womöglich konnten sie sich noch eine Weile halten, doch früher oder später würden Merlers Leute unterliegen.

„Ist das dein Ernst?", brüllte Merler, während auch er pausenlos Hiebe mit dem Schwert verteilte und abwehrte. „Firor ist doch oben im Kampf! Kannst du sie zurückziehen?"

Wagio schaute kurz hinauf, dann flog der nächste Pfeil aus seinem Bogen.

„Natürlich", sagte er kurz. „Allerdings wird es gefährlich sein, ich weiß nicht, wie die Festung bewacht ist und wo sich dieser Kerl versteckt hält. Aber anders wirst du an ihn auf keinen Fall herankommen."

„Dann ruf sie endlich!", schrie Merler ungeduldig, und im gleichen Moment erzitterte der Boden, als Firor direkt vor ihm und Wagio landete und dabei gekonnt etliche Zimisisten zu Brei zermalmte.

Merler zögerte nicht, mit einem Sprung war er auf dem Rücken des Drachenweibchens, das abermals in den Himmel entwich, bevor der Feind begriff, was geschehen war, und auf sie anlegen konnte. Kleiner und kleiner wurde der Platz unter ihnen, in weiter Ferne wog der Kampf. Doch dann rückten sie hinein in ein anderes Schlachtfeld, das nicht minder gefährlich war: In den Lüften kämpften die Drachen auf Leben und Tod. Firor versuchte geschickt, sich einen sicheren Weg zu finden und dabei möglichst keinen Todesdrachen auf sich aufmerksam zu machen.

Die Festung rückte rasch näher. Sie war die reinste Bastion. An jeder Kante des rechteckigen Grundrisses stand ein Wehrturm, ein weiterer in der Mitte.

Merler blickte sich hektisch um und hielt jederzeit das Zauberschwert bereit. Bislang waren ihnen keine Todesdrachen gefolgt, nun änderte sich das. Zwei der Biester hängten sich an sie. Merler richtete das Zauberschwert auf sie und rief: *„Blotar!"* Mit Genugtuung beobachtete er, wie ein greller Blitz aus dem Schwert schoss und beide Todesdrachen ins Aus versetzte. Ein weiterer kam hinzu und stieß einen

fürchterlichen Schrei aus. Er rückte näher,
und Merler wusste, dass sie sich bald in der
Reichweite seiner Feuerstöße befinden
mussten.

„*Malar!*", donnerte er, so laut er konnte.
Aus dem Schwert schoss nun ein heftiger
Windstrom. Dieser drängte den Verfolger
zurück, brachte ihn aus dem Kurs und
zwang ihn dazu, abzudrehen. Er verlor an
Höhe. Dann erlangte er wieder die
Kontrolle über sich, fuhr herum und stürzte
sich abermals auf Firor. Bevor Merler einen
neuen Spruch gegen ihn richten konnte,
wurde ein Feuerdrache aufmerksam. Er
stürzte sich auf den Todesdrachen, der so
sehr auf Firor fixiert war, dass er nicht
rechtzeitig reagierte. Und das war sein
Untergang.

Merler seufzte erleichtert. Er spürte, dass
Kämpfe in der Luft überhaupt nichts für ihn
waren, und trieb Firor voran.

Außerdem durfte er nicht zu viele Zaubersprüche nutzen, weil er spürte, dass sein
Zauberschwert fast erschöpft war.

Zwar besaß er noch magische Kräfte aus
seinem Körper, aber sie würden begrenzt
halten. Wenn Nova ihm sowieso in den
magischen Kräften überlegen war, musste
er sich auf den Schwertkampf konzentrieren

und das Rechtzeitige blocken von magischen Angriffen.

Sie erreichten die Festung. Dummerweise hatte Merler geglaubt, die Wehrtürme seien nicht bewacht. Dies stellte sich als falsch heraus. Ein Dutzend Zimisten befand sich auf jedem der Türme, wie er nun feststellen musste. Alle hatten Armbrüste und legten damit an.

Bis zum zentral gelegenen Wehrturm, auf dem Merler hatte landen wollen, war es zu weit. Firor steuerte den nächsten Wehrturm an. Bolzen flogen in ihre Richtung, und Firor wurde getroffen. Sie kreischte auf und spie Feuer. Die Zimisten mussten in Deckung gehen, und Merker nutzte die Gunst der Stunde, sprang von Firors Rücken und landete hart oben auf dem Wehrturm. Kurz kam er ins Wanken, doch dann fand er rasch sein Gleichgewicht und stürmte auf die Zimisisten los, die sich noch nicht ganz von dem unerwarteten Überfall erholt hatten.

Die Freude darüber, dass er die Festung er- reicht hatte, wurde zunichtegemacht, als ein Kreischen ertönte und Firor im Sturzflug nach unten ging. Offenbar war sie schwerer verwundet worden, als Merler geglaubt hatte. Merler starrte ihr entsetzt hinterher.

Seinetwegen war nun auch sie Opfer dieses Krieges geworden! Sie hatte ihr Leben riskiert, um seines zu retten, und es verloren. Er schluckte und ballte die Fäuste. Seine Entschlossenheit, alles zum Ende zu bringen, stieg an. Mühsam drängte er Tränen der Wut und des Schmerzes zurück, raffte sich auf und verließ den Wehrturm.

Merler rannte durch das Innere der Festung. Zu seiner Erleichterung hielten sich hier recht wenige Wachen auf. Ab und zu musste Merler ein paar Zimisisten niederstrecken, doch sonst stieß er auf keinen bedrohlichen Widerstand.
Die Hallen und Gänge waren prall gefüllt mit kostbaren Gegenständen und Verzierungen.
In seinen Träumen hatte Merler diese Gänge nie so gesehen oder es war ihm nicht aufgefallen.
„Nova!", brüllte Merler, während er die Räume absuchte. „Wo steckst du, du Feigling? Zeige dich!"
Stille antwortete. Der Kampflärm von draußen drang nicht durch das dicke Gemäuer.
Dann, plötzlich, als Merler schon nicht mehr daran glaubte, hier auf seinen Wider-

sacher zu stoßen, vernahm er die Stimme: „Na, na, Junge. Woher nimmst du den Mut, mich so zu beschimpfen? Weißt du nicht, wer ich bin?"

Die Stimme klang ruhig und rau. Merler wirbelte herum.

„Ich bin kein Feigling, wie du glaubst", sagte sein Gegenüber träge. „Ich ziehe es lediglich vor, nur dann selbst zu kämpfen, wenn es wirklich lohnt."

„Dann kämpfe nun wie ein Mann", schrie Merler.

„Ich bin alleine. Meine Mitstreiter kämpfen in der Schlacht und habe nicht vor sie herbeizuholen."

Merler zögerte nicht lange und stürmte auf Nova zu. Die Klingen kreuzten sich und krachten gegeneinander. Funken sprühten bei jeder Berührung der beiden Zauberschwerter.

„*Cor tot!*", brüllte Merler, als er die Gelegenheit hatte, sein Schwert direkt auf Nova zu richten. Der Zauberspruch bewirkte nichts. Merler war verwirrt. Nova nutzte den Moment, um einen schnellen Angriff durchzuführen. Merler wurde von den Füßen gefegt, konnte sich aber sofort wieder aufrappeln.

„Du enttäuschst mich, Junge", sagte Nova

und lächelte grausam. „Wusstest du nicht, wie sich zwei Zauberschwerter im Zweikampf verhalten? Niemand kann die Magie seines Schwertes gegen den Besitzer des jeweils anderen richten! Es tut mir leid, dich enttäuschen zu müssen, doch du wirst nun ausnahmsweise ohne Magie auskommen müssen." Wieder lächelte er. „Wohingegen ich, im Gegensatz zu dir, auch noch über andere Magie verfüge."

Er hob die Hand und murmelte etwas. Merler reagierte zu spät und verpasste das Blocken. Er wurde einige Meter nach hinten geschleudert und verlor dazu noch sein Zauberschwert. Es kam klirrend ein großes Stück von ihm entfernt auf.

Nova kam langsam auf ihn zu.

„Ich habe eigentlich mehr von dir erwartet", sagte er. „Hm. Wie ist es wohl einem armseligen, einfachen Bauernjungen wie dir gelungen, solch ein großartiges Schwert zu finden und sein Besitzer zu werden? Du hast dieses Schwert niemals verdient gehabt! Womöglich hattest du viel Glück und gute Freunde, dass du so weit gekommen bist; mehr war es nicht."

Merler funkelte ihn reglos an. Dann, während Nova gedanklich noch bei seinem Vortrag war, riss er alle Kraft zusammen, sprang unvermittelt auf und zauberte sich das Schwert in die Hand. Im gleichen Moment griff er wieder an. Diese Runde dauerte länger. Beide Gegner versuchten Finten und Tricks.

Merler musste häufig magische Angriffe seines Gegners blocken. Es kostete viel mühe dabei die Konzentration weiter auf den Schwertkampf zu haben.

Doch dann unterlief Nova ein Fehler. Er unterschätzte Merler, der sich kurz und gezielt zu Boden fallen ließ, zur Seite wegrollte und dann einen Hieb auf Novas Knie landete. Er schrie auf vor Überraschung und Schmerz.

„Adreso!", rief Merler und richtete seine Hand gegen Nova. Dieser wurde nach hinten gerissen und überschlug sich in der Luft. Erstaunlich schnell rappelte er sich wieder hoch und feuerte zornentbrannt einen Spruch Richtung Merler, den dieser gekonnt blockte.

Dann stürmte Nova auf Merler zu. Merler war bereit für den Angriff, doch sein Gegner täuschte ihn. Kurz vor dem Zusammenprall richtete er seine Hand auf Merler und schrie: *„Frageno!"*

Darauf war Meler nicht vorbereitet. Der Zauber traf ihn mitten ins Herz, und im nächsten Moment lag er am Boden und wand sich vor Schmerz.

Der Zauber brachte ihn nicht um, aber die Schmerzen waren höllisch. Es fühlte sich an, als würde ein Steinbrocken auf ihm liegen und das Gewicht seine Organe zerquetschen.

„Dummer, dummer Junge", höhnte er. „Glaubtest du ehrlich, es mit mir aufnehmen zu können? Allerdings, ich muss gestehen, am Ende hast du mir noch eine recht gute Unterhaltung geliefert. Leider muss ich dir mitteilen, dass das Gute in der Realität selten siegt."

Er blickte verächtlich auf Merler hinab. „Keine Bange, gleich ist es vorbei. Es tut lediglich noch ein wenig mehr weh." Seine Augen glitten auf Merlers Brust und leuchteten auf.

„Da haben wir es ja, das berühmte Amulett! Du weißt, dass ich damit dein hübsches Schwert zerstören kann. Und das werde ich auch tun, um diese Geschichte endgültig zum Ende zu bringen!"

Das Goldene Schwert lag nutzlos am Boden. Merler vermochte nicht mehr, es sich zu rufen. Abermals zielte Nova mit einem Spruch auf ihn, und der Schmerz in seinem Inneren vervielfachte sich. Merler dachte, er müsse sterben, so viel Schmerz konnte niemand ertragen.

„Bevor ich dich zum dritten Mal Treffen und damit sehr wahrscheinlich töten werde", ergriff Nova abermals das Wort, „gönne ich dir das Vergnügen, Zeuge der Zerstörung deines kleinen Schwertes zu werden. Das freut dich gewiss! So bekommst du alles aus erster Hand mit! Schade, dass du niemals jemandem davon erzählen kannst."

Er bückte sich und riss das Amulett an sich. Dann sah er auf das Goldene Zauberschwert hinab und verzog höhnisch die Mundwinkel.

Merler, der vor Schmerz nur noch keuchte, kamen die Tränen. Alles war vorbei. Er hatte verloren. Sie alle hatten verloren, seine Freunde würden sterben oder diesem Unmenschen die Treue schwören müssen.

Er dachte an Seirum.

Geplagt von unsäglichen Schmerzen, schossen Gefühle verschiedener Art in ihm hoch. Das konnte doch nicht alles gewesen sein! Er konnte Seirum, seine Freunde, diese Erde nicht einfach diesem Monster überlassen! Hier war er, Merler, mit seinem Schwert, und beide lagen am Boden und hatten augenscheinlich aufgegeben. Und dort draußen kämpften sie für ihn, für die Zukunft und für etwas Besseres!

Die Schmerzen rückten in den Hintergrund, weil sie für Merler plötzlich keine Rolle mehr spielten. Überhaupt nichts spielte eine Rolle außer dem Gefühl in seinem Inneren, sich für die, die er liebte, stark machen zu müssen.

Innerhalb einer Sekunde war er wieder auf den Beinen, hatte das Schwert in der Hand, und während Nova noch voller Verblüffung einfach da stand, ging Merler mit aller Kraft auf ihn los. Diesmal war es Nova, der Schwert und Amulett verlor. Merler hieb wie besessen auf ihn ein und schrie dabei: *„Frageno! Frageno! Frageno!"*

Nova brüllte vor Schmerz, verstummte beim dritten Mal jedoch urplötzlich. Und Merler wusste, dass er nie wieder schreien würde. Drei mal den starken Schmerzens-zauber anzuwenden war tödlich. Seine Augen starrten den Jungen an, der keuchend sein Schwert sinken ließ und sich bereits sicher wähnte. Und das war der Fehler.

Nova keuchte leise und griff blitzschnell mit der rechten Hand in seinen Umhang.

Merler reagierte nicht mehr schnell genug, und Novas Wurfmesser bohrte sich in seinen Brustkorb.

Merler landete hart neben ihm. In seinem Mund schmeckte er Blut, und er wusste, dass es nun zu Ende war.

Nova gab ein ersticktes Lachen von sich, bevor er verstummte.

Sein Gegner war Tod, aber Merler spürte, dass seine Lebenskraft rasch verschwand. Mit aller Kraft, die er noch aufbringen konnte, zog er Amulett und Dunkles Zauberschwert zu sich heran. Er hatte sich nie Gedanken darüber gemacht, wie das mit der Zerstörung vor sich gehen müsse. Doch nun wusste er plötzlich, was zu tun war. Er wünschte sich von ganzem Herzen den Untergang und das Ende des Dunklen Schwertes. Das Amulett wurde plötzlich warm und begann zu leuchten. Das Leuchten erfasste das Schwert, Hitze erfasste es. Merler ließ beide Objekte fallen und beobachtete dann mit verschwommen werdendem Blick, wie das Schwert einfach zerfloss. Es war zu Ende.

Nova bekam die Aktion mit. Verzweifelt versuchte er, an das Dunkle Zauberschwert heranzukommen. Zu spät.

„Nein! Was hast du getan!"

Jetzt war es Merler der Lachte.

Geschafft! Die Aufgabe galt als erfüllt. Es war nicht mehr von Bedeutung, dass er das glückliche Ende nicht mehr miterleben würde. In seinem Inneren hatte er stets damit gerechnet, und er war darauf vorbereitet gewesen. Dies war seine Rolle gewesen, und es war gut so.

Er zog mit seiner letzten Kraft das Messer aus seinem Brustkörper und sah, dass die Klinge schwarz leuchtete: Gift.

Merler schloss zufrieden die Augen.

Traurig war er, dass er in dieser Welt keine gemeinsame Zukunft mit Seirum haben konnte.

Wenigstens konnte Seirum ein Leben in Frieden und Freiheit führen.

Das Erbe.

Der Kampf war plötzlich zu Ende, und niemand vermochte den Grund zu nennen. Alle wussten, dass es vorbei war, dass geschehen war, was hatte geschehen müssen. Und Merlers Freunde wussten, dass Merler tot war. Sie rannten hinauf in die Festung, doch jede Hilfe kam zu spät.

Die dunklen Armeen flüchteten, die Zimisiten zerfielen zu Staub, da sie keine natürlichen Lebewesen waren und ohne das Zauberschwert nicht leben konnten.

Seirum weinte bitterlich.

Arno half ihr die Zeit zu überstehen.

König Tuga sorgte für eine würdige Bestattung. Sein Todestag wurde in allen Ländern zum Gedenktag ausgerufen, damit niemand je vergessen würde, dass man manchmal alles riskieren musste, wenn diese Welt eine Bessere werden sollte – auch das eigene Leben.

Die Welt bekam eine Chance auf ein Neuanfang.

Der Frieden war noch nicht überall gesichert.

Es stellte sich als schwierig heraus allen gerecht zu werden.

Immer wieder waren Kompromisse nötig,

die nicht alle Beteiligten zufriedenstellten.
Um den Frieden zu sichern, gründete König
Tuga mit vielen anderen Herrschern eine
Friedensallianz. Ob die Allianz ihren Zweck
erfüllen konnte, stand in den Sternen, aber
ein Versuch war es wert.

Arno und Seirum wurden einen Monat nach
Merler seiner Bestattung zu König Tuga
seiner Gründungsfeier der Friedensallianz
eingeladen. Die Feier fand in dem pracht-
vollen Saal des Schlosses statt.

Viele Könige und Diplomaten waren gekommen, um die Allianz zu feiern.

„Danke, dass ihr gekommen seid", sagte
Tuga zu Arno und Seirum.

Mit einer kräftigen Umarmung begrüßte er
beide.

Bei Seirum war er vorsichtig, da sie vor
einer Woche festgestellt hat, dass sie
schwanger war.

Es bestanden keine Zweifel, dass das Kind
von Merler sein musste.

In der Nacht vor der Schlacht hatte er ihr ein
Kind geschenkt und darüber war sie überglücklich. Arno freute sich ebenso und er
wollte ihr beiseitestehen.

Gara war ebenfalls gekommen und be-
glückwünschte Seirum.

Dira war die einzige Gefährtin, die die

Schlacht überstanden hatte.

Alle anderen waren gefallen.

Die Erinnerungen an sie schmerzten und verursachten allen immer wieder schlaflose Nächte.

Viele wussten nicht, ob sie der Zukunft optimistisch oder pessimistisch begegnen sollten.

Ein Glockenton ertönte und der Gesprächslärm verstummte.

Arno und Seirum hockten sich auf zwei für sie reservierte Stühle.

„Meine geehrten Freunde. Wir haben einen wichtigen Schritt in den vergangenen Wochen geschafft. Wir haben uns im Glauben vereint eine friedvolle Welt zu erschaffen. Eine Welt wofür Merler gekämpft und sein Leben gelassen hat. Wir Schulden ihm den Versuch. Wenn wir so weiter machen wie zuvor, wird die Welt wieder einer solchen Bedrohung gegenüberstehen und am Rande der Vernichtung getrieben. Vielleicht gewinnt das nächste Mal das Böse. Vorerst mögen wir es besiegt haben, aber Gevatter Tods Schergen existieren immer noch da draußen und wer weiß was für grauenvolle Pläne sie entwickeln. Deshalb ist es wichtig, dass wir für Frieden sorgen und untereinander keine Kriege mehr führen. Wenn wir das schaffen, dann hat ein Neuer Asro und Nova beim Nächsten mal keine Chance mehr, erst so stark zu werden. Zusammen sind wir stark. Vergessen wir unsere kulturellen Differenzen und historischen Konflikte. Gespalten sind wir schwach. Seht unter euch niemanden mehr als Fremden an, sondern als Brüder und Schwestern. Respekt und Gemeinschaft werden unsere Waffe sein, mit der wie die Schergen sofort zerstören. Wenn wir erfolgreich sind und Frieden herrscht, dann lasst uns die Mauern niederreißen. Wo Mauern sind, kann kein Frieden herrschen. Lasst unsere unsicht-baren und sichtbaren Festungen öffnen für diese Veränderung."

Tuga erhob seinen Weinbecher und alle versammelten taten es ihm strahlend nach. Nirgendwo war Skepsis zu sehen. Alle sehnten sich danach, dass diese Allianz ihren Zweck erfüllte.

Tuga sein Optimismus war unerschütterlich.

„Auf die neue Welt", sagte Gara.

Alle folgten seinen Worten und es hallte durch den ganzen Saal.

Wo noch Skepsis gewesen war, wich sie in Euphorie.

Seirum strahlte überglücklich. So viel hatte

Merler bewirken können. Er möchte ge-
storben sein, aber sein Erbe ist diese
Allianz.
Noch glücklicher war sie darüber, dass sie
sein Kind in einer viel besseren Welt auf-
wachsen würde.
Unbewusst drückte sie Arno seine Hand
unter dem Tisch.
Alleine war sie nicht.

Die Allianz sorgte für weitgehenden
Frieden, auch wenn es ab und zu dennoch
Kriege gab. Es hielt sich im Vergleich zum
großen Krieg stark in Grenzen. Die
Friedensallianz namens Merfa wuchs und
innerhalb von dreißig Jahren waren fast alle
Königreiche der Welt der Allianz bei-
getreten. Merfa war ein eletisches Wort für
Merler der Starke.
Dadurch sollte niemand seine Geschichte je
vergessen können.
Nach zweihundert Jahren reisten die Mitglieder von Merfa die Mauern ihrer Königs-
reiche ein. Ein freier Handel entstand und
der Wohlstand und kulturelle Vielfalt
blühte. Alle Mitglieder von Merfa führten
Stück für Stück das erste demokratische
System ein. Das Volk sollte auch Mit-
bestimmen dürfen.

Gevatter Tods Schergen versuchten, immer wieder die Macht an sich zu reißen, aber es misslang ihnen. Die Gemeinschaft die Merfa gebildet hatte, war wie ein Fels in der Brandung. Gegen Bedrohungen wehrte sie sich effektiv.
Es gab keine Armeen mehr. Nur Merfa verfügte über Friedenswächter, die alle Versuche von den Schergen effektiv bekämpfte.

Zaubersprüche der Zauberschwerter.

Arle: Entfernte Gegenstände lassen sich herbeizaubern. Bei Lebewesen wirkt der Spruch nicht.

Brase ulimium: Rückstoßzauber. Dieser Spruch schleudert – abgesehen von zu festen Materialien – alle Gegenstände aus dem Weg.

Alu rundu: Wasserzauber. Aus der Spitze des Zauberschwertes schießt ein mächtiger Wasserstrahl.

Torde vorde: Starker Todeszauber. Dieser Spruch ist auch durch Wände hindurch wirksam.

Cor tot: Ein etwas schwächerer Todeszauber, der Wände nicht durchdringen kann.

Frudio: Dieses Wort zaubert einen Feueradler herbei, der die Funktion einer schützenden Feuerwand übernimmt. Der Adler kann allerdings auch beliebige andere Formen annehmen und schützt den Beschwörer vor Angriffen aller Art.

Aroli bro: Ein Explosionszauber.

Micro: Rückstoßzauber. Er entspricht etwa *Brase ulimium*, ist jedoch um ein Vielfaches stärker. Gegner können Hunderte von Schritten zurückgeschleudert werden.

Bratana Br: Dichter Nebel kommt auf und

lässt jeden einschlafen, der davon berührt wird, abgesehen vom Beschwörer. *Bratana Br* bietet dem Beschwörer auch großen Schutz, da dieser innerhalb des Nebels für niemanden zu sehen ist.

Esro: Zauber, der die vier Armeen des Goldenen Zauberschwerts herbei ruft.

Blitza: Lässt Eisen und Holz zerspringen.

Heilum Heik: Heilt kleine und große Wunden.

Tolk frosl: Verwandelt alles in Stein.

Blotar: Schockzauber, der das Opfer für eine halbe Minute lähmt und eventuell einen Herzstillstand herbeiführt.

Malar: Ein Windstrom schießt aus dem Schwert und wirft das Opfer zurück. Verletzungen oder sogar der Tod können als Folge eintreten, Flugkreaturen können aus der Flugbahn geworfen werden.

Zaubersprüche der Magier.

Erle Fro: (Tharland) Ein Zauber, der die wichtigsten Dinge, die ein Magier je gelernt hat, vergessen lässt und zugleich das Opfer an einen anderen Ort versetzt.

Aro schra: Dieser Zauber versetzt den Beschwörer mitsamt einem beliebigen Gebäude in ein, allerdings nicht zu weit entferntes, anderes Gebiet.

Magis Wakis: leichter Rückstoßzauber

Magis Echto: Blockzauber. Er zieht dem Beschwörer keine Magie ab, wenn er ihn einsetzt, sondern lädt den Energievorrat im Gegenteil sogar auf.

Adreso: Ein sehr harter Rückstoßschlag.

Alu runda:

Frudio:

Magies Griska: Löst Fesseln, sogar welche der unsichtbaren Art.

Garier: Schützt vor Flüssigkeiten, Magie und sonstigen Materialien, die als Fernwaffen genutzt werden. Hält jedoch nur eine begrenzte Zeit und übersteht nicht unbegrenzt viele Angriffe.

Frageno: Fügt dem Opfer innerliche Schmerzen zu. Bei mehr als dreimaliger

Anwendung auf dasselbe Opfer kann es zum Tode führen, da der Schmerz die Organe überfordert und zum Kollabieren bringt.

Zaubersprüche der Zauberkristalle.

Elmorid: Wunschzauber. Unabhängig von der Distanz, kann der Beschwörer eine Zielperson an einen beliebigen anderen Ort wünschen. Gilt jedoch nicht für Wasser und Luft.
Elmorid serd: Verstärkter Wunschzauber. Die Zielperson wird vor dem Versetzen gefesselt.
Elord: Wunschzauber für mehrere Personen. Setzt nur voraus, dass der Beschwörer sich auf die betroffenen Personen und den Ort konzentriert.

Danksagung.

Ein großes Danke geht für die Korrektur des Buches an Ramona Otto. Sie hat mir geholfen, meinen Traum zu verwirklichen.

Ramona Otto wurde 1984 in Biberach geboren. Schon in früher Kindheit entdeckte sie das „geschriebene Wort" für sich, verschlang Bücher und verfasste auch selbst Geschichten. Nach ihrem abgeschlossenen Studium der Germanistik und der Wirtschaftswissenschaften nahm sie ihre Arbeit als Lektorin für ein Marktforschungsunternehmen auf. Dieser Tätigkeit geht sie seitdem mit großer Freude nach.

Für den Cover des Buches haben mir Peter Neul und meine Mutter Agathe Engert geholfen.
Meine frühere Hauptschulklassenlehrerin Frau Altmann, unterstützte mich bei meinem Buch ebenfalls sehr - dafür bin ich ihr dankbar.

Nachwort.

Die Trilogie endet nun, die ich einst mit 14. Jahren begann. Jetzt bin ich 26 Jahre alt. Es hat sich viel verändert in meinem Leben. Das Schreiben hat mir geholfen in meiner Entwicklung. Ich habe dadurch erlernt mich besser zu artikulieren und kann Mitmenschen besser einschätzen (was früher nicht ging).
Um Erfolg ging es mir beim Schreiben nie primär. Ich liebe es, Welten aufzubauen und interessierte Leser mithineinzuziehen. Inzwischen habe ich meine Schreib-techniken stark verändert bzw. verbessert. Die zukünftigen Geschichten werden voll-kommen anders sein als meine Fantasy-Trilogie. Ich plane und schreibe in-zwischen Geschichten anders. Der Anfang mit dieser Fantasy-Trilogie war wichtig, weil ich dadurch das Schreiben als Hobby entdeckte. Ein Hobby, das mir mit 14. Jahren kein Mensch zugetraut hat, weil ich große Schwierigkeiten beim Lesen und Schreiben hatte.
In der Zwischenzeit habe ich pausiert, bis ich dann vor einem Jahr richtig losgelegt habe mit dem Schreiben. Fast täglich schreibe ich seit 2016 an meinen Werken

weiter. Das Hobby mache ich mittlerweile kontinuierlicher als früher - deshalb hat die Fertigstellung der Fantasy-Trilogie solange gedauert.

Ich schreibe derzeit an meiner ersten Science-Fiction-Politthriller-Trilogie, die ich unter einem öffentlichen Pseudonym publiziere, um von meinen Fantasy-Werken abzugrenzen. Wie das Genre verrät, handelt es sich hierbei um was komplett anderes.

Ideen für neue Fantasy-Werke habe ich bereits. Sobald mein aktuelles großes Projekt abgeschlossen ist, widme ich mich wieder der Fantasy.

Über den Autor.

Aufgrund seines Handicaps in Form eines besonderen Autismus (Asperger Autismus). Mittlerweile hat er trotz seines Handicaps geschafft eine Ausbildung erfolgreich zu absolvieren, als Bürokaufmann und einen Arbeitsplatz zu finden. Neben dem Schreiben von Geschichten hat er zahlreiche weitere Hobbys (Schach spielen, Fotografieren, Freunde treffen).

Für Aktuelles und mehr Informationen können auf meiner Homepage nachgeschaut werden: www.jonathanengert.de und www.johnengert.de

Herstellung und Verlag:
BoD-Books on Demand, Norderstedt
ISBN: 978-3-7460-3525-3

Jonathan Engert
Impressum:
http://jonathanengert.de/impressum
E-Mail: jonathanengert@gmail.com